KB016755

도쿄 한복판의
유력 용의자

도쿄 한복판의
유력 용의자

제1판 1쇄 2023년 2월 27일

지은이 고호
펴낸이 이경재

펴낸곳 도서출판 델피노
등록 2016년 8월 11일 제2020-000082호
주소 서울시 양천구 신정중앙로 86, 덕산빌딩 5층
전화 070-8095-2425
팩스 0505-947-5494
이메일 delpinobooks@naver.com
ISBN 979-11-91459-51-7 (03810)

도쿄 한복판의
유력 용의자

고호 장편소설

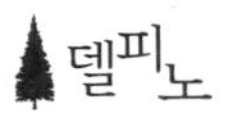

목차

일러두기

❶ 일본에서는 '천황'이라 부르는 것이 일반적이나, 본 소설에서는 국민정서를 고려하여 '일왕'이라는 명칭을 사용합니다.

❷ 이 소설은 등장인물의 이름만 차용하였을 뿐 현실과 다릅니다.

제1장
1991년

그 사람이 바로 나였다.

톨스토이 『사랑이 있는 곳에 신도 있다』 中에서

1991년 5월. 도쿄 신주쿠에 위치한 미쓰비시 은행 본점.

평상시와 다를 바 없이 셔터를 내린 점포 내부는 정산과 마감 업무가 한창이었다. 그러나 행원들의 신경은 줄곧 VIP실을 향해 있었다. 머지않아 도쿄 은행과의 합병 가능성이 은밀하게 흘러나오는 시국이라 내부적으로도 어수선한데다 얼마 전, 명색이 본점이면서 거액의 대출 사기를 당한 뒤 회수가 불가능한 일까지 벌어져 호재와 악재가 절묘하게 크로스 된 것이다. 상부에서 감사가 내려올지도 모른다는 수군거림 가운데 간간이 VIP실에서 들려오는 시끄러운 말소리에 행원들의 시선이 복잡하게 부딪혔다. 하지만 주제가 예상 밖의 완전히 다른 것이었음이 드러나기까지는 오래 걸리지 않았다.

"어이, 젊은 양반! 적당히 하라고. 나도 경시청에 연줄이 있어, 이거 왜 이래?"

지점장의 짜증 섞인 목소리와 함께 VIP실의 문이 벌컥 열리자 모두 약속이라도 하듯 시선을 거두었다. 지점장은 먼저 문을 나선 남자의 등 뒤에 대고 다시 말했다.

"오늘로 끝이니까 더는 부탁하지 마. 알겠어? 안 그래도 골치 아픈 일이 산더미라고."

형사로 밝혀진 젊은 남자는 옆구리에 무언가를 찔러 넣으며 말했다.

"기회가 되면 또 뵙죠."

그리고 은행을 빠져나가면서 미어캣처럼 자신에게 쏠린 시선들을 향해 건성으로 손을 흔들었다. 밖으로 나온 뒤에는 쌩쌩 달리는 차를 피해 은행 건물 맞은편 공중전화 부스로 쏙 들어갔다. 부스 문을 닫자마자 방음 효과 덕에 한결 고요함이 찾아왔다. 젊은 형사는 조금 전 지점장에게 건네받은 종이 뭉텅이를 거칠게 넘겼다. 손으로 하나하나 짚어가며 죽 훑어 내리던 시선이 어딘가에 날카롭게 박혔다. 입금은행.

"마카오에… 공.상.은.행. 그레타 박… 역시 한국인이 맞는데 말씀이야."

지면에는 어떤 계좌와 명의, 그리고 은행 코드 옆으로 여러 개의 콤마가 찍힌 실로 어마어마한 숫자가 두 눈을 사로잡았다.

3,210,000$

오늘은 그저 확인 사실을 위한 증거획득에 불과했을 뿐, 기실 그레타 박이라는 사람의 신상정보를 캐낸 건 며칠 전부터 시작된 일이었다. 옆으로 삐딱하게 기대선 형사는 한쪽 바지 주머니에 손을 찔러 넣고, 어제 국제전화로 나눈 대화를 떠올렸다. 상대는 중학교 선배이자 주스페인 일본대사관에 몸담고 있는 서기관 타츠오였다.

– 아키라. 정말 그레타 박이라는 사람을 찾는 게 맞아?

– 만나봤어, 선배?

– 그래. 오늘 낮에.

– 어때?

– 어떠냐니? 하루 종일 자빠져 자는 백수를 찾는 이유가 뭐야?

– 백수? 신분증은 확인해봤겠지?

– 물론이지.

– 거기서 한국인이 백수로 산다고?

– 한국인? 너야말로 무슨 소리야? 그는 스페인 국적의 까무잡잡한 피부를 가진 노총각이었다고. 바르셀로나에 사돈에 팔촌까지 연고를 둔. 거기다 이름도 그레타 박이 아니었는걸.

– 말도 안 돼. 그럴 리가 없는데…

– 혹시 주소를 잘못 안 거 아냐?

– 주소는 틀림없어.

– 뭔지는 몰라도 아무래도 헛다리 짚은 거 같아. 대체 무슨 일인데 그래?

– 젠장, 속았어. 정말 신출귀몰한 놈이네.

– 도대체 무슨 말인지 원. 한국인이 스페인 사람인 양 행세했다는 거야?

– 대충 그런 것 같아.

– 여하튼 골머리 앓지 말고 그냥 인터폴에 수배 요청하지 그래?

– 아무튼 고마워, 선배.

분명 통화에서 타츠오는 그레타 박이 한국인이 아닌 스페인 국적의 본토인이라고 했다. 아키라의 두 손에 움켜쥔 종이 뭉텅이가 우습게 구겨졌다.

'위조 여권으로 불법 입국 한 걸로 모자라서 거기다 신용카드 명의 도용까지…?'

어딘가를 골똘히 쏘아보던 아키라는 결심이 섰는지 전화 부스에서 나왔다. 그리고 네온사인이 화려한 도심 한가운데로 뛰어들었다. 혼잡한 도로 위로 시끄러운 자동차 경적이 울리는 가운데 그의 모습이 마치 불섶에 뛰어드는 불나방 같았다.

* * *

그로부터 한 달 전, 하네다 공항.

입국 수속을 밟는 긴 줄에 두 명의 여성이 깎아놓은 듯이 서 있었다. 두 사람 모두 선글라스를 끼고 있었지만, 유달리 둘 중 한 사람이 범상치 않은 미모를 자랑하고 있는 데다 키까지 커서 시선을 끌기에 충분했다. 피부 또한 눈에 띌 만큼 더 하얗고 눈부셨다. 수하물을 찾기 위해 벨트 앞에 서 있을 때조차 그녀들은 이따금 몇 마디 귓속말을 나눌 뿐 크게 미동을 보이지 않았다. 비서쯤으로 보이는 여인이 수하물을 받아 챙길 동안 키가 큰 여인은 몇 걸음 뒤에서 두 아이의 손을 꼭 잡았다. 아이들도 차분한 편이었다. 공항에서 흔히 난동을 부린다거나 흥분해서 방방 뛰거나 시답잖은 일로 부모를 애먹이는 부류와는 결이 달랐다. 충분히 학습, 다시 말해 조련된 모습이었다. 수하물을 챙겨 든 여비서가 넌지시 물었다.

"오늘 요코하마에 갈까요?"

"무리야."

키가 큰 여인이 두 아이를 내려다보며 들으란 듯이 말했다. 그리고 무엇보다 제일 첫 일정은 반드시 디즈니랜드여야 한다고 덧붙였다. 물론 그 또한 실질 청자는 여비서가 아닌 아이들이었다. 디즈니랜드라는 말에 비로소 아이들이 본능대로 부산스러워지기 시작했다. 그런 반응을 기대했다는 듯이 키 큰 여인이 미소를 짓자, 혈색 좋은 입술 틈으로 가지런한 치아가 하얗게 드러났다. 주순호치朱脣皓齒, 붉은 입술에 흰 치아-미인의 조건을 이르는 말, 그녀의 아름다움이 중국 고대 미인들에 견줄 만하다는 평상시 남편의 안목은 틀린 데가 없다.

"대신 여정을 풀고 긴자에 잠깐 들러서 쇼핑이나 할까 해."

"그것도 좋고요."

"함께 가자, 긴자. 너도 사고 싶은 게 많을 테니. 거기엔 없는 게 없거든."

"좋아요. 그런데 오사카는요?"

"별로. 아는 사람 만날까 봐."

"하긴요."

"그건 그렇고 돌아가기 전에 미소라 히바리 기념관은 꼭 가볼 생각이야."

키 큰 여인은 교토의 미소라 히바리美空ひばり, 일본의 쇼와 시대를 대표하는 가수이자 배우 기념관에 대한 사설을 풀어놓느라 여념이 없었다. 긴장이 풀렸는지 때론 들릴 듯 말 듯한 소리로 노랫말을 흥얼대기도 했다.

공항을 빠져나와 도심으로 진입한 일행은 신주쿠 내에 있는 크라운 호텔로 향했다. 두 여인의 또각거리는 구두소리가 명쾌하게 로비 안에 울려 퍼졌다.

"お名前は何ですか？" 오나마에와 난데스까? (성함이 무엇입니까?)

1층 로비. 프런트에서 직원이 얼굴을 길게 빼고 이름을 묻자, 뒤에 서 있던 키 큰 여인은 급소를 찔린 듯 난처한 얼굴로 여비서에게 시선을 던졌다. 줄곧 공항에서 모든 업무를 처리했던 여비서도 난감한지 잠시 머뭇거렸다. 두 사람 모두 해외 관광은 난생처음이었기에 호텔에서 투숙객 전원의 이름을 일일이 묻는 상황은 가정해보지 않았던 탓이다. 예약자는 물론 여비서의 이름으로 되었을 뿐이다.

"私は。" 와타시와… (저는)

키 큰 여인은 괜히 가방과 지갑을 뒤적이는 등 무언가를 두고 온 것처럼 망설였다. 직원이 무심한 눈으로 한 번 힐끗 보고 다시 데스크로 눈길을 떨어뜨렸다. 두 아이도 조바심이 나는지 그런 여인을 올려다보며 얼른 대답이 나오기를 기다렸다. 그중 작은 아이는 살며시 여인의 잡은 손을 흔들기도 했다. 다행히 긴 시간을 끌지 않았다.

"아!"

마침내 떠올랐는지 키 큰 여인은 선글라스를 살짝 치켜올렸다. 그리고 조금 전의 난감했던 상황을 상쇄하려는 듯 입가에 함박 미소를 띠며 말했다.

"あゆみです。" 아유미 데스. (아유미입니다.)

동시에 안도한 여비서가 결제 카드를 내밀었다. 잠시 후, 체크인을 해도 좋다는 직원의 말과 함께 일행은 로비 중앙에 위치한 엘리베이터에 몸을 실었다. 양쪽에서 서서히 문이 닫혔다.

세상 사람들은 알아야 한다. 역사는 사소한 데서 비롯된다는 사실을. 만일 이날, 직원이 키 큰 여인의 얼굴을 세밀히 확인했더라면, 그리고 결제 카드에 쓰인 영문이름 GRETA PARK을 주의 깊게 확인했더라면, 그로부터 삼십 년 후의 세계정세는 완전히 뒤바뀌었을지도 모른다.

* * *

〈유리코 실종 사건〉이란 네임표의 파일을 옆구리에 챙긴 아키라가 서둘러 회의실로 향했다. 안에는 맨 앞자리에 앉은 경시정을 필두로 십여 명의 간부들이 참관한 회의가 한창이었다. 아키라는 얼른 반쯤 허리를 숙이고 들어가 자리에 앉았다.

대형 프로젝트 화면에는 익숙한 사진이 그를 반겼다. 검은색 가죽 사첼 가방을 들고 새침한 얼굴로 부는 바람에 귀를 넘기는 교복 차림의 여고생.

"1986년 7월 9일, 나가노현에 거주하던 이노우에 유리코는 열여섯 살 생일을 이틀 앞두고 갑작스레 실종, 오 년이 흐른 지금까지도 미제 처리가 된 상태입니다. 마지막으로 발견된 장소는 집 근처 골목, 마지막으로 본 사람은 하굣길에 동행했던 같은 반 친구 한 명이 답니다."

"친구 한 명." 경시정은 서류를 한 장씩 넘기며 되묻듯 작게 말했다.

"그런데 한 가지 미심쩍은 건 같은 반 친구들의 증언에 따르면 유리코가 실종되기 며칠 전부터 문학 교사인 시게무라와 상당히 가까운 사이처럼 보였다는 점입니다. 여러 가능성이 있겠지만 그가 현 내 문학 대회에 출품할 작품을 두고 방과후에도 곁에서 남아 지도한 바 있다고 합니다. 그 뿐입니다."

"그래서 교사와 그 마지막에 목격했다던 친구는 현재 연락이 닿고 있나?"

"졸업한 지 수년이 지났지만, 다행히도 친구는 얼마든지 수사에 협조할 용의가 있다고 뜻을 비쳐왔습니다. 하지만 시게무라는…"

"거절했나?"

"그것보다 행방이 묘연합니다."

그러면서 다음 자료화면으로 넘겼다. 화면에는 금테안경을 써 학구적인 분위기를 강하게 풍기는 젊은 남자의 사진이 떠올랐다. 아마도 유리코가 실종됐을 무렵의 사진일 터, 1991년인 현재에는 더 나이가 들었을 것을 감안해야 했다.

나이 : 1955년생

직업 : 나가노 현립 ○○고등학교 문학 교사

거주지 : 불명

무슨 말인지 알겠다는 표정으로 경시정이 혀 끝을 찼다.

"뒤가 구리면 잠적했을 수도 있지. 먼저 그 친구부터 다시 조사를 해봐. 저 자의 행방도 계속해서 추적하고."

적당히 정리하고 일어서려던 그때, 아키라가 앞을 가로막으며 끼어들었다.

"친구는 조사할 필요 없습니다. 저 자가 범인일 테니까요." 화면을 손가락으로 가리키며 말했다.

"자신감이 넘치시는군. 나중에 조사해보면 답이 나오겠지. 애들 쓰라고."

경시정은 앞을 가로막은 아키라의 행동을 신출내기의 기특하고 흥미로운 도발쯤으로 여기며 손등으로 가슴을 가볍게 쳤다. 아키라가 좀 더 강한 어조로 말했다.

"이미 무용지물입니다. 조사해도 다 늦습니다, 경시정님."

자칫 무례로 비칠 수 있는 상황이었지만 다행히도 경시정은 잠시 턱을 문지르더니 제자리에 앉았다. 발언 기회를 준 것이다. 아키라가 간곡하게 피력했다.

"시게무라. 그가 강력한 용의자, 아니 범인입니다. 확실합니다."

"그렇게 확신하는 근거도 들어볼까?"

"그 전에 아셔야 할 게 있습니다. 최근에 위조 여권으로 불법 입국 한 뒤에 신용카드의 명의까지 도용하고 다닌 것으로 알려진 '그레타 박'사건을 아십니까?"

경시정이 잠시 눈을 끔뻑이다 주위를 둘러보았다. 모두 권태로운 듯 고개를 외로 꺾거나 눈을 피했다. 대체로 또 시작이군, 하는 반응들. 주어진 시간이 얼마 없음을 직감한 아키라가 빠른 속도로 말했다.

"꽤 유명하죠. 신분 세탁에 도가 튼 놈이라 추적에 한계가 있고요. 국제 인터폴에 공조를 요청했지만 높은 악명만큼이나 아직까지도 성과가 없습니다."

"그래서 그게 이번 사건과 관련이라도 있다는 건가?"

"그레타 박, 그가 일본을 떠나 베를린행 비행기에 몸을 실은 날짜와 시게무라가 사라진 날짜가 정확하게 일치합니다."

고작 그것이었냐는 듯이 탁 풀린 웃음을 지으며 경시정이 되물었다.

"같은 날, 같은 시각, 같은 비행기에 탄 탑승객이 못해도 백 명은 넘을 텐데? 동일 인물이다?"

그러자 옆에서 가만히 듣고 있던 순사부장도 못마땅하다는 듯이 한마디 거들었다. 거기엔 이미 계급에 밀린 자의 아부도 실려 있었다.

"이봐, 아키라. 배가 산으로 가는 것 같은데 정리가 필요하지 않아? 언제까지 경시정님을 붙잡아 둘 생각이야?"

잠시 후, 아키라는 결심한 듯 옆구리에 끼고 있던 파일을 건네며 말했다.

"이것 좀 확인해 주십시오. 그레타 박, 그자는 일본에 들어올 때에도 3개국을 거쳐 세상에서 가장 완벽한 신분 세탁을 한 뒤에 들어왔습니다. 나갈 때도 마찬가지였죠. 그의 최종 도착지가 어딘 줄 아십니까?"

"그걸 알면 그레타 박 수사 건이 금방 종결됐겠지? 그렇지?"

"맞습니다. 여기 파일을 보시면 그의 진짜 정체를 파악할 수 있을 겁니다."

"여기에 뭐가 담겨 있길래 그런가?"

"그에 대한 정보들입니다."

"그? 그라면…"

"그레타 박이자 시게무라죠."

"둘이 동일 인물이라는 것에 아주 확신을 갖고 있구먼."

경시정이 말은 그렇게 했어도 주위를 둘러보며 반응을 이끌어냈다. 아랑곳 않고 아키라가 계속 말했다.

"유리코 실종 사건이 터지고 수사과정에서 밝혀진 한 가지 흥미로운 점은 그 누구도 시게무라에 대해 아는 바가 없었다는 사실입니다. 하지만 조사를 해 본 결과 심상찮은 놈인 건 확실합니다. 그의 본명, 그의 고향, 그리고 그의 부모까지 현재 알려진 모든 것이 가짜입니다."

"가짜…라고?"

"네. 바로 이 파일에 진실이 담겨 있습니다. 그리고 그가 그레타 박으로 추정되는 몇 가지의 확실한 증거들도 함께 말이죠. 물론 평범한 시골 마을의 교사가 어째서 국제금융범죄를 저지르게 됐는지는 더 조사…"

"알겠네."

아키라는 열변을 토했지만 아쉽게도 경시정은 말단 직원의 '진언'을 귀담아듣기엔 자질이 다소 충분하지 못한 엘리트였다. 모든 것은 흐지부지됐다. 뉴스에서 고작 몇 번 보도됐을 뿐인 '그레타 박 사건'도 '유리코 실종 사건'도 차츰 잊혀졌다.

열도는 막 즉위한 새로운 일왕 아키히토에 대한 환호와 반가움으로 들떠 있었다. 마침내 사람들도 다시 자잘한 일상을 되찾았다. 때맞춰 미야자와 리에가 누드 화보 '산타페'를 발매했고, 그런 가운데 12월에는 소련이 붕괴되었다. 그렇게 삼십 년이 흘렀다.

제2장
받은 메일함

편파 적일 것이 뻔하므로
인간에게 호소해봐야 소용없다고 생각했습니다.

다자이 오사무 『인간실격』 中에서

2025년 3월.

“야비한 새끼야!”

“누구? 나?”

하지만 타격감 제로. 며칠 전에 들었던 ‘후레자식’에 비하면 이 정도쯤이야. 더군다나 더럽게 버나 깨끗하게 버나 돈은 다 같은 돈이지 않나? 무엇보다 일이 순조롭게 진행될 것 같다는 예감에 신이치는 절로 신이 났다. 한쪽 구석에서는 하얀 쇄골이 매력적인 미모의 톱모델이 이불로 앞섶을 가린 채 손을 뻗어 브래지어를 슬금슬금 가져가던 참이었다. 속옷이 중구난방으로 펼쳐진 현장은 치열했던(?) 순간을 충분히 짐작케 했다.

“염병할 새끼!”

털이 북실북실한 배를 드러낸 채로 중년 남성이 노골적으로 인상을 찌푸리며 내질렀다. 그 밑으론 수습하지 못한 낡은 벨트 버클이 우스꽝스럽게 덜렁거렸다. 돈도 많은 양반이 저게 뭐람.

“그래서 어쩌자는 거야?!”

"결국 돈이죠, 뭐."

"언제부터 뒤를 쫓은 거야?"

"돈이 떨어진 시점부터랄까?"

그러자 남자가 무력을 행사할 생각인지 손에 집은 셔츠를 바닥에 내동댕이치며 소리쳤다. 당장에라도 갈겨주겠다는 의지가 뿜어져 나왔다. 하지만 차마 때릴 용기는 없는지 허공에 실컷 주먹질을 해댔다.

"어이, 너 뒈지고 싶어?!"

그러자 신이치는 재빨리 "스왓!" 하고 기합을 넣더니 두 팔을 L자로 엇갈려 울트라맨 포즈를 취했다. 어른 남자를 어떻게 골려 먹어야 재밌는지 잘 아는 영락없는 철부지다.

"히히. 뒈지는 건 아저씨겠지. 마누라한테. 그러니까 빨리 십만 엔 달라고요."

"아까는 오만 엔이라며? 왜 갑자기 뻥튀기야?"

"그야 그땐 욕을 듣기 전이었으니까. 그러게 진작 바로바로 줬으면 이럴 일도 없잖아요? 불륜이 경매도 아니고 왜 값을 부르게 하나 몰라. 나만 나쁜 사람 되게."

"보자 보자 하니까 이 새끼가…!"

그때 보다 못한 톱모델이 신경질적으로 소리쳤다.

"됐어요! 그냥 줘버리라고요! 저러다 끈덕지게 매달리면 그땐 어쩌려고 그래요?!"

귀찮으니까 파파라치 따윈 얼른 처치하고 이곳을 뜨자는 게 그녀의 바람이었지만 십만 엔이라는 거액 앞에서 남자는 잠시 뜸을 들였다. 도쿄의 거대 광고에이전시의 부사장으로 있으면서도 짠돌이라는 소문이 맞군. 그래도 그렇지. 딸뻘 되는 연하의 애인 앞에서 저렇게 체면을 구기고 싶을까? 게다가 자칫하면 와이프와 자식들에게 이 더러운 불륜이 알려지는 건 시간문제인 와중에도 계산기를 두드리다니 생각보다 지독한 쫌생이야, 하고 신이치는 생각했다.

"좋아. 대신 사진부터 지워."

"돈부터." 신이치가 앞섶의 주머니를 손가락으로 가리켰다.

"이 자식 끝까지…"

"그렇게 계산이 안 되실까나? 나야 돈 안 받으면 그만이지만 그쪽들은 얘기가 달라질 텐데?"

두 남녀가 불안 섞인 눈길을 주고받다가 다시 신이치에게 시선이 모아졌다.

"거기 예쁜 누난 아직 스물일곱 살밖에 안 됐는데 인생 쫑 나지 않을까? 얼마 전에 광고도 찍었던데 스캔들 터지면 위약금 다 토해내야 될걸. 그렇게 되면 어디서 불러주는 데도 없으니까 싸구려 호스티스밖엔 미래가 없을 거야. 내 말이 맞지? 아저씬 보나 마나 이혼감이지. 집에 자식들은 아마 혐오스럽게 볼 걸? 헐, 우리 아빠가 저 언니랑 바람 폈다고? 우엑- 그래도 나중에 커서 취업할 때까지 만이라도 살아야 하니까 ATM 취급이라도 해주면 다행이고. 근데 그 모든 걸 단돈 십만 엔으로 퉁칠 수 있는 절호의 기회인데 이대로 뻥 차버린다고? 뭘 고민해? 간단한 산수잖아. 일 더하기 일 보다 더 쉽구만."

하며, 신이치가 아이폰으로 제 머리를 톡톡 두드리며 실소를 터뜨리자 남자는 인내심이 한계에 다다른 듯했다. 치밀어 오르는 분을 참을 수 없던 모양인지 주먹으로 입을 꽉 틀어 막더니 얼굴이 벌겋게 달아오를 만큼 고함을 질렀다.

"우어어어억!!!"

그 사이 얼추 옷을 수습한 톱모델은 침대 끝에 걸터앉아 스타킹을 올려 신으며 그 찌질한 모습에 오만 정이 떨어진 눈빛을 감추지 못했다.

"좋아. 칠만 엔."

"십만 엔."

"팔만 엔."

"음- 음-"

"팔만… 오천 엔! 더는 양보 못 해."

"십.만.엔!"

"제기랄!"

그 이후로는 늘 그렇듯이 뻔한 전개가 이어졌다. 협박에 못 이긴 남자는 바지 뒷주머니에서 빵빵한 지갑을 꺼내 현금을 바닥에 내던지는 것으로 자신의 분노를 대신하고, 신이치는 쾌재를 부르는 것이다. 사진은 두 사람이 보는 앞에서 완전 삭제하는 것으로 결론이 났다.

"잠깐! 아이 클라우드."

톱모델이 처음으로 앞으로 나섰다. 알몸일 때와는 다르게 모두 착장을 한 상태인데다 돈거래까지 성립되자 아까와는 다른 용기가 솟은 모양이었다. 긴 머리칼을 가느다란 손으로 훌훌 털어내자 약간의 훈기에 섞여 향긋한 샴푸 냄새를 풍겼다.

"아이 클라우드?"

"15프로네. 연동 해제된 것까지 확인해야겠는데?"

하며 가까이 성난 얼굴을 들이대는 그녀. 역시 미모만큼이나 야무진 여자였다. 모두 확인한 후에야 그제야 바닥에 떨어진 핸드백을 챙겼다. 그리고 이 협박하는 자와 협박당하는 자를 한심하다는 듯이 번갈아 보더니 귀걸이를 아무렇게나 주머니에 찔러 넣은 뒤 먼저 객실을 나섰다.

"이 년아! 같이 가! 혼자 가면 어떡해!"

남자가 다급하게 와이셔츠 단추를 지그재그로 채우며 위압적으로 소리 지르자,

"그 나이 먹고 보호자가 필요해? 굿바이 아저씨. 이젠 보지 말자."

손 키스를 하더니 싸늘하게 식은 얼굴로 총총 사라졌다.

"너 이 새끼. 언젠간 큰코다칠 거야. 한심한 파파라치 새끼."

남자까지 서둘러 자리를 떠나고, 네-네- 하고 바닥에 흩어진 돈을 챙기는 것까지 하면 업무 종료.

"후후… 간만에 월척이다!"

현금다발을 차곡차곡 접어 유니폼 주머니에 챙겨 넣은 신이치는 객실 내부를 둘러보았다. 신주쿠 크라운 호텔은 생긴 지 오래된 데다 신축 호텔에 비해 명성은 좀 가려졌지만, 오성급은 확실히 다르다. 외국에서 영화배우들이 오면 종종 묵기도 하고, 국내 유명 작가들의 팬 사인회나 사회적으로 중요한 회견도 공공연히 이루어지곤 하는 곳이니까. 여전히 인스타그램에 오르내리는 핫플레이스. 확실히 뭐가 달라도 다르네- 비치된 냉장고에서 꺼낸 마신 맥주도 시중에 파는 것과는 다르다. 도쿄 시내가 한눈에 내려다보이는 통유리창에 '비트루비우스적 인간'의 포즈로 딱 붙더니 끄억-하고 트림을 쏟아냈다. 뿌얀 입김이 사라지자 저 멀리 시부야 스카이가 뚜렷하게 다가왔다. 잘 닦인 창문들은 강렬한 태양 빛에 푸른빛을 내뿜고 있었다.

윙-

그때, 갈비뼈를 흔들 만큼의 세기로 울린 아이폰. 그사이 확인하지 못한 부재중 전화가 네 통이나 와 있었다.

꼰대

한숨과 함께 호텔을 나섰다. 물론 1층에 위치한 화장실에서 직원 유니폼을 갈아입을 때까지 신이치를 의심하는 사람은 아무도 없었다.

도쿄도 세타가야 구區 2번가. 다양한 분야의 사무실로 밀집된 동네지만 좀 더 안으로 들어가면 비교적 유동 인구가 적은 상가 주택들이 하나둘 보인다. 그중 하나가 신이치의 집이었다. 1층은 사무실로, 2층은 가정집으로 쓰고 있는 그 주택은 할아버지의 유산으로 구입한 것으로 세대주인 아버지에겐 그야말로 전부였다. 신이치가 태어나기 전, 그러니까 **경찰이었던** 아버지가 할아버지로부터 물려받기 전에는 삼색등을 걸어놓고 이발소를 운영했다고 들었다. 장사는 그럭저럭 됐다. 그 후로 남에게 세를 주고 근근이 살았는데, 나중에 경찰을 그만둔 아버지가 업종을 흥신소로 바꾼 것뿐이다. 아버지의 남다른 수사력에 어머니의 손님 끌어모으는 기술을 더했을 뿐인데, 의외로 수완이 대단하다는 것을 깨달았다. 적성을 찾은 셈이랄까? 처음엔 단순 치정에 따른 뒷조사 따위나 하더니 나중엔 입소문이 퍼져 지방 명사부터 의원, 기업가 등 찾는 사람들의 레벨도 달라질 정도였으니까. 맡은 내용에 따라 금액도 천차만별. 덕분에 빚도 모두 갚았다. 부유하지는 않더라도 친척들끼리 모였을 때 아쉬운 소리를 하기보다 들어주는 쪽에 가까운 편이었다.

"신이치."

묵직한 음성에 소스라치게 놀라 뒤를 돌아보았다. 아버지 아키라였다. 오십이 넘으면서 어깨가 약간 굽고 살이 빠졌지만 그럼에도 여전히 위압감은 건재했다.

"한심한 놈. 대체 어딜 그렇게 싸돌아다니는 거냐? 온종일 전화도 안 받고."

"친구 좀 만나고 왔어요."

"건전한 친구냐?"

대답 대신 으쓱해 보이는 신이치.

"심부름 좀 해야겠다."

"저한테 이제 심부름 안 시킬 거라면서요?"

"쓸데없는 짓이나 하고 다니니까 그런 거다. 내가 시키는 일만 척척 한다면야 누가 뭐라 그러든?"

"저도 나름 일을 한다고요."

"아하, 아이돌 계집애들 스캔들 사진이나 찍어서 협박하는 일 말이지."

"……"

"뭐해? 안 들어오고?"

두 부자는 **후지와라 흥신소**라는 문패가 걸린 1층 사무실로 들어섰다. 대략 열다섯 평쯤 되는 내부 한쪽에는 작은 책상이, 맞은편에는 간단한 음식을 해 먹을 수 있는 싱크대와 간이테이블이 마련되어 있었다. 벽에는 화이트보드에 갖가지 포스트잇이 나붙어 있고, 공인중개업소에서나 볼 수 있는 도쿄도 지적도가 뒤쪽 벽면을 꽉 메웠다. 구석에는 2층으로 이어진 계단이 있었다.

"민주당 의원의 처가 뒷조사를 해야 되겠다."

사무실 문을 닫자마자 아키라가 말했다.

하기도 전에 따분함이 밀려왔다. 몇 년 전, 톱가수 아무로 나미에의 뒤꽁무니를 어설프게 쫓다가 소속사 사장에게 들켜 경찰에 연행된 일로 눈 밖에 나지만 않았어도 이렇게 움츠러들지는 않았을 것이다. 하지만 그래도 두 시간 전의 '월척'을 상기하며 위안을 해보는 신이치. 주머니엔 아무도 모르는 돈뭉치가 들어 있다. 그것도 무려 십만 엔.

"자민당 쪽에서 들어온 의뢰인데 어렵지는 않을 게다. 민주당 쪽 인사의 별장이 가마쿠라에 있다고 하니까…"

"휴…"

역시 아버지다운 태도다. 드러내놓고 말은 하지 않았지만, 의뢰인의 성향만 봐도 정치색이 상당히 편향되어 있다는 걸 알 수 있다. 딱 봐도 판에 박힌 일본의 기성세대.

"어른이 말하는데 한숨을 쉬어? 대체 왜 그 모양이냐, 너는?"

"그냥 저절로 나왔어요."

"제발 이 일을 너에게 넘겨줄 마음이 들게끔 굴어라. 네 나이가 벌써…"

"다른 일을 해서 먹고 살 수도 있어요."

십만 엔이 가져다주는 용기는 생각보다 강력했다. 내뱉고도 아차 싶었지만, 다행히 아키라는 새삼 치기 어린 반항에 크게 개의치 않던지 마저 말을 이었다.

"여하튼 거기에 놈의 별장이 무려 세 채라고 한다. 물론 두 채는 처남 명의고, 한 채는 누구의 것인지 모르겠지만 차명인건 확실하다는 게 의뢰인 입장이다. 남들 눈을 피하기 위해 평일에만 서핑을 온다고 하더구나. 그런데 사실 서핑은 핑계에 불과해. 정기적으로 뜻이 맞는 중진 의원들이나 학계 사람들과 연구회를 빙자해서 모임을 갖는다는데 수상쩍어. 그러니까 네가 가서 해야 할 일은 간단하다. 도청이야. 그곳을 드나드는… 아아 저런!!!"

설명에 열을 올리던 아키라의 시선이 줄곧 사무실 밖을 향해 있었는데, 기어이 다른 차가 보물 같은 혼다 시빅을 긁은 모양이었다. 아키라는 도중에 말을 끊고 냅다 밖으로 튀어 나갔다. 잠시 후, 뭐라 뭐라 쏘아대는 고성이 오갔다. 편에 서서 함께 싸워줄 수 있었지만 뭐 하러? 잘된 일인지도 모른다. 차라리 이번 기회에 차나 바꾸라지. 돈은 잔뜩 쌓아놓고 뭐 할 건데?

신이치는 그대로 책상 앞 의자에 털썩 몸을 묻었다. 좌우로 빙글빙글 돌리다가 무심코, 정말 무심코 웹브라우저를 더블클릭했고 이어서 야후 홈 화면이 열렸다. 의뢰가 주로 이메일로 오는 편이기 때문에 모니터는 근무 시간 내내 켜져 있다. 이메일은 여섯 통 들어와 있었다. 그중 세 통은 스팸메일이었고, 두 통은 의뢰 내용에 관한 견적 문의, 그리고 맨 마지막 한 통에 시선이 멎었다. 흘긋 창밖을 보자 이견을 좁히지 못한 모양인지 아키라는 여전히 상대 차주와 옥신각신하느라 사무실을 등지고 있었다.

그런데, 어라?

메일 제목은 한국어로 쓰여 있었다.

* * *

"한심한 놈."

"쓸데없는 짓이나 하고 다니니까 그런 거다."

"대체 왜 그 모양이냐?"

새벽 두 시.

모두가 잠든 야심한 시각에도 신이치는 뜬눈으로 지새우고 있었다. 고등학교 중퇴 이후 사람 구실을 못하기 시작하면서 아버지에게 줄곧 들어온 말이지만 오늘따라 그것은 비수가 되어 박혔다. 남 뒤 캐서 먹고 사는 건 피차일반 아냐? 아무리 부모여도 그렇지, 자식 인생에 간섭할 권리까지 가진 줄 아는 꽉 막힌 꼰대.

베개 밑에 숨겨둔 마일드세븐 담뱃갑을 꺼내 들었지만 비어 있었다. 제길, 하고 바닥에 내동댕이쳤다. 교복을 더는 입지 않게 됐을 때의 난감함도 잠시뿐, 이젠 어느 정도 꿉꿉한 사회인의 냄새가 나기 시작하자 매사가 권태로웠다. 물론 이렇게 된 데에는 아버지의 탓도 있다. 아들의 진로는 뒷전이고, 결코 자랑스럽지 못한 흥신소를 물려주는 일을 마치 일생일대의 **과업**으로 착각하니까. 이왕 물려줄 거면 돈이나 긁어모으는 재미도 함께 물려주던가. 언제까지 눈치 보면서 뒷주머니를 챙겨야 하는 건지. 이제 신이치도 스물세 살이다. 며칠 감지 않은 머리를 벅벅 긁자 번들거리는 손끝에서 기름 냄새가 풍겼다.

그렇게 하나하나 곱씹어보며 스스로에게 생채기를 내려하는 데엔 또 다른 배경이 있었다. 바로 오후에 본 그 메일. 신이치는 메일 내용을 확인한 후에 완전히 삭제했다. 그 뒤 화장실이 급하다는 이유로 서둘러 사무실을 빠져나왔고 그길로 밖을 배회하다 늦게야 집에 들어온 것. 아침이면 또다시 잔소리가 쏟아지겠지만 그쯤이야. 잠을 통 이룰 수 없는 건 받은 메일함을 멋대로 열어봤기 때문만은 아니었다. 그런 일은 종종 있었고, 그러다가 유치한 의뢰(걸그룹 멤버가 정말 보이그룹 멤버와 사귀는지 뒤를 밟아달라는)가 들어오면 용돈벌이 삼아 혼자 진행했다가 혼난 일도 있기 때문이다.

그런데 이번엔 결이 다르다. 신이치는 아예 몸을 일으켜 앉았다. 그리고 아까 아이폰으로 찍어둔 사진에서 한참 눈을 뗄 수 없었다. 그 한국에서 온 메일은 다소 서투르지만 일본어로 쓰여 있었다. 읽는 데 무리는 없었다.

안녕하세요? 후지와라 흥신소인가요?

다름이 아니라 의뢰를 하고자 메일을 보냅니다.

⋮

(중략)

⋮

끝으로, 원하시는 금액이 있다면 얼마든지 제시해 주십시오.

몇 번이고 메일을 정독한 신이치는 비로소 가슴 속에서 어떤 뜨거운 것이 이글거리는 이유를 알았다. 이번에도 월척은 분명했지만, 어종이 다르다. 단언컨대 고래 급이다. 아버지에 대한 반감과 색다른 모험이 될 것 같은 예감, 그리고 짭짤한 보수까지. 오묘한 자극이 온몸의 세포 하나하나를 깨웠다.

* * *

"いらっしゃいませ!!!" 이랏샤이 마세! (어서 오세요!)

그로부터 일주일 뒤인 3월 21일. 활기가 넘치는 금요일 밤의 시부야.

JR 야마노테 선 고가 밑 도로에는 마리오 카와 형형색색의 게이 퍼레이드가 이목을 잡아끌었고, 역 출구 쪽에서는 어느 신인 걸그룹의 발랄한 셀프 홍보가 이어졌다. 한편, 방송국에서 나왔다며 앙케트 조사에 응해달라는 남자의 팔을 가뿐히 뿌리치며 신이치가 중얼거렸다.

"여기 어디쯤인데…"

한 손에 들린 아이폰 화면에는 구글맵이 한창 위치정보를 탐색 중이었다. 그 뒤를 좇던 준기의 얼굴이 일그러졌다. 종일 소득 없이 끌려다닌 것도 억울한데, 느닷없이 맛집 탐방이라니. 더는 참지 못한 나머지 스크램블 교차로 한 가운데에서 녀석의 옷깃을 낚아채며 따졌다.

"이 봐. 그걸 꼭 먹어야겠어?"

"당연하지. 뭘 모르나 본데 루크스 랍스터는 절대 빼놓아선 안 될 필수 간식이라고. 원래 하라주쿠에 있었는데, 몇 년 전에 여기 시부야로 점포를 옮겼거든. 기다려봐. 금방 찾을 수 있어."

"그러니까 왜 하필 오늘 먹어야 되냐고?"

"그야 당연히 그쪽이 돈을 지불할 테니까."

"또 내가?"

양아치 새끼, 하고 준기가 한국말로 욕을 내뱉었다. 흥신소를 운영 중인 아버지 밑에서 보조를 도맡고 있다는 녀석은 자신이 거머쥔 열쇠를 내어 주기 전까지 이 한국에서 온 의뢰인을 실컷 이용해 먹을 속셈인 듯했다. 하지만 갑과 을을 정확히 하자.

"정말 이번이 마지막이야."

"알았어. 알았다고. 참나 원."

빨간 신호가 깜빡였다. 서둘러 뛰는 신이치의 덥수룩한 잔머리를 보자 문득 바리캉으로 무자비하게 밀어버리고 싶은 충동을 느꼈다. 목이 늘어날 대로 늘어난 티셔츠에 무릎이 해진 청바지, 거기다 대충 꺾어 신은 운동화까지. 그러다 시선이 녀석의 한 손에 들린 슈타인즈 게이트 미개봉 피규어 박스로 향하자 속이 뒤집힐 것 같았다. 저것을 사겠다고 아키하바라를 이 잡듯 들쑤시고 다닌 걸 생각하자 부아가 치밀었다. 게다가 틈틈이 배를 채운 타코야끼까지 합치면 벌써 이만 엔 넘게 써 버렸다. 어차피 보수는 보수대로 따로 챙길 거면서. 예상에 없던 큰 지출에 가슴이 쓰라려 죽겠는데 도대체 얼마나 뜯어먹을 심산인지. 그러다 넘실거리는 검은 머리 인파 속에서 정신이 번쩍 들었다. 녀석의 뒤통수만 쏘아보느라 미처 앞을 보지 못하는 바람에 어떤 남자와 부딪힐 뻔한 것이다. 놀랍게도 상대는 지나치리만큼 허리를 굽히며 사과하곤 사라져 버렸다.

"あ! すみません。" 아! 스미마셍 (미안합니다.)

듣던 바와 같이 만나는 일본인들은 하나같이 고도의 예의가 장착된 사람들이었다.

"저기다!"

십 분 정도 걸었을까? 어느 저층 건물 1층에 다다른 신이치가 인디고 블루 빛깔의 간판을 보며 호들갑을 떨었다.

"얼마나 먹고 싶었다고! 루크스 랍스터! 예전에 시카고에 놀러 갔을 때 맛본 뒤로 잊을 수가 없었거든!"

"뉴욕이겠지."

여섯 시간 동안 녀석을 겪어 본 결과 알아낸 사실은 내뱉는 말의 칠 할은 거짓이고 삼 할은 허풍이라는 사실이다. 그러거나 말거나 두 손을 경건하게 모은 뒤, 잘 먹겠습니다- 하며 그악스럽게 한입에 베어 무는 신이치. 움푹 파인 볼에 비쩍 고른 체격이지만 녀석의 입 하나는 하마만큼이나 컸다. 입을 다물고 있어도 얼굴의 절반을 차지하는 볼썽사나운 몰골.

"걱정 마. 내가 보기엔 이래도 일 하난 확실히 처리한다고."

"제발 그랬으면 좋겠네."

"그런데 말이야."

입가에 묻은 소스를 집게손가락으로 대충 훔치며 눈을 동그랗게 뜨며 물었다.

"웬만하면 휴지로 닦아줄래?"

"그 '통로'가 왜 궁금한데?"

"그런 게 있어. 알려주기만 하면 돼."

언제 또 변덕을 부릴까 싶었지만, 녀석은 아무렇지 않게 병 콜라를 하나 더 주문하며 씩 웃었다. 355mL, 한국에서는 잘 생산되지 않는 예쁜 병이다. 일의 성공을 미리 축하하는 의미에서 인테리어용으로 한 병 쟁여둘 수도 있지만 지금은 이런 하잘것없는 것에 마음 쓸 여유가 없었다.

"오케, 오케! 거기까지! 그나저나 돈은?"

준기가 테이블 위로 자그마한 여성용 파우치를 밀었다. 신이치가 다 알면서 턱으로 가리키며 눈을 동그랗게 떴다. 역시 준기도 턱짓으로 응수하자 부리나케 지퍼를 열어젖혔다. 그리고 휘둥그레진 눈을 하고 좀처럼 입을 다물지 못했다. 안에는 후쿠자와 유키치1835~1901, 메이지 시대의 계몽가이자 교육자이자 만 엔 지폐 속 인물가 전혀 계몽되지 않은 어린 양 앞에 선물인 양 빼곡했다. 신이치는 터져 나오려는 푼수 같은 웃음을 재빨리 수습한 뒤에 헛기침을 했다.

"역시 예상대로 통이 커. 지금 와서 하는 말이지만 말이야. 처음에 메일로 연락이 왔을 때에 난 또 스팸 메일인 줄 알았어. 값을 부르라니, 와우."

"속고만 살았나?"

"주로 속이는 쪽이었지."

"대단하군."

"히히. 어쨌든 그게 뭐가 중요해? 중요한 건 그쪽이 내 클라이언트라는 거지. 아참!!"

신이치는 돌연 눈을 부릅뜨더니 단속하듯 검지를 치켜들었다.

"날 찾아온 건 우리 꼰대한텐 절대 비밀이야. 이번 의뢰는 어디까지나 내 몫이니까. 툭 까놓고 하는 얘기지만 애당초 꼰대한테 의뢰해봤자 씨알도 안 먹혔을 거고. 꼰대가 알면 큰일 나. 이거 괜히 하는 소리 아니야."

남몰래 뒷주머니를 차려는 심보가 훤히 보이긴 하지만 곰곰 생각해보면 녀석의 말도 일리가 있다. 흥신소 사장인 그의 아버지 아키라는 영업을 안 했으면 안 했지, 결코 이런 음지의 의뢰는 받으려 하지 않았을 것이다. 조사한 바에 따르면 전직 경찰이었다는 그는 전형적인 일본 우익 기성세대의 표본이자 직업과 모순이게도 정.직.한. 사람이니까. 반면에 그 아들 신이치는? 아무리 배운 게 도둑질이라지만 고작 한다는 게 연예인 뒤꽁무니나 쫓아다니며 운 좋게 손에 넣은 사진을 잡지사에 이, 삼만 엔에 팔아넘기는 일로 용돈벌이를 하는 삼류 파파라치에 지나지 않는다. 딱히 직업정신도 없어 보인다. 돈만 주면 뭐든지 다 하는 놈.

그렇게 신신당부를 한 신이치는 콜라를 바닥까지 비운 뒤 입맛을 다시며 말했다. 눈빛은 오늘 내내 함께 다니면서 단 한 번도 보여주지 않은 진지함으로 가득했다.

"가쿠슈인은 유치원부터 대학까지 완전 에스컬레이터식이야. 요즘은 일반인도 들어갈 수 있다지만 여전히 그들만의 리그인 건 변하지 않는다고. 왕실 일가를 포함해서 방귀깨나 뀌는 관료들의 자제들이 다니는 곳이니까. 존 레논 와이프 알아?"

"오노 요코?"

"그 여자도 거기 출신. 지브리의 미야자키 하야오 감독도 거기 출신이고. 설마 센과 치히로의 행방불명을 모르지는 않겠지?"

"너무나 잘 알지."

"맘에 들어. 그리고 또 누가 있더라…"

그뿐 아니다. 신이치는 언급하지 않았지만, 사전에 조사한 바에 따르면 대한제국의 마지막 황태자인 영친왕과 이방자 여사도 가쿠슈인 출신이다. 거기다 불운했던 덕혜옹주와 그녀의 외동딸 또한 마찬가지.

"좌우지간 가는 법은 쉬워. 메지로 역 바로 앞에 있으니까."

"그건 알아. 그럼 그쪽이 정문?"

"후문. 하지만 정문이나 마찬가지야. 다들 그쪽으로 들어가."

"유동 인구는?"

"당연히 많지. 학교 앞이 바로 역인데."

"내부는 들어가 봤어? 어때?"

"구경하러 몇 번. 그 학교가 원래 오래된 곳이라 좀 그래. 대충 개론은 이 정도로 하고. 자아, 우리의 의뢰인께서 그토록 가고 싶어 하는 그 통로로 향하는 입구는 총 세 갈래야. 하나는 오래전에 폐쇄됐어. 다른 하나는 교수 연구실로 향하는 길목인데 대놓고 교수들이 많이 다니니까 패스. 남은 하나는 유달리 1층에만 뾰족뾰족한 창문으로 된 건물이 있는데 바로 그 뒤야. 작은 길목이지."

"아는 사람은?"

"몇몇."

"몇몇? 그럼 비밀 통로가 아니잖아?"

"하지만 다들 관심이 없거든. 정확히 말하자면 배려고 예의랄까? 그쪽 통로로 드나드는 사람이 따로 있다는 정도의 자각만 갖고 살 뿐이지. 진짜 거기에 관심 있는 사람은 따로 있으니까."

"그게 누군데?"

"수많은 감시카메라와 경비원, 그리고 사설 경호원들."

"사설 경호원까지?"

"당연하지. 여태 뭘 들은 거야? 거긴 왕족은 물론이고 고위 관리의 자제들이 다니는 곳이라니까? 테러 위험에 촉각을 곤두세울 수밖에. 그렇기 때문에 모두가 그 통로를 알지만 아무나 그 통로에 들어가진 않아."

"좋아. 그럼 통로 안에도 감시카메라가 있을까?"

"없을걸."

"확실해?"

"아마도?"

"아마도라니? 그런 무성의한 대답이 어디 있어."

"모르지 당연히. 거기까진 안 들어 가봤으니까. 그냥 위치만 알 뿐이야. 그러니까 이왕 들어갈 거라면 피할 생각을 하기보다 아예 위장을 하고 들어가는 게 더 나을 거야. 물론 범법행위를 할 거라면 말이야. 다시 말하지만 그 통로로 들어간 다음은 문제 될 거 없어. 들어가기까지가 첩첩산중일 뿐이지."

"그런데 말이야. 이거 좀 김빠지는데? 들어보면 별것도 아닌 정보 같아서 말이지. 겨우 이 정도일 줄 알았으면 거액을 주고 의뢰하지도 않았을 텐데."

준기가 팔짱을 끼며 곤란 표정으로 말하자, 신이치가 똑같은 표정에 똑같은 포즈를 취하며 대답했다.

"백악관에 대통령 집무실이 어디에 있고 어떻게 들어가는지 그 루트를 미국 시민들도 다 알지만 못 들어가. 왜냐?"

"경비가 삼엄해서."

"바로 그거야."

"무슨 소리를 하고 싶은 거야…?"

"나중에 보면 알아. 아마 그때 가선 나한테 돈을 더 주고 싶을걸?"

어쨌거나 정보를 판 대가로 받은 현금 오십만 엔을 받은 신이치는 엄지와 검지로 능숙하게 세며 콧노래를 불렀다. 그러다가 "그런데 말이지." 하고 중요한 걸 깜빡했다는 듯이 이어서 물었다.

"처음부터 궁금했는데, 대체 누굴 만나려고 그러는 거야? 한국인이 일본에서 죽치고 기다릴 정도면 구린 구석이 다분해 보이는데?"

"한국인이 싫은 거야, 내가 싫은 거야?"

"거기까진 생각 안 해 봤는데. 생각해 볼게."

"관둬."

실실 웃던 신이치는 주위를 둘러보더니 앞으로 몸을 기울였다.

"혹시 누구 쫓는 놈이라도 있어?"

"쫓는 건 맞아."

"대상은 당연히 가쿠슈인에 다니는 누군가일테고… 통로를 찾는 걸 보면 그중에서도 거물급 집안 자제 같은데… 한 둘이어야 말이지. 누군데, 그게? 혹시… 국제 연애 해?"

"국제 연애를 이런 식으로 살벌하게 하는 사람은 없지."

"그렇긴 해. 그럼 뭔데?"

"정보 고마워."

"끝까지 말 안 해 줄 거야?"

"알아서 뭐 하게."

"이거 섭섭한데. 말은 해줄 수 있잖아."

준기는 **후지와라 흥신소**라 그럴싸하게 쓰인 명함을 카드지갑에 챙겨 넣은 뒤 자리에서 일어나며 말했다.

"재팬 넘버 투."

* * *

그날 오후 도쿄도 도시마 구區.

알려준 대로 가쿠슈인은 메지로 역에서 멀지 않았다. 역 출구 오른편 횡단보도를 건너면 바로 학교라는 점이 특이했다. 고색창연한 검은색 철제문만 본다면 그저 아담하고 작은 유럽의 한 성당을 떠올렸을 것이다. 한국의 커다란 대학들과는 사뭇 달랐다. 작고 소박했다. 물론 학교 안을 드나드는 차량들의 레벨은 확연히 다르지만.

오후 네 시의 햇살이 플라타너스 위로 아름답게 부서져 내리는 가운데, 그 밑으로 검정 가쿠란学ラン, 일본 남학생 교복 차림의 학생들이 뒤엉켜 쏟아져 나왔다. 구글맵으로 미리 알아봐 둔 건데, 인근에는 가쿠슈인 중고등학교가 자리하고 있다. 저들도 어쩌면 에스컬레이터 식으로 가쿠슈인 대학교에 진학하지 않을까 하는 생각이 들었다.

교정 안으로 더 깊이 들어갈수록 곳곳에 숨어 있는 감시 카메라의 존재가 살벌하게 다가왔다. 담쟁이넝쿨 틈에, 가로등에, 건물 끝 길게 설치된 녹슨 배수관에, 심지어 건물과 건물 사이의 좁은 골목에까지 예기치 못한 곳곳에 자리하고 있었다. 한.낱. 이방인으로 하여금 감히 '국화의 적자들'에게 범접하는 것을 불허하겠노라 엄포를 놓는 막부시대의 충성스런 사무라이처럼.

이어서 가벼운 사복 차림의 대학생들이 모습을 보이자 몸이 먼저 반응했다. 그러면서도 눈에 띄지 않게 조심해야 했는데, 가령 누군가와 시

선이 부딪히나 싶으면 모자를 꾹 눌러쓰거나 몸을 은근히 피하기도 했다. 치밀하게, 자연스럽게. 그러나

"어떻게 오셨습니까?"

관리인으로 보이는 작고 깡마른 남자가 말을 걸어왔다. 전체적으로 은발과 흑발이 적당히 섞인 이대팔 가르마를 탄 헤어스타일에 짙은 눈썹, 부리부리한 눈매를 가진 육십 전후의 인물이었다. 처음으로 아, 일본에 왔구나 하는 느낌을 자아내는 그야말로 남반구의 외모였다.

"한국의 유학원에서 왔습니다만."

그러면서 이미 준비해간 명함을 건네며 무마용 웃음을 지었다. 관리인은 어차피 봐도 모를 한국어로 쓰인 명함을 요모조모 뜯어보는 체하더니 바지 뒷주머니에 대충 찔러 넣으며 물었다.

"저번에 오셨던 그 유학원 분인가…?"

"아, 네…"

"아하, 어쩐지 낯이 익었어! 뭐 도와드릴 거라도?"

"본관 건물은 어디에 있죠?"

"이쪽입니다. 절 따라오시죠."

필요 이상의 친절을 보이는 걸로 보아 관리인은 이 외부인에 대한 의심을 떨치기보다 자신의 예리한 판단이 틀리지 않았음을 증명하기라도 하듯 목적지까지 동행할 태세였다.

"사전답사 오신 겁니까? 하긴 원서 접수 받으시느라 바쁘실 테죠."

"네, 뭐… 겸사겸사." 대충 답변을 둘러댔다.

"저기 담쟁이넝쿨이 잔뜩 있는 건물 보이시죠?"

"저건가요?"

"아뇨. 저 뒤에 벽돌 건물이 바로 본관입니다."

"그렇군요."

함께 걷는 동안 관리인은 자신이 용역업체를 통해 들어온 후부터 정규직이 된 이야기까지 주절주절 나름의 성공 스토리를 풀어 놓느라 여념이 없었다. 하지만 잘 들어보면, 단순한 수다가 아닌 그간 낯선 방문객들에게 수도 없이 반복해서 들려줬을 '공백 메꾸기용' 멘트라는 걸 알 수 있었다. 내용 역시 사실 여부를 떠나서 얼마나 준비성이 철저한 연기인지.

"다시 말하지만 그 통로로 들어간 다음은 문제 될 거 없어. 들어가기까지가 첩첩산중일 뿐이지."

'신이치, 난 아직 고개도 넘지 못했어. 이제 겨우 산지기를 만났을 뿐이라고.'

그때였다. 어디선가 생기 있는 웃음소리가 가까워지기 시작했다. 소리가 나는 쪽을 돌아봤다. 명동 한복판에서 촬영 중인 송혜교를 한눈에 알아봤던 것처럼, 무리 지어 계단을 내려오는 틈바구니에서 유달리 한 사람이 눈에 확 들어왔다. 나머지는 블러 처리를 한 것처럼 흐릿했다. 많아야 이십 대 중반, 잘 쳐주면 십 대 후반으로 볼 수 있는 여자였다. 귀 뒤로 단정하게 넘긴 단발에 잔잔한 실개천 같은 눈매를 가진, 어디 가서 주목받을 만한 미인은 결코 아니지만, 이상하게 한 번 더 눈길이 가는 고귀함이 있었다.

"감사했습니다. 여기부턴 저 혼자 가도록 하죠."

"아! 이봐요, 잠깐만요!"

다급하게 부르는 것 같지만 어쩐지 제 손을 벗어난 방문객에게 화가 난 듯한 어조였다. 쏟아지는 인파에 진로가 막혀버린 관리인을 수월하게 따돌린 뒤에 그쪽으로 민첩하게 움직였다.

"정말이지 예비시험에서 떨어진 게 몇 번째인지 모르겠어."

"하나짱은 정말 변호사가 되고 싶어?"

"별수 없잖아. 오빠가 사업을 물려받겠다고 고집을 부렸으니 나라도 관료가 되어야 한다는 게 부모님의 뜻이야. 적당히 몇 년 변호사로 일하다가 사십 대가 될 즈음엔 참의원에 출마하길 바라거든."

장벽 높은 그네들의 대화 속에서 한 여학생은 희미한 미소를 머금으며 묵묵히 걸을 따름이었다. 준기의 눈에는 그 미소가 모든 걸 초월한 신분이 빚어낸 의식의 한 형태로 보였다. 그러다 문득 그녀가 주위를 살피듯 고개를 돌렸다. 준기도 동시에 고개를 수그렸다. 아직까지 이쪽의 존재를 눈치채지 못한 것 같았다. 이윽고 약속이라도 한 듯 남은 무리들이 하나둘 흩어지자 그 여학생은 혼자가 되었고, 그녀가 가는 쪽을 가만히 눈으로 좇았다. 날카로운 첨탑을 연상케 하는 창문들이 즐비한 건물.

"유달리 1층에만 뾰족뾰족한 창문으로 된 건물이 있는데 바로 그 뒤야."

'저기다!'

하지만 보는 눈들이 너무 많았다. 구석진 자리에 자그마한 입구와 달리 넓게 펼쳐진 캠퍼스, 그 위를 누비는 수많은 학생들. 예상은 했지만 막상 압도적인 머릿수에 일을 그르칠 것 같은 걱정이 앞섰다. 설상가상 그 여학생의 뒤를 바짝 따라붙는 검은 양복을 입은 남자가 포착됐다. 경호원이다. 어쩌면 준기가 눈치채지 못하는 순간과 공간마다 날 선 경계가 방어막을 쳤을지도 모를 일이다. 한편 여학생은 차츰 멀어져 갔다. 들어간 순간 모든 게 수포로 돌아가 버린다. 여학생을 쫓기 전에 경호원을 따돌리는 게 먼저였다.

'이걸 어쩐다?'

여학생은 의심의 여지 없이 '킹'이다. 그 무엇과도 교환가치를 매길 수 없는, 그래서 고작 1점짜리긴 해도 '킹'을 수호하는 '폰'의 파워가 끈질기게 느껴졌다. 서슬 퍼런 감시카메라와 관리인을 지나치니 이번엔 철벽같은 경호원이라니.

준기가 잠시 한눈을 판 사이에, 어라? 여학생이 돌연 입구에서 몸을 돌리는 게 아닌가? 강의실에 두고 온 것을 찾는 걸까? 아니면 잃어버린 소지품이라도? 가방을 뒤적이며 왔던 길을 되짚던 여학생이 이쪽을 보려던 찰나에 준기도 황급히 고개를 꺾었다. 다시 고개를 들었을 땐 그녀가 시야에서 사라진 다음이었다. 그새 앞서간 걸까? 어디로 간 거지?

'안 돼…!'

이대로 놓치면 끝장이다. 그리고 그때,

쾅!!!

굉음과 함께 왼편 건물에서 시작된 희뿌연 연기가 걷잡을 수 없이 사방을 뒤덮었다. 순식간에 연기는 목구멍으로 들어와 가루약을 먹다가 체했을 때보다 더 큰 고통으로 콜록거리게 만들었다. 착각인지 모르겠지만 그 순간 바닥이 들썩이며 지진이라도 난 듯한 기분마저 들었다. 희뿌연 연기 틈으로 얼핏 보이는 주변은 아수라장이 되고 말았다. 지진인가? 도처에서 비명과 고함이 오가는 가운데 여러 발소리가 분주하게 들렸다. 하지만 대부분은 몸을 일제히 낮게 웅크린 자세들이었다. 준기도 덩달아 몸을 낮추고 고개를 살며시 드는데 십 미터가량 떨어진 지점에서 어느 익숙한 운동화가 보였다. 구질구질하게 꺾어 신은 그 운동화의 방향은 잽싸게 반대편으로 빠른 속도로 사라져갔다. 신이치였다. 어쩌면 그가 삼류가 아닐 수도 있다는 생각이 처음으로 들었다.

"나중에 보면 알아. 아마 그때 가선 나한테 돈을 더 주고 싶을걸?"

"그게 무슨 소리야?"

"그쪽은 절대 경호원을 못 따돌려. 그 사람 많은 데서 싸울 거야, 어쩔 거야? 큭."

"뾰족한 수라도 있는 거야?"

"방심하게 하는 거지."

"구체적으로 말하자면?"

"맨입으론 안 돼."

"이미 돈을 줬잖아."

"그건 통로의 위치와 강의 스케줄표를 알려주는 대가였잖아. 이건 별개지."

"얼마를 원해?"

"십만 엔."

"너 같은 인간을 한국에선 뭐라고 부르는 줄 알아?"

"헤헤. 알고 싶지 않아. 그리고 철저하게 인건비만 받을게. 진짜야."

"인건비? 설마 네 힘을 빌려야 하는 일이야?"

"나 아니면 누가? 어차피 일본에 아는 사람도 없잖아? 헤헤."

"벌써부터 첩첩산중이네. 그래서 어떻게 할 건지나 말해 봐. 어떻게 경호원을 따돌릴 건지."

2022년 참의원 선거철에 아베가 연설 도중 총격으로 사망한 일이 있었다. 그 후에 뒤가 구린 정치인들은 저마다 사설 경호업체를 고용해서 한 단계 격상된 경호 서비스를 받기 시작했는데, 그것은 내로라하는 집안의 자제들에게까지 자연스레 적용되었다고. 가쿠슈인도 예외는 아닐 것이다. 방심하게 한다는 건 신경을 분산시킨다는 뜻이다. 하지만 자신이 지켜야 할 대상을 집중 관찰하는 것이 업인 그들의 주의를 흩트려 놓을 수 있을까? 신이치는 말했다.

"명심해. 노려야 할 건 타깃이 아니야. 타깃의 주변이지."

'타깃 주변'을 건드리면 경호원은 알아서 신경이 분산된다고 주장했다. 아베가 총격 사망 후, 사후 처리를 하는 과정에서 경호원들은 3m 가까이 범인이 다가오는 동안 수상한 기운을 감지하지 못했다는 호된 질책을 피할 수 없었다는 점을 노린 것이다.

"경호원들은 얼간이라서 멀티가 안 되거든. 주변이 소란스러워지기 시작하면 자기들이 지켜야 할 타깃은 팽개치고, 부리나케 사태 진압하느라 혼이 빠져 있을 거야. 내 주특기가 뭔지 알아? 경호원들 혼을 쏙 빼놓기야."

국화의 자손들이 갑작스런 굉음과 연기 속에서 혼비백산하는 것은 안타까운 일이 아닐 수 없었으나, 그 덕에 충성스러운 '폰'은 제 주인을 잃은 채 랭크체스판의 가로줄와 파일체스판의 세로줄에서 모두 아웃되고 말았다.

신이치 녀석 무슨 짓을 한 걸까? 어쨌거나 요란한 소동을 뒤로 하고 어느새 여학생은 넝쿨로 장식된 허름한 통로로 사라졌다. 준기도 재빨리 그 뒤를 쫓았다.

좁은 통로 안. 여학생은 어느새 지근거리에 와 있었다. 혹여 눈치를 챌까 적당히 거리를 두고 뒤를 따랐다. 그러면서도 주변을 살피는 건 잊지 않았다. 공간이 가져다주는 분위기는 색달랐다. 무슨 나무일까? 수목원처럼 관엽 식물로 보이는 넝쿨이 통로를 가득 메웠다. 이 길고 지루한 길이 끝나는 지점엔 고급 차량들이 줄지어 대기 중일 테고, 여학생은 그중 하나를 골라 탈 것이다. 마음이 조급해진 준기는 그녀만 들을 수 있을 정도의 크기로 작게,

"*だるまさんが…*" 다루마상가… (무궁화꽃이)

저벅저벅…

그때까지도 걸음의 간격에는 변함이 없었다.

이번엔 조금 더 크게, 들릴 듯이

“轉んだ。” 고른다 (피었습니다.)

그러자 그녀의 걸음이 거짓말처럼 딱 멈췄다.

『방금 들어온 속보입니다.
도쿄 경시청은 3월 21일 오늘 오후,
가쿠슈인에 재학 중인 아이코 공주가
실종되었음을 밝혔습니다.
다시 알려드립니다.
오늘 오후…』

제3장
재팬 넘버 투

지금 이곳은 바람이 불고 비가 온다.
혼자가 아니라서 정말 다행이구나.

1888년, 고흐가 동생 테오에게 쓴 편지 中에서

그날 저녁, 쉰 살 전후쯤 됐을까? 각진 얼굴에 체격이 좋은 남자가 냉장고에서 버섯, 두부, 대파, 죽순, 소고기와 계란까지 누가 봐도 스키야끼를 만들 거라고 예상 가능한 식재료들을 꺼내다 말고 얼음처럼 굳었다. 굵다란 양 눈썹은 어느새 비스듬히 치켜 올라갔다. 그의 앞치마에 그려진 곰돌이가 덩치에 안 어울린다며 조금 전까지 웃던 아내의 입가에도 미소가 걷혔다.

"실종??"

아내가 서둘러 리모컨으로 볼륨을 높였다. 사건을 보도하는 앵커의 멘트와 함께 현장 화면이 나타났다. 가쿠슈인의 교정 너머로 즐비하게 세워진 경찰차, 도착한 제복 경찰들과 본교 교수들의 굳은 얼굴이 차례로 비쳤다. 마치 요.리.나. 하고 있던 이쪽의 철없는 일상을 꾸짖기라도 하듯 절망과 수심으로 똘똘 뭉친 모습들이었다.

「오늘 아이코 공주는 평상시와 같이 수업이 끝나는 시간에 맞춰 대기 중인 전용 차량을 타고 하교할 예정이었습니다. 그러나 시간이 지나도 나타나지 않은 것을 이상히 여긴 경호팀은 공주를 찾아 나서기 시작했고, 근처에 떨어진 휴대전화를 발견한 즉시 경찰과 궁내부에 실종 사실을 알렸습니다. 레이와 시대에 접어들어 맞이하는 최악의 사건에 현재 왕실은 당혹감으로…」

아내가 숨을 삼킴과 동시에 남자의 인상도 차츰 험하게 굳어져 갔다. 화면은 이어서 경시청 기자실 내부로 전환됐고, 간부 하나가 단상 위에 올라선 모습이 전파를 탔다. 타다다닷, 하고 카메라 플래시가 터지는 바람에 간부의 얼굴이 하얗게 번들거렸다. 고개를 수그리고 침울하게 가라앉은 목소리로 이번 사건에 대해 브리핑하는 장면이었는데, 수사 개시 전이거니와 무엇도 가닥이 잡히지 않는 상황인 만큼 내뱉은 말들은 무의미했다. 그저,

「우리 경시청은… 모쪼록 최선을 다해 수사에 임할 것입니다.」

하고 기운 없는 목례와 함께 서둘러 자리를 뜨는 모습이 찍혔다. 이어서 스튜디오로 화면이 바뀌었다. 급히 표정을 수습한 앵커는 비통한 어조로 국민들의 일상생활에 지장이 가길 원치 않으나, 언제든지 제보를 바란다는 이야기로 마무리하였다.

뉴스가 끝나도 남자의 시선은 TV를 떠날 줄 몰랐다.

"세상에나 납치라니. 이거 꿈이겠죠?"

두 뺨을 감싼 아내는 충격에 말을 잃은 남편을 바라보았다. 그러다가,

"여보! 냄비에 물 끓고 있잖아요! 어서 불 꺼요!"

"……"

"여보! 아키라!"

그러자 어딘가 짚이는 구석을 찾았는지 남편의 두 눈이 초점을 되찾았다. 산만했던 머릿속이 마침내 명료해지자 입술을 축이며 말했다. 그의 목소리는 떨리고 있었다.

"시, 신이치는 어디에 있지?"

"나갔어요."

"어딜? 어딜 간 거야!"

"모, 몰라요. 도통 전화도 안 받아요."

*＊＊

이튿날 경시청 특별수사본부.

책상을 이어 붙여 길게 만든 가운데 가슴팍에 s1s서치 원 셀렉트 붉은 배지를 단 정예 요원들이 차례로 자리에 앉았다. 가쿠슈인 현장 탐문을 다녀온 신입 형사가 막 보고를 시작한 참이었다.

"신고가 들어온 시각은 어제 오후 4시 38분. 강력계와 기동수사대가 현장에 도착한 건 그로부터 25분 뒤입니다."

"이러니 도쿄 경찰이 얼빠졌다는 소리를 듣지. 공주가 사라졌는데 그렇게나 오래 지체했다는 건 큰 문제라고."

나이는 오십 대 초반쯤 될까? 새카만 낯빛에 야윈 체격을 가진 형사가 말을 잘랐다. 신경질적인 치와와 상을 한 그는 이번 실종사건에 실질적인 지휘를 맡게 된 수사1과의 히데오 경부였다. 까칠한 말투와 달리 양손에는 땅콩 한 움큼이 들린 채였다. 그가 말할 때마다 입에서는 견과류 조각이 튀어나왔고, 경관들은 앉아있는 그를 중심으로 서로 눈치만 볼 뿐이었다.

"신고하게 된 경위는?"

"차 안에 대기 중이던 또 다른 경호원의 말에 따르면, 공주가 나와야 할 시간이 평소보다 늦은 감이 있어서 직접 찾아 나섰다가 바닥에 떨어진 소지품을 발견하여 신고로 이어졌다고 합니다.”

“소지품이라면 휴대전화?”

“네. 아이폰이었고요. 발견 즉시 신고한 거라네요.”

감식과원으로부터 전달받은 보존용 비닐을 책상 위에 올려두며 말했다. 거기엔 아이코 공주의 아이폰이 담겨 있었다.

“그렇다면 실제로 사라진 시각은 그보다 훨씬 전일 수도 있지. 가령 방과 후 바로 증발이랄까. 감시카메라는 확인했겠지?”

“진작 기동수사대가 모두 수거해왔습니다. 판독 결과 미심쩍은 부분이 있긴 있었는데…”

그러자 히데오는 이런, 이런, 하고 이맛살을 찌푸렸다.

“있으면 있는 거지, 있긴 있는 건 또 뭐야?”

“공주 실종 십여 분 전에 갑작스런 폭발음과 함께 앞을 분간하기 어려울 만큼 연기가 자욱했던 것으로 밝혀졌습니다.”

“뜬금없이 폭발이라니? 이유는?”

“글쎄요. 학교 건물 내에 어떤 설비상에 문제가 있었던 건지, 아니면 범행과 연관된 건지 더 조사해 봐야 알 것 같습니다.”

폭발음, 연기, 경호원…

손톱을 세워 책상을 두드리던 히데오가 갑자기 방긋이 웃어 보였다. 언제 또 그의 변덕이 불호령으로 이어질지 몰라 다들 반응이 없는 가운데, 히데오가 재킷을 걸치며 일어났다.

“더 조사해 봐야 알 것 같다는 건 앞으로 조사만 열나게 할 가능성이 크다는 얘기야. 열나게 한다는 건 우리가 그 사건의 진상을 처음부터 낱낱이 파헤쳐야 한다는 거고. 무슨 말인지 몰라? 이번 주말 자네들 시간은 다 반납해야 될 거라고. 알아들어? 알면, 증거 더 찾아놔. 난 먼저 퇴근할 테니까."

그러면서 바지춤에 두 손을 찔러 넣고 휭하니 자리를 떠났다. 은퇴하기엔 이르고, 한창때라고 하기엔 늘 혼자 라멘으로 점심을 때우는 어중간한 나잇대의 간부인 그가 완전히 사라지자 하나둘 볼멘소리가 쏟아졌다.

* * *

세타가야 구區.

산겐자야 거리에서 커브를 돌던 신이치가 짜증 섞인 투로 대꾸했다.

- 나를? 아버지가 왜?

- 잔말 말고 들어오기나 해. 신이치 너 대체 무슨 허튼짓을 하고 다닌 거니? 외박까지 하고 막 나가는구나?

- 막 나간다니, 아들한테? 그리고 나 저녁 약속 있어. 친구 만나야 해.

아는 친구가 하라주쿠에 있는 변호사 사무실에서 사무보조로 일하는데, 자리 하나가 빈다고 소개시켜 준다는 말로 둘러댔지만 그 변호사 신세 망칠 일 있냐는 잔소리가 돌아왔다. 하는 수 없이 집으로 향했다. 고개를 길게 빼자 저만치 나지막한 2층 건물이 보였다.

"신이치!!!"

후지와라 흥신소라는 목간판을 서둘러 걷어 안으로 들어가던 아키라가 99년산 혼다 시빅을 알아보고 크게 외쳤다. 신이치!! 하고 한 번 더 고함을 내지르자 근처를 배회하던 길고양이 두 마리가 화들짝 놀라 자리를 벗어났다.

아키라는 사무실 안으로 신이치의 귀를 잡아 끌고 가더니 냅다 팽개치듯 던졌다.

"바른대로 말해!"

"뭐, 뭘요?"

벌건 귀를 잡으며 신이치가 물었다. 몰라서 묻는 게 아니었다. 이미 그는 신이치의 머리부터 발끝까지 살비듬 개수마저 다 센 눈치였다.

"집에도 안 들어오고. 어제 대체 무슨 짓을 저지른 거야?!"

하지만 늘 그렇듯이 다짜고짜 큰 소리로 다그칠 때면 대꾸할 마음이 도무지 나지 않는다.

"왜 혼나야 하는지 설명이나 해줘야 알죠. 보자마자 생사람을 잡고 선…"

"이 자식이 그래도…!"

또 습관처럼 손이 올라갔다. 하지만 더는 그럴 나이도 아니거니와 그렇게 해서 해결할 문제도 아니었다. 평상시와 달리 아키라의 분노 게이지가 걷잡을 수 없이 높아진 걸 알아차린 신이치가 기어들어 가는 목소리로 대꾸했다.

"흥신소 일이 다 거기서 거기잖아요. 새삼스럽게 왜 그러는데요?"

도리어 당당한 어조에 기가 막힌 아키라.

"뉴스 봐서 알겠지?" 하고 묻다가 영문도 모르겠다는 듯한 얼굴을 보자 속이 다 뒤집어졌다. "그래. 네 놈이 언젠 뉴스를 거들떠나 보던 놈이냐."

"대체 왜 이러시는데요? 이젠 아이돌 따윈 저도 관심 없어요."

"차라리 아이돌 나부랭이나 쫓아다닌다면 내가 이러겠냐?"

"…?"

"네 짓이지? 분명 네 짓이야!"

"알아듣기 쉽게 말씀해 보시라고요."

"자, 봐라."

온종일 뉴스에서는 아이코 공주의 실종 사건을 다루는 탓에 TV를 켜자 바로 관련 보도가 흘러나왔다. 경악하는 신이치에게 뭐라고 한마디 더 하려는데,

똑똑! 누군가 사무실 창을 두드리는 바람에 소스라치게 놀란 두 부자. 시선이 쏠린 곳엔 치와와상의 나이 든 남자가 기분 나쁜 웃음을 짓고 있었다. 남자는 두 손을 동그랗게 말고 안을 들여다보는 시늉을 했다. 까만 얼굴에 흰자만 굴러가는 모습이 퍽 괴이했다.

"본인은 도쿄 경시청 수사1과의 히데오 경부라고 합니다."

사무실을 지나 2층으로 올라간 히데오는 소속과 이름을 밝히며 집안 내부를 넌지시 훑어보았다. 차림은 비호감 그 자체였다. 키는 160센티미터가 넘기는 할까 싶을 만큼 작고, 가죽 재킷 주머니에 장착한 흠집투성이 싸구려 선글라스, 홍콩영화 <영웅본색>에 나오는 주윤발을 동경하는 듯 이쑤시개를 물고 있는 품새까지. 거기다 키만큼이나 작은 이목구비는 얄미우리만큼 오밀조밀했다. 아내 메구미가 문을 열기를 주저한 것도 그 때문이었다. 메구미는 그의 경찰증을 보기 전까진 믿지 않았다. 더구나 앉으란 소리를 하기도 전에 맞은편 의자를 당겨 앉는 모양새가 누가 보아도 취조를 목적으로 온 사람 같았으며, 애당초 후지와라 집안의 식구들을 배려할 필요가 없다고 단정 지은 것처럼 보였다. 그 무례함에 압도당한 아키라가 퍼뜩 정신을 차리고 물었다.

"형사라고요? 무, 무슨 일이신지…?"

"후지와라 신이치. 이 댁 아드님 맞습니까?"

이미 다 알고 왔으니까 바른대로 말해, 라는 눈짓으로 신이치를 가리키며 물었다. 옆에서 아내가 "왜 찾으시죠?"라고 물었지만, 그 질문은 가뿐하게 묵살되었다. 하지만 더 지체해봤자 좋을 게 없다고 판단했는지 아키라가 순순히 대답했다.

"네. 맞습니다. 우리 아들 녀석입니다만…"

"오호, 맞게 찾아왔군요."

"저희를요?"

"네. 보아하니 흥신소를 운영 중이시네요. 아드님도 함께하는 겁니까?"

그 질문에 순간 가슴이 뜨끔했다.

"그렇지 않습니다. 이 아인 제가 시키는 잔심부름 정도만 할 뿐이죠. 사무실 잡일 같은 거요."

아키라는 '잡일'에 힘을 주면서 신이치 쪽을 돌아봤다. 하지만 그 이상의 '공조'를 꾸밀 틈을 주지 않으려는 의도인지 히데오는 바로 다음 질문을 던졌다.

"어제 행적을 알고 싶은데 신이치 군, 직접 말해 줄 수 있겠나?"

순간 정적에 휩싸였다. 신이치는 갑작스런 기습에 꿀 먹은 벙어리가 되어 버렸다. 어떻게든 뜸을 들여야겠는지 아키라가 어색한 헛기침으로 공백을 메웠고, 자세한 내막을 알지 못하지만 최대한 시간을 벌어야 한다는 정도의 눈치는 있는지 메구미 역시 마실 것을 권했다. 그러나 비정하게도 히데오는 거기에 대한 대답을 할 생각이 추호도 없었다.

"그런데 무슨 일인지 물어봐도 될는지요? 형사님께서 올 정도면 우리 애가 무슨 잘못이라도 저질렀습니까?"

'시간을 줄 테니 어서 어떤 변명거리라도 생각해놔.'

신이치의 속도 바짝 타들어 갔다. 새삼 머리가 커졌다고 아버지에게 맞먹으려고 했던 평소 행실이 부끄러워졌다. 짐작건대 어쩌면 아버지는 어제 신이치의 '수상한 행위'에 대해 알고 있는 게 틀림없었으니까.

"뭐긴 뭐겠습니까? 당연히 아이코 공주 사건이죠. 지금 일본 열도가 그 일로 떠들썩하지 않습니까? 모르실 리는 없을 텐데요?"

"물론 잘 알죠. 그런데 그 사건이 우리 아들과 무슨 연관이라도 있다는 건가요?"

참다못한 메구미가 끼어들었다. 표면상 질문이지만 실은 애먼 사람을 왜 잡느냐고 따지는 말투였다. 그 틈에 후루룩- 하고 아키라가 차를 마시는 소리가 히데오의 귀에는 과장되게 들렸다. 분위기를 환기하고, 흐름을 끊어 놓으려는, 나름의 의도가 담긴 행위.

"아직 확실한 건 아닙니다. 대강 참고할 만한 부분이 있는 사람들을 조사중입니다만…"

그러면서 히데오는 신이치를 흘긋 보았다. 그의 미세한 동작이나 눈빛을 놓치지 않기 위함이었다. 신이치의 시선은 마룻바닥 한 귀퉁이에 고정되어 있었다. 얼떨결에 세 식구와 히데오의 모습은 선생님에게 꾸중을 듣는 학생들의 모습처럼 연출되었다. 히데오가 다시 말했다.

"경호원을 포함하여 같은 학교 학생들도 수상한 낌새가 있다고 판단되는 경우 조사를 진행할 겁니다. 그러니 양해 부탁드립니다."

"물론이죠…"

"그래서 말인데요. 우리 신이치 군은 어제 오후 한 시부터 세 시 사이에 어디서 뭘 했을까요오?"

고개를 양쪽으로 까딱이며 어린아이를 놀리듯 하는 표정으로 히데오가 물었다. 순간 허를 찔린 듯 신이치는 빈 컵을 입에 가져가다 말고 파르르 떨었다. 아키라는 빈 잔을 메구미에게 건넸다. "더 갖다줘." 히데오의 눈에는 얼른 빈 컵을 받아 물을 채워오는 행위가 아들의 시간을 벌어주기 위한 눈물겨운 협공으로 비쳤다. 짠하면서도 기가 차 이것들이 보자 보자 하니까, 하는 얼굴로 피식 웃었다. 그리고 금세 미소가 싹 걷힌 얼굴로 싸늘하게,

"루크스 랍스터 시부야점. 오후 두 시 이십 분."

"……"

히데오의 목소리가 서늘하게 바뀌었다.

"아니야?"

"그게…. 그러니까…"

말끝을 제대로 맺지 못하자 히데오가 다그치듯 또 다른 질문을 던졌다.

"아니라면 그 시간에 어디서 뭘 했는지 알리바이라도 대도 좋지."

째깍째깍… 초침 소리가 거실의 공기를 가득 메웠다.

"형사님. 우리 애는요. 자잘한 사고는 쳐도 단 한 번도 살면서 대형 사고는 쳐본 적이 없는 아이예요. 낯선 사람을 덥석덥석 만날 만큼 배짱이 있지도 않고요."

메구미가 끼어들었다. 그녀로선 큰 용기를 낸 게 분명했지만 히데오의 입장은 싸늘했다.

"으흠 그렇군요. 그런데 가족의 증언은 효력이 없어요, 아시잖아요?"

경찰 생활하면서 익히는 커뮤니케이션 능력 중에 하나는 바로 '닥치고 가만히 있어'를 우아하게 표현하는 기술이다. 잠시 후, 비로소 결심이 섰는지 신이치는 어깨를 으쓱해 보였다.

"알리바이 따윈 없어요."

그 말에 아키라와 메구미가 동시에 눈을 질끈 감았고, 반대로 히데오는 '우와!'하는 익살맞은 표정으로 응수했다. 그 페이스에 휘말리지 않기 위해 신이치는 평정을 유지하려 애썼다.

"말씀하시는 그대로 전 그곳에 있었으니까요. 그렇지만 수상한 사람은 못 봤어요. 봤다면 기억을 했겠죠."

"아하 그래?"

"네."

히데오가 수첩에 무언가를 적으며 끄덕였지만, 아키라의 눈에는 그 모습이 잘 빠져나가는군, 하는 것처럼 보였다. 숨 막히는 수초가 흘렀다. 히데오의 침묵은 윈도우 창에 속 터지는 모래시계처럼 길었다. 그리고 잠시 후, 돌연 기분 나쁜 웃음소리에 세 식구가 동시에 눈이 커졌다. 까마귀가 웃을 줄 안다면 저럴 것이다- 하고.

"자알 알았다. 만일 나중에라도 뭐든 생각난다면 언제든 제보하길 바란다, 신이치 군."

그렇게 말하며 히데오는 바지 주머니에 양손을 넣더니 과장된 몸짓으로 흔들어댔다. 의심을 털겠다는 건지 뭔지 어떤 제스처인지는 모르겠지만 툭 튀어나온 주머니 안에서 동전 소리가 경박하게 짤랑거렸다. 그리고 멋대로 들어왔던 것처럼 멋대로 현관을 나섰다. 그러다 문득 그의 등이 멈췄다. 신발장 위에 올려둔 레고로 조립한 선박 모형을 슬쩍 보더니

"인생이란 건 배를 타는 것과도 같죠. 중간에 난파되기도 하고 운이 좋으면 순항 끝에 항구에 도착하기도 하고 말이죠. 그런데 주어진 항로를 벗어나면."

아키라가 응대용 웃음을 지어 보였지만 정작 히데오는 보지 못한 모

양이었다.

"돌아오기 힘들죠."

"그렇죠…"

"어느 방향으로 언제 어떻게 닻을 올릴지 정하는 것이야말로 인생에서 가장 중요한 거 아니겠습니까?"

* * *

히데오가 돌아가고 난 뒤.

아키라가 소파 중앙에 앉아 바닥에 무릎 꿇은 신이치를 말없이 내려다보는 동안 메구미는 창밖을 살피며 빈틈없이 커튼을 쳤다. 긴 침묵을 먼저 깬 건 아키라였다.

"어제 분명히 탁켄시宅建士, 일본 공인중개사 학원에 등록한다고 하지 않았냐?"

더는 빠져나갈 구멍이 없었다. 사실대로 고해야 한다는 생각에 숨이 턱 막혀왔다.

"맞아요."

"그런데 어째서 그 시간에 시부야에서 노닥거리고 있었지? 학원은 정 반대 방향이었을 텐데?"

"그러니까 그게 어떻게 된 거냐면요… 처음엔 등록하러 갔어요, 갔는데… 문이…"

"문이 닫혀서 돌아오는 길에 우.연.히. 동창을 만났고, 그 동창이 사준다길래 따라간 것뿐이에요- 라는 변명 말고 다른 이야기를 들어보자꾸

나.”

“저는 단지…”

신이치가 말을 우물거리자 인내가 한계에 다다른 듯 아키라가 버럭 역정을 냈다.

“지금 숨길 때가 아니야. 이건 우리 가족 전체의 운명이 걸린 일이라고!”

“사실이에요!”

“뭐가 사실이란 거냐?!”

“그 형사 말대로 그때 시부야에 있었어요. 루크스 랍스터 먹었어요. 인정할게요. 제발 다 말할 테니까 혼내지만 마세요. 그저 용돈이 필요해서…”

“이런 한심한 자식!”

자리를 박차고 일어난 아키라가 어쩔 줄 몰라 하며 이마에 손을 짚었다. 앓는 듯한 탄식이 작게 흘러나왔다.

“죄송해요…”

“단도직입적으로 물으마.”

“네.”

“설마 너도 엮인 거야? 너 설마 범인을 도운 거냐고!”

한참 후에야 신이치가 자포자기한 듯 고개를 끄덕였고, 거실 모퉁이에 서 있던 메구미가 입을 틀어막았다.

* * *

사건 발생 3일차.

인터넷 커뮤니티에서는 수많은 정치 논객들이 이번 아이코 공주 납치사건에 대해 떠들어 댔다.

2001년생인 아이코 공주는 나루히토 일왕과 외무성 관료 출신인 마사코 왕비 사이에서 난 무남독녀입니다. 여식임에도 불구하고 두 분의 총명함과 사려 깊은 마음씨를 닮아 왕실 내에서 사랑과 기대를 한 몸에 받고 있지요. 정치권에서는 차기 일왕 자리를 두고 말들이 많지만 국민들 대다수는 여전히 아이코 공주를 지지하고 있는 상황이며…

ㄴ 그녀의 실종은 왕실에게 큰 불행입니다.

ㄴ 명분 있는 아이코 공주가 차기 일왕이 되어야 합니다. 히사히토는 역시 무리라는 생각이 듭니다.

ㄴ 한때 이지메를 당한 적이 있지 않아? 아무래도 당시 가해자들도 조사해 봐야 될 것 같은데?

ㄴ 실종은 안타깝지만 그래도 차기 왕위는 아니지 않아? 여자가 무슨 왕이야.

히데오는 모니터에서 데스크로 시선을 옮겼다. 그리고 탑처럼 쌓인 파일철을 건성으로 넘기며 생각에 잠겼다. 분명 아이코 공주가 방과 후 드나드는 전용 통로에서 남동쪽으로 오십 미터쯤 떨어진 위치에서 그녀의 아이폰이 발견되었다고 했다. 가죽 케이스까지 감안하면 200g쯤 되는 무게다. 그것을 쥐고 있던 손에서 떨어뜨렸다? 그리고 사라졌다? 자의에 반한 어떤 힘이 작용했을 것이다. 그.런.데. 이상한 것은 감식 결과 그 어디에도 바닥이 마찰로 쓸린 흔적을 찾아볼 수 없다는 것. 범인의 강압적인 행동에 상응하는 저항흔도 마찬가지로 보이지 않았다. 게다가 범인도 족흔을 남기지 않으려 나름의 노력한 것이 분명했다. 다시 말해 어떤 단서도 찾을 수 없도록 한 범인은 주도면밀한 놈이다. 어떻게 공주를 단숨에 제압했을까? 일본 경찰로 하여금 무력감을 맛보게 한 범인은 어떤 놈일까? 더구나 현장 구조를 파악하기 위해 가쿠슈인을 찾았을 땐, 공주가 하교를 위해 이용하는 길목에서 그 시각 목격자는 단 한 명도 찾아볼 수 없었다. 모두 '소동'에 대해서 떠들어 댈 뿐이었다. 그것은 몇몇에 의해 '테러'라고도 불릴 만큼 많은 사람들을 놀라게 했다.

"갑자기 펑! 하는 소리가 나서 돌아봤더니 앞이 안개처럼 뿌옇게 흐렸어요."

"전쟁 난 줄 알고 얼마나 놀랐는지 모른다니까요."

"애들이 갖고 노는 장난감 맞나요? 그런 장난은 두 번 다신 못 치게…"

"솔직히 정치인 테러가 또 일어난 줄 알았어요."

행사 이벤트나 소방 훈련에 쓰일 법한 연막탄이 왜 하필 그 시각에 가쿠슈인 교내에서 벌어졌는지 모르지만, 소행을 저지른 사람은 감쪽같이 사라지고 없었다. 보나 마나 공범, 이라고 히데오는 단언했다. 현장에 있던 사람들의 이목을 따돌리기 위해 이용된 도구.

단서를 도무지 찾을 수 없는 이번 사건에는 용의자라고 하기엔 의심 가는 사람들이 너무나 광범위했다. 학과 내에서 우열을 다투던 경쟁자, 과거 이지메 가해자, 모든 남성 지인들은 자연스레 경찰의 눈초리에서 자유로울 수 없었고, 심지어 인터넷상에서 그녀를 시기하고 질투하던 모든 악플러들과 어떤 정치적 견해를 갖고 접근하던 사람들까지.

히데오가 막 진술실에 들어섰을 땐, 이미 맞은편에는 사건 당시 공주를 놓쳤던 담당 경호원이 앉아 있었다. 충분히 각이 잡힌 자세였지만 한 번 더 옷매무새를 바로 한 그는 적의 농간에 공주를 지키지 못했다는 패배감에 젖은 얼굴을 하고 있었다.

"사건 발생일을 전후하여 공주께서 별다른 행동이나 언사를 보이진 않았습니까?"

"평소와 같았습니다." 경호원이 명료하게 대답했다.

히데오는 감시카메라에 찍힌 흐릿한 사진이 인쇄된 종이 여러 장을 테이블 위에 올려두었다. 휴대전화 통화를 하며 교내를 걷는 남자, 브런치 식당에서 음식을 주문하는 남자, 성년식을 치르던 아이코 공주를 촬영하는 일에 삼매경인 남학생 등 각기 다른 연령대의 남자들이었다.

"한 번 쭉 둘러보실까요? 이중에 혹시 낯이 익은 자가 있는지 말이죠."

이 비련에 빠진 기사는 지푸라기라도 잡아 보려는 심정으로 한참 사진을 뜯어보았지만,

"아뇨. 모두 처음 보는 얼굴들입니다."

"한 번 더 자세히 봐주십시오. 공주 근처를 배회했다거나…"

"글쎄요…"

"혹 사적으로 연락을 시도한 자는 없었습니까?"

"죄송합니다. 아무리 봐도 전혀 모르는 얼굴입니다. 그리고 공주의 사생활도 깨끗했고요."

경찰 쪽에서 단순 치정으로 몰고 가려는 것 같은 불쾌감이 들었는지 경호원이 다소 차가운 어조로 대답했다.

"그럼 원한의 표적이 될 만한 행동은요?"

"원한…?"

"유명하니까요."

"시기 질투하는 사람들은 원래부터 많았지만, 공주께서 누군가의 원

한을 살 만큼 그릇된 행동을 보인 적은 단 한 번도 없었습니다." 그리고 확신하듯 덧붙였다. "이건 분명합니다."

"평소 공주께서 휴대전화를 손에서 놓지 않는 스타일이었던가요? 여대생들 보통 그렇잖아요."

"결코요."

"하나 더 묻죠. 하교 시간이 평소와 같았습니까?"

"아뇨."

살짝 늦은 감이 있는 대답에 히데오는 작은 눈을 치켜떴다. 경호원이 다시 말했다

"사실 그날, 등굣길에 말씀하셨습니다. 평소보다 십오 분 정도 늦을 거라고."

십오 분.

"이유는요?"

"모릅니다."

"물어보지 않았나 보군요?"

"허물없이 대화할 수 있는 분이 아니니까요."

"좋습니다. 그럼 평소에 그렇게 등하교 시간을 조정하는 일이 더러 있었던가요?"

"생각해보니 드물었던 것 같습니다."

다음 조사 대상은 가쿠슈인의 관리인이었다. 한 치의 오차도 없이 이대팔 가르마에 깡마른 육십 대의 관리인은 작은 체구지만 어딘가 야무진 구석이 있어 보였다.

"참고인 조사에 나 말고 또 누가 있수?"

"물론이죠. 그런데 그건 왜 묻죠?"

아니라며 손사래를 치는 관리인의 입술이 기쁨으로 씰룩였다. 오랜 경찰 생활을 하다 보면 이런 부류의 사람은 종종 볼 수 있었다. 어떤 크나큰 사건에 대해 아는 바가 있어서 증언을 행사하는 사람 중에는 그것만으로도 자신의 가치가 높아졌다고 착각하곤 한다. 이번은 국가적 사건이니만큼 더 했다. 자신의 말 한마디 한마디가 수사의 동향에 큰 영향을 미칠 수 있다는 사실과 현재 자신에게 쏟아진 스포트라이트에 황홀해하는 부류. 공주가 없어진 마당에 우쭐대기는.

"잘 떠올려 보십시오. 그날 수상쩍은 사람은 없던가요?"

"있었습니다!" 질문이 끝나기도 전에 관리인이 대답했다.

"자세히 들어볼까요?"

히데오가 습관처럼 뒤로 몸을 묻고 팔짱을 꼈다. 이 은발의 관심 종자가 뭐라고 하는지 하나도 빠짐없이 귀담아듣겠다는 눈빛으로.

"웬 유튜버라는 놈이 하나 찾아왔었죠."

"유튜버?"

"그래요, 유튜버. 요즘 젊은이들 보면 개나 소나 다 카메라 들고 설쳐대지 않습니까? 그놈도 카메라를 들고 몇 시간을 돌아다녔는데, 유달리 한 곳에 머무는 느낌을 받았습니다."

"그게 어디죠?"

"동별관이요. 누가 봐도 초행길로 보였습니다만, 계속 그곳을 벗어나질 않는 게 조금 의아했습니다. 유튜버라면 학교 이곳저곳을 소개하는, 뭐 그런 직업 아닌가요?"

"나이는?"

"글쎄요… 삼십 대로 보였습니다."

"인상착의는 어땠습니까?"

“체크 남방에 그냥 평범한 면바지를 입었어요. 키도 170 중반쯤 된 것 같고요. 평범했습니다.”

“그밖에 수상했던 점은요?”

“수상했던 점은…”

가늘게 실눈을 뜨고 뭔가를 떠올리려 애.쓰.는 관리인은 더는 기억이 고갈됐는지 말끝을 흐렸다. 자신의 가치가 거기서 끝나는 것을 두려워하는 사람들은 종종 살을 보태기도 한다.

“아 참, 또 수상한 사람이 있었습니다.”

히데오의 예상이 맞았다. 기대에 부응해야 한다는 일종의 의무감이 압박으로 다가왔던 걸까? 관리인이 상체를 앞으로 한껏 당겨 말했다.

“어떤 한국인 남자가 유학원에서 왔다면서 사전답사를 하더군요.”

“한국인 남자라.”

히데오는 수첩에 뭔가를 열심히 받아 적었다. 한국인 남자.

“네. 명함도 받았는걸요.”

그러면서 관리인이 바지 주머니를 뒤적이는데, 한참이 지나도 찾아내질 못했다. 김빠진 얼굴로 히데오가 담배를 입에 물었다.

“분명 여기에 뒀는데…”

“그래서 어디가 어떻게 수상했다는 겁니까?”

“그게 그러니까… 유학원에서 온 직원들은 답사가 몸에 배었다고 봐도 좋습니다. 한두 번 방문한 게 아니란 말이죠. 어지간한 건물명이나 위치쯤은 신입 관리인보다 더 잘 알 정도고요. 그런데 그자는 저에게 길을 물었습니다.”

“어떤 길 말이죠?”

“본관이 어디에 있느냐고요. 그리고 유학시험 원서 접수는 이미 이번

달 초에 다 끝났거든요. 마감일도 한참 지났는데 뜬금없이 접수를 받는다고 했어요. 유학원에서 그걸 몰랐을 리가 없는데…"

＊＊＊

한 남자가 방 한구석에 모셔둔 불단 앞으로 다가갔다. 자그마한 쌍여닫이문을 열자 그 안에 두 노인의 영정사진과 위패가 모습을 드러냈다. 그중 왼편에 자리한 사진 속 80대 후반으로 보이는 노인은 생전의 삶이 고단했던 듯 면도조차 깔끔하게 되지 않은 얼굴에 희미한 미소를 머금고 있다. 남자는 사진을 잠시 물끄러미 보더니 앞에 정좌한 뒤에 향을 피웠다.

＊＊＊

그날 저녁.

일요일도 반납한 채 밤샘 근무로 혹사 중이던 다나카는 세면도구를 들고 지나가던 걸음을 멈췄다. 퇴근한 게 아니었던가?? 앞에서 허리를 반쯤 뒤로 젖히고 빼꼼히 보니 책상 앞에 웅크리고 앉아 뭔가에 열중인 히데오가 보였다. 다나카가 얼른 컵에 거품을 뱉으며 다가갔다.

"경부님, 용의자들 행보를 추적해본 결과 뜻밖의 사실을 발견했습니다."

"말해."

여전히 책상에 딱 붙은 채 미동을 보이지 않는 히데오.

"용의자 명단 중에 한국인 있잖습니까, 이름 문준기. 오래 전부터 이미 도쿄에 들어와 일하는 신분이었더군요. 낮에는 집에서 프리랜서로 디자인 작업을…"

"오호, 그래?"

"네. 그리고 밤에는 근처 소바 집에서 아르바이트를 한 것으로 확인됐습니다. 대인관계는 폐쇄적이었던 것 같습니다. 거주하던 맨션 이웃들도 사진을 보니 긴가민가하는 눈치였고요."

"최근 행적은?"

"범행일로부터 한 달 전에 한국에 잠시 나갔다 온 흔적이 있습니다. 그때도 혼자였습니다. 아무래도 단독범행 같은데요."

"단독 범행이라… 어째서 그렇게 생각하지?"

"사실 데스크탑을 오래전에 파쇄시켜 버린 모습을 봤다는 이웃의 증언도 있었고요. 뭐 수개월 전 일이긴 하지만. 게다가 이렇다 할 인맥도 없는 놈입니다. 설령 있다고 해도 이렇게 크나큰 범죄에 끼어들 만큼 배짱 있는 놈이 몇이나 될까요? 돈이 걸린 문제도 아니니 더더욱."

"듣고 보니 일리 있군."

예상치 못한 칭찬에 기분이 좋아진 다나카는 양치 중이었다는 사실도 잊은 채 떠들어댔다.

"둘 중 하나가 아닐까 싶은데요. 한국에서 온 변태 사이코 혹은 사주를 받은 심부름꾼 정도로 말입니다."

"변태 사이코라니 상상력이 지나치군. 사주를 받았다는 건 또 무슨 얘기지?"

"아이코 공주, 사실 급우 관계가 안 좋은 건 다 아는 사실이잖아요.

혹독한 이지메에 거식증도 걸리고 등교 거부까지 했지 않습니까? 물론 성인이 된 지금까지 이어지고 있는지는 모르겠지만."

"나이를 먹었어도 계집애들 시기 질투는 변하지 않으니까."

"제 말이 그겁니다. 어딜 가나 여자들은 질투하는 대상을 혐오하기 마련이니까요. 번거로우니까 정작 자기들은 손을 떼고, 남의 손을 빌릴 수 있죠."

"흠… 그래서 자국민이 아닌 한국인 노동자를 고용했다?"

"가능성 있지 않나요?"

끙차, 내내 고개를 수그리고 있던 히데오가 기지개를 켜듯 활짝 상체를 뒤로 젖혔다. 책상 위에는 손톱 깎기와 잘려진 손톱이 중구난방으로 널브러져 있었다. 이면지 한 장을 밑에 대고 손톱을 쓸어 모으며 히데오가 말했다.

"그래. 자네의 추리 잘 들었어. 사실 긴가민가했는데, 자네 이야기를 듣고 보니 확신이 섰지 뭐야."

"경부님도 저와 같은 생각을 하고 계셨던 거군요?"

히데오는 이면지를 대충 구겨 모서리에 던지고는 두 손을 책상에 짚고 벌떡 일어났다.

"꿈도 크군. 자네 같은 돌대가리는 사건을 담당할 자격이 없어. 아오야마 고쇼만화 '명탐정 코난'의 작가의 실수는 박수칠 때 떠나지 않았다는 거야. 이렇게 삼류 탐정들이 활개를 치는 데엔 어느 정도 그 양반 책임도 있어."

"네?"

"내일 수사라인을 대대적으로 교체해달라고 보고 올릴 테니까 그런 줄 알라고. 물론 거기에 자네가 있을 자리는 없어, 그러니까 아르바이트라도 알아봐. 아, 그놈이 그만둔 소바 집에서 일하는 것도 나쁘지 않겠군."

다나카는 재킷을 걸치고 막 서를 나서려는 그의 뒤를 황급히 좇으며 물었다.

"솔직히 명분이 없잖습니까?? 단독범행이 아니고서야 설명이 되지 않는다고요!"

"공범이 있어."

"없을 겁니다!"

"있어."

"절대 불가능합니다!"

"불가능을 가능케 만드는 조력자가 있다고, 이 밥통아!"

솨아아- 밖에는 비가 쏟아지고 있었다.

제길, 우산도 없는데. 히데오는 재킷 안주머니에서 담배를 꺼내 물었다. 더듬더듬 불을 찾자 다나카가 얼른 라이터를 꺼내 불을 댔다. 안 그래도 말라비틀어진 볼이 한 모금 깊이 빨아들이면서 더 움푹 들어가는 바람에 더 볼썽사나운 치와와상이 되고 말았다. 이 신경질적이고 인간에 대한 환상이 없어 보이는 야멸찬 인간에게도 딱 하나가 있다. 바로 수사력이다. 다나카는 그렇게 생각하면서 인내를 갖고 다시 물었다.

"불가능을 가능케 만드는 조력자라고 하셨습니까?"

"그래. 연간 평균 실종자 수가 천 명을 웃돌아. 그런데 이 사건이 수상한 이유는 따로 있어. 왜일까? 조력자가 있기 때문이야. 그것도 엄청난 조력자."

"그런 사람이라면… 그런 파워를 가진 사람이라면…"

미처 닦지 못한 다나카의 입에서 치약 냄새가 달짝지근하게 풍겼다. 힐끔 그의 컵을 보더니 히데오가 낄낄거리며 웃었다.

"어때? 소바 집으로 쫓겨나게 생기니까 이제 조금씩 감이 돌아오나?"

"설마요…? 그럴 리가. 그분이라고요…? 그분?"

히데오가 다나카의 가슴을 손등으로 가볍게 쳤다.

"그래 맞아. 내 감은 단 한 번도 틀린 적이 없었어."

* * *

준기가 라인에서 '계획'을 함께 할 사람을 찾기 시작한 건 한 달 전이었다.

재일 동포든 일본인이든 그건 중요치 않았다. 중요한 건 상대가 계획에 참여할 만한 뜻과 포부가 있는지 여부였다. 파트너를 구한다는 건 어려운 일이었다. 잘 통하나 싶다가도 결국엔 정치사상을 포함한 보편적인 사고가 맞지 않아 번번이 실망스러웠다. 게다가 말을 걸어오는 것도 대부분 한류에 빠진 일본 학생들뿐이었다. 그날도. 큰 기대 없이 주고받던 대화였다.

[1201] 저기, 나 궁금한 게 있어.

[JK] 뭔데?

[1201] 넌 좌파야 우파야?

[JK] 뜬금없이 그건 왜?

[1201] 한국은 아직도 좌파, 우파로 나뉜다며?

[JK] 그건 너희 일본도 마찬가지 아냐?

[1201] 한국을 따라가려면 멀었지.

[JK] 난 그 무엇도 아니야. 굳이 파를 나누자면 정면파야.

[1201] 큭. 정면파? 뭔가 웃긴다.

[JK] 진짜야. 어떤 쪽도 도움이 안 돼.

[1201] 어떤 도움?

*[JK] 우리 할아버지에 관한 일. 서로 권력 다툼하느라 관심이 없어. 아… 이건 좀 불편한 얘기가 될 것 같은데… 화제를 바꾸자^^*

[1201] 싫어. 얘기 계속해봐. 듣고 싶어.

[JK] 한일 문제라서. 예민해질 것 같아서 그래.

[1201] 불길한데? 그래도 들어볼게. 최대한 중립적인 입장에서.

[JK] 사실 우리 할아버지는 강제 동원 희생자였어.

[1201] 음. 혹시 우리 일본이 가해자야?

[JK] 정답.

[1201] 그렇구나… 역시. 미안…

[JK] 아니야, 괜찮아. 네가 미안해할 일은 아니잖아.

[1201] 그럼 할아버지는 전쟁이 끝나고 한국으로 무사히 돌아가셨어?

[JK] 말하자면 길어.

[1201] 불편하면 대답 안 해도 돼. 그래도 우리 나중에 얼굴 보게 되면 꼭 말해 줘.

[JK] 언젠간.

*[1201] 친해지면^^*

[JK] 그래, 친해지면.

[1201] 있잖아. 말이 나와서 말인데, 사실 우리 할아버지도 그러셨어. 일본이 잘못한 거라고.

[JK] 너희 할아버지도 전쟁에 참전하셨어?

[1201] 참전하기엔 조금 나이는 어리셨대. 하지만 다 기억하셔. 예전에 중

국에 갈 일이 있었는데, 중국 사람들한테도 말했대. 일본이 잘못한 거라고.

[JK] 너희 할아버지가?

[1201] 응. 평화주의자시거든.

[JK] 개인적으로 가셨구나. 그런데 그런 건 좀 높은 사람이 공식적으로 가서 말해야 효과가 있는데.

[1201] 사람들도 많이 데려갔는걸.

[JK] 실례지만 너희 할아버지 유명인이야?

[1201] 어느 정도는?

[JK] 정치인이구나?

[1201] 딩동댕.

[JK] 정말?? 성함을 물어봐도 돼?

[1201] 아키히토.

[아키히토 상왕, 백내장 수술 무사히 마쳐]

우회전하여 왕벚나무가 도열해 있는 길목으로 접어들었을 무렵, 맞은편 고층빌딩에 설치된 전광판에 뉴스 자막이 떠올랐다. 이어서 양쪽으로 드리운 벚나무 가지가 보닛에서 앞 유리를 지나 차체를 쓰다듬듯 미끄러지듯 흘렀고, 전광판의 화면도 금세 다른 뉴스로 전환되었다. 자동차 바퀴가 지나는 자리마다 누워 쌓인 벚꽃들은 살포시 춤을 췄다. 적당한 기온, 섭씨 11도. 신주쿠의 3월 하늘은 푸르고 맑았다.

"그럼 할아버지의 시력도 이제 좋아지는 건가…" 아이코가 남은 타마고 샌드위치 조각을 마저 입에 넣으며 말했다. "그보다 정말 아저씨 혼자 할 수 있겠어?"

"혼자가 아니지. 아이코가 도와줄 거니까. 다만 차 안에 갇혀 지내야 한다는 점이 걱정되긴 해."

"이 정도면 훌륭해!"

아이코가 차 뒤 칸을 돌아보며 어색하게 웃었다. 작은 간이침대와 싱크대, 잡동사니를 올려놓는 선반과 급한 용무를 해결할 수 있는 화장실. 한국에서는 이런 캠핑카가 한창 유행이라며 개조한 것 치고는 사실 실망이 이만저만이 아니었다. 그럼에도 아이코는 상대방이 듣기 좋은 말을 해줄 줄 아는 세심한 소녀였고, 준기는 입에 발린 소리를 걸러 들을 줄 아는 성인이었다.

"일본에서 눈에 띄지 않겠지? 이런 차?"

"전혀. 걱정 마, 아저씨. 그건 그렇고 진짜 날 찾아올 줄 몰랐네."

"찾아오라고 했잖아."

"그래. 잘 찾아왔어. 그나저나 지금쯤 난리가 났겠다."

"아마 자민당 측 인사들이 대거 배석하여 기자회견을 열고 있을 거야. 우익 언론은 대서특필할 테고."

"어째서?"

"일본은 신국." 준기가 고개를 돌려 똑바로 보며 덧붙였다. "신의 딸이 없어졌으니까."

"왜 하필 자민당인데?"

"아베 사망 이후 지지율이 곤두박질치고 있잖아. 지금의 총리인 기시다의 국정 운영 능력이 도마 위에 오른 거지. 어쩌면 이번 사건은 자민당 측에서 다시 자신들의 입지를 확보하는 데 이용할 가능성이 농후해."

"입지? 내가 없어졌는데?"

"정치란 그런 거니까."

"어쨌거나 떠들썩할수록 좋은 거 아냐? 우리로선."

‘우리.’

준기는 쓴웃음을 지었다. 일본 왕실의 서열 2위가 과거 피식민지였던 나라의 국민에게 드라마틱한 단어를 사용한 것을 세상 사람들이 알까. 소설이라고 비웃겠지.

“되도록 외부 활동은 내가 할 거야.”

“그럼 아저씨 얼굴이 알려질 수 있잖아.”

“상관없어.”

“어떻게 상관이 없어? 성형수술이라도 할 거라면 모를까.”

“틀렸어. 과거형.”

“응?”

“이미 했다고.”

“말도 안 돼.”

“정말이야. 성형이라고 하기엔 좀 그렇지만 치아교정을 하면서 아래턱 양악수술을 병행했어.”

“어째서? 얼굴에 칼을 댈 만큼 그럴 만한 가치가 있는 일이야, 이게?”

“이 일과는 무관해.”

“그럼 다행이고.” 아이코는 아이스티를 마시려다 말고 퍼뜩 다시 뭔가 걸리는지, “그런데 그것만으로도 얼굴을 못 알아볼 수 있을까?”

“한국의 의료진은 초고도의 실력자들뿐이라서 충분히 가능해.”

“하긴. 중국인들이 많이 성형 원정을 간다더라.”

“그건 어떻게 알아?”

“한국 연예인들의 비밀이라는 유튜브에서 알게 됐어. 성형수술에 대해서 나오더라. 그만큼 의술이 좋고, 그 입소문이 중국에까지 퍼졌대. 그래서 중국 부호들이 많이 애용한다나. 맞아, 아저씨?”

준기는 핸들을 꺾으며 웃었다.

"그런데 아저씨. 홋카이도로 갈 생각인 거야?"

"아니. 이대로 홋카이도까지 차로는 못 가. 신칸센을 이용해야 하는데, 그러자니 그사이 마음이 바뀐 신의 딸이 증발해 버릴 것 같고."

아이코가 피식하며 대꾸했다.

"그럼 어디로 가는 거야?"

"우리 할아버지는 일제 강점기 때 군속이셨어. 군무원으로 끌려갔단 얘기지. 홋카이도 탄광이었는데, 당시 탄광에 중간 관리자급으로 있던 사람이 지금까지 생존해 있어."

"지금까지 살아있다고?"

"응. 알아본 바에 따르면 아주 정정하더라고. 그 노인을 만나볼 생각이야. 일본 경찰이 날 추적하는 과정에서 언제가 됐든 내 정체가 밝혀질 테고, 자기네들끼리 머리를 굴리겠지."

"범행 동기에 대하여."

"맞아. 어쨌든 그동안 나는 나대로 하루빨리 내 할아버지의 죽음에 대해 파악할 필요성이 있어. 아무래도 사료만으로는 부족해."

"그럼 아저씨의 최종 목표는 할아버지의 억울함을 푸는 거지? 그걸로 끝?"

아이코가 준기의 옆얼굴을 똑바로 응시하며 물었다.

제4장
문수용

전쟁이란 죽음 없이 존재할 수 없는 생명이야.

에밀 졸라 『패주』 中에서

사건 발생 다음 주 월요일. 대한민국 외교부 청사.

역사상 유례를 찾아볼 수 없는 초유의 납치 사건이 벌어졌다. 주한일본대사는 직접 외교부를 방문해 왕실을 상대로 한 극악무도한 테러에 대해 강력한 항의를 표출할 요량이었다. 뉴스가 터지기 전에 차관으로부터 소식을 전해 들은 장관이 따로 입장문을 마련하기도 전에 말이다. 일각에서는 외국에서 범죄를 일으킨 자국민에 대한 통제조차 제대로 하지 못하는 무능한 외교부라는 힐난의 목소리도 터져 나왔다.

이른 아침부터 1층 로비를 신경질적으로 두드리는 구두 소리가 불규칙하게 이어졌다. 올 것이 오고야 말았다는 듯이 오가는 모든 직원이 발걸음을 멈추고 '그들'에게 시선을 모았다.

8층 장관실 문을 벌컥 열자마자 자동반사적으로 소파에서 일어나 맞이하는 외교부 장관. 그 또한 기다렸다는 듯이 준비된 자세로 악수를 청했지만, 주한 일본 대사는 딱딱하게 굳은 얼굴로 멀찌감치 떨어져 앉았다. 뒤이어 앉으며 장관이 달래는 얼굴로 말했다.

"이번 일은 정말 유감입니다."

"고작 유감이 전부입니까? 우리 일본은 형언할 수 없는 타격을 입었습니다."

"죄송합니다. 최대한 협조하겠습니다."

"강 건너 불 보듯 하시는군요? 사과 성명문을 내는 게 먼저 아닙니까?"

"사과요?"

"그래요, 사과. 설마 한국인이 일본인에게 저지른 경범죄쯤으로 치부하려는 건 아니시겠죠?"

"그럴 리가요."

"일이 이 지경이 될 때까지 어떤 발표도 없이 그저 협조하겠다, 한마디 뿐이라니 외교 결례도 이런 외교 결례가 어디 있습니까? 당신네 한국은 사과를 그따위로 합니까? 그렇다면 우리야말로 매우 유감이군요."

대사가 신경질적으로 물을 들이켜는 동안 자리에 입회한 관계자들끼리 미묘한 시선이 오갔다.

"저희도 소식을 전해 듣고 매우 놀랐습니다. 대통령께도 즉각 보고드린 부분이고요. 말씀하신 대로 사과가 먼저인 것 압니다. 최대한 협조하겠다는 것은 자국민이라고 해서 감싸지 않겠다는 뜻을 전하려다 보니 와전된 것 같습니다. 모쪼록 노여움 푸시지요."

"그리고 하나 더. 범인을 체포하게 되는 즉시 일본에 인계해주십시오."

"뭐라고요?"

장관이 안경을 들어 올리며 눈을 끔벅였다.

"우리 일본에 인계하란 말입니다."

"가령 우리 한국 경찰이 붙잡아도 말입니까? 범죄인 인도 조약이라는 것이 명백히 존재하지 않습니까? 체포 시 인도 절차는 조약에 근거하여 진행하도록 하겠습니다."

"이봐요, 장관. 댁들 나라에서 죄짓고 일본으로 도망친 사람들이 얼마나 많은 줄 아십니까? 일일이 안 세어 봐서 그렇지, 조약 체결 이후에 한국으로 다시 보내는 과정에서 그 수가 천 명에 육박했다고요. 아마 더 있을지 누가 압니까? 그런데 당신네들은 그 한 명을…!"

"압니다, 압니다. 다시 말씀드리지만, 자국민이라고 해서 감쌀 생각은 전혀 없습니다. 다만 공동 진압의 방식이 적절하다는 뜻이며, 법적으로도 상호 맺은 조약…"

주한일본대사가 검지를 치켜들고 말을 끊었다.

"짧은 말 길게 하지 맙시다, 장관. 우리 일본은 이번 공주 납치 사건을 위해 수사팀을 대대적으로 꾸렸습니다. 범인의 국적이 어디든, 목적이 무엇이든 그것은 전혀 중요치 않습니다. 왕실의 권위와 일본이란 나라의 명예에 흠집을 낸 이상 좌시하지만은 않을 것이란 얘깁니다. 한국 측에서도 향후 어떻게 나오는지 잘 지켜보도록 하죠."

일본 측 인사들이 떠나고 난 뒤, 극도의 압박감에 소파 뒤로 몸을 깊숙이 묻은 장관은 입이 바짝 타들어 가는지 입맛을 다셨다. 정책보좌관이 물컵을 내려놓으며 눈치를 살폈다.

"그거 어떻게 됐나? 내가 조사해 보라고 한 거."

"안 그래도 보고 올리려던 참이었습니다. 그런데 이번에 조사하면서 새로운 사실을 알게 됐습니다."

"새로운 사실?"

"문준기가 이번 납치 사건을 벌인 배경 말입니다."

"배경? 그래. 범행 의도가 있겠지."

모두 집무실을 나가고 장관과 단둘이 남게 된 보좌관은 맞은편에 앉았다.

"수년 전에 지금은 퇴직하고 없는 외교관 한 명이 있었습니다. 일본 공사직이 마지막이었죠. 그가 그만두던 해인 2019년에 우연한 계기로 반세기 만에 비밀 해제된 어떤 외교문서를 보게 됐습니다. 그동안 극비였던 만큼 그 문서를 열람할 수 있는 사람도 딱 세 명뿐이죠. 대통령, 외교부 수장, 그리고…"

"실무자."

"맞습니다. 그런데 말이 그렇지, 실제로는 양이 워낙 방대해서 실무자조차 일일이 본다는 건 사실상 불가능합니다. 기를 쓰고 뒤지지 않는 한 말이죠. 그런데 말입니다. 폐기해도 무방할 그 문서를 그는 긴 시간을 할애하며 샅샅이 읽은 겁니다."

"지금 하는 얘기가 문준기 사건과 연관됐단 말이지? 그래, 그 사람은 그걸 뭐 하러 들여다봤대?"

"필요하니까요."

"필요?"

"그 문서를 얻은 경로는 우연이었을지 모르지만, 그 안에 담긴 정보는 그동안 절실히 필요로 하던 것들이었거든요."

"문서에 어떤 내용이 담겼길래?"

보좌관은 몸을 앞으로 숙이며 한층 어조를 낮추었다.

"태평양 전쟁 발발 당시에 일본 홋카이도로 끌려갔던 조선인 희생자들에 관한 것들입니다."

"계속해봐."

"대략 2만 2,000명이 끌려간 사실이 담겨 있습니다. 종전 후엔 돌아오지 못하는 경우도 허다했죠. 그런데 그중 일부가 일하던 갱도에 묻혀 있다는 사실이 담겨 있었습니다."

"묻혔다고? 생매장?"

"자세한 건 모릅니다. 묻혀있다고만 표기되어 있으니 말이죠. 그런데 반세기 넘게 그 사실을 일본은 물론 우리 정부까지도 은폐해왔다는 게 중요합니다."

"잠깐."

장관이 손을 들어 말을 끊었다. 그리고 턱을 문지르더니 뭔가 떠올랐는지,

"그 문서를 봤다는 사람, 외교관이라고 했지? 그게 누구야?"

"1973년 7회 외무고시 합격자이자 퇴직하고 얼마 뒤인 2021년 3월에 대장암으로 사망한 문경상, 이번 아이코 공주 납치 사건을 벌인 문준기의 부친입니다."

* * *

쏴아아-

아침부터 장대비가 세차게 내렸다. 방송에서는 때아닌 봄비를 두고 납치된 아이코 공주의 눈물이라고 했다. 일왕의 유일한 자식이자 왕실의 큰 기쁨이었던 만큼 많은 국민들이 그 말에 동조했다. 그런 아이코를 상실한 도쿄의 꾸덕꾸덕한 하늘은 고흐가 살아 돌아와 우울하게 덧칠을 하고 간 것처럼 보였다.

『아이코 공주가 납치된 지 나흘이 지났습니다. 도쿄 경시청은 유력 용의자

로 지목하고 있는 한국인 문준기의 행방을 뒤쫓고 있지만 아직까지 신병이 확보되지 않은 상태입니다. 이에 궁내청은 한국 정부에 공식적인 사과를 요구함과 동시에 늑장 대응을 강력하게 규탄하고 있으며…』

화면에는 '납치 용의자는 도쿄 거주 39세 한국인 남성'이라는 자막과 함께 쌍꺼풀이 짙은 눈매를 지닌 문준기의 얼굴이 나왔다. 그때였다. 드르륵- 하고 문이 열렸다. 희미하게 들렸던 빗소리가 그 탓에 크게 들렸다. 아키라가 문을 닫자 소리가 다시 잦아들었다. 고래 등처럼 번들거리는 그의 검은 색 우비에서 굵은 빗방울이 뚝뚝 흘렀다.

"어딜 갔다 이제 와요?"

메구미가 눈치껏 리모컨으로 TV전원을 끄며 물었다. 습기 찬 안경 너머로 보이는 아키라의 눈빛엔 어떤 애수 같은 것이 담겨 있었다. 그는 대답 대신 꺼진 TV를 가만히 응시했다. 그런 남편과 꺼진 TV를 번갈아 보던 메구미가 신이치에게 채근하는 눈짓을 보내자 다 기어들어 가는 목소리로 신이치가 입을 열었다. 어제보다 훨씬 풀이 죽은 얼굴이었다.

"죄송해요. 아버지."

"……"

"걱정 끼쳐 드려서 죄송해요."

아키라는 말없이 2층으로 향했다. 가만히 거실을 돌아본 후에는 신이치의 방문 앞에 멈춰 섰다. 영문도 모르는 두 모자가 그 뒤를 쫓았다. 정돈되지 않은 침대 위로 널브러진 베개. 쿰쿰한 호르몬 냄새가 메구미가 가져다 놓은 양키 캔들과 뒤섞여 풍겼다. 전형적인 이십 대 청년의 방다웠다. 한쪽에 놓인 책상으로 시선을 옮겼다. 거기엔 아이폰 충전기와 닌텐도가 아무렇게나 뒤엉켜 있고, 책장에는 아직 펴보지도 않은 듯한 새것 그대로의 각종 수험서와 걸그룹 음반 등이 어울리지 않게 중구난방으로 껴 있었다. 그러다 문득 모니터 옆에 놓인 자그마한 액자가 눈에 들어왔다. 일곱 번째 결혼기념일이었는데, 마침 아들 신이치의 생일도 같은 날이라 디즈니랜드에 갔을 때 찍은 사진이다. 기념일 따위 챙기는 건 여자한테 꽉 잡혀 사는 남자들이나 하는 짓이라고 확고하게 믿던 젊은 날의 그가 마지못해 따라온 티를 팍팍 내는 표정으로 서 있다. 하.지.만.

'행복했다.'

메구미와의 결혼과 아들 신이치의 출생은 결코 볕이 들것 같지 않던 시기에 찾아온 기적 같은 행복이었다. 하지만 역시 '그 일'만 일어나지 않았어도 아키라 본인의 인생과 아들의 인생까지도 이렇게 되지는 않았을 것이다. 더 나은 조건으로 더 나은 생활을 하고 있었을지도 모른다.

지평선 위에 두루미들이 가물거리고, 산들바람이 이들의 애원하는 듯한 혹은 기뻐하는 듯한 울음을 실어오기도 했지만 몇 분 뒤에는 아무리 애써 푸른 저편을 응시해도 점 하나 보이지 않고, 소리 하나 들리지 않는다. 바로 이처럼 사람들의 얼굴이나 말도 삶 속에서 명멸하다가는 과거 속으로 가라앉아 버리는 것이다.

– 체호프 『베로치카』 –

'아니.'

아키라는 우주의 끝이 다한다 해도 결코 사라지지 않는 무언가가 있다고 확신했다. 그것의 이름은 '불운'이며, 결코 갑작스런 사고가 아니다. 인간이 만들어 냈으니 인간이 존재하는 한 '불운'도 건재할 것이다. 인간은 그것을 극복할 수 있을까?

"아키라, 왜 우리에게 이런 일이 벌어졌을까?"

"네 누나는 우릴 떠났어."

생전에 어머니는 그렇게 자조했다.

누가 시간이 약이라고 했던가? 시간이 흐르면 흐를수록 고통은 옅어지는 것이 아니라 뭉근한 세기와 속도로 숨통을 조여 온다. 누군가는 그렇게 말할 것이다. 보라고, 사랑하는 가족을 불의의 사고로 저세상으로 떠나보낸 사람들조차도 슬픔을 극복하면서도 다들 살아간다고. 틀린 말은 아니다. 알음알음 알게 된 한 노인은 히로시마 원자폭탄으로 처자식을 잃었지만 96세에 암으로 죽을 때까지 학교 앞에서 풍선을 불었다. 고모뻘 되는 먼 친척 아주머니도 하나뿐인 딸이 동급생에게 강간살인을 당했지만, 여전히 해가 뜨면 마트에 출근하여 바코드를 찍는다. 남은 사람이라도 살아야 하니까.

"앞으론 안 그럴게요." 신이치가 다시 말했다.

"뭘 말이냐."

"제멋대로 굴어서요."

"……"

"이번에도 단순한 스토커인 줄 알았어요. 변명같이 들리겠지만 사실이에요. 믿어주세요. 거기다 돈도 부르는 대로 준다길래 정신이 잠깐 나갔었나 봐요."

당시 준기의 눈빛을 떠올리며 신이치가 빌었다. 키 178센티미터쯤 될까? 훤칠한 키에 한국 연예인이라고 해도 손색이 없을 만큼 준수한 외모까지. 편을 드는 것이 아니라 녀석에게선 그 어떤 악의도 찾아볼 수 없었다. 그런데 일이 이렇게까지 커질 줄이야. 그가 던진 미끼를 무는 게 아니었는데. 대어인 줄 알고 물었건만, 도리어 신이치가 코 꿴 격이 되어 버렸다. 거기다 아버지와 어머니까지 덩달아 엮이게 생겼으니 후회가 막심했다. 하지만 늘 그랬듯이 돌이키기엔 너무 멀리 간 후에야 후회란 놈은 음흉한 미소로 마중을 나온다.

"신이치."

"네…"

"지금부터 내가 하는 말 잘 들어라."

아키라가 몸을 돌리고 비교적 차분한 어조로 말했다. 평소에도 어디서 뭘 하고 돌아다니는지 캐묻고 싶은 걸 간신히 참는 기색과 언제 터져도 이상할 게 없던 분노로 차있던 아키라가 갑자기 간절한 자세로 나오자 당혹스러웠다. 더는 실망시킬 수도, 실망시켜서도 안 된다는 무언의 압박으로 다가왔다.

"뉴스를 보니 유력 용의자가 한국인이라고 하더구나. 사실이냐?"

"네…"

"이메일은 네가 감쪽같이 지웠으니 그 일은 묻어두기로 하자. 대신에 그 외에 그자에 대해 아는 대로 더 말해 줄 수 있겠니?"

"아는 대로요? 어떤…?"

"네가 본 것, 느낀 것, 촉이 감지하는 어떤 것도 좋아. 내 밑에서 적지 않은 시간을 일하면서 쌓았을 너만의 노하우가 있지 않겠냐. 낱낱이 알려다오."

"다 말할게요, 아는 대로."

그러자 굳어있던 아키라의 얼굴이 조금 풀어졌다. 묻기에 하는 대답이지만 사실 신이치도 털어놓고 싶은 마음이 컸다. 그래, 차라리 모두 밝히자. 신이치는 처음 메일로 의뢰를 받은 순간부터 준기를 만나 정보를 제공하고 또 돈을 받은 사실, 그리고 가쿠슈인에서 그를 도와 대신 경호원들을 따돌리던 행각까지 낱낱이 고했다. 이야기를 듣는 동안 아키라는 결코 노여워하지 않았다. 오히려 거기서 희망을 본 듯한 표정이었다.

"말해줘서 고맙구나."

"그런데 그놈에 대해서 왜 궁금하신데요? 설마… 직접 그놈을 잡으려고요?"

아키라가 가만히 고개를 끄덕였다.

"왜죠? 이번 사건에 포상금이라도 걸려있어요?"

"빚이야. 마음의 빚."

마음의 빚? 신이치는 어머니인 메구미와 눈이 마주쳤는데, 그녀는 뭔가를 아는 듯이 천천히 고개를 끄덕였다.

"나중에 말해주마."

"그런데 만일 제가 놈을 도운 꼴이 되어버렸다는 게 자칫 세상에 알려지기라도 한다면 어떡해요? 그때 전…"

"걱정할 거 없어. 네가 생각하는 그런 것이 아니야."

그리고 다시 1층으로 향하던 아키라가 문득 풀이 죽은 신이치를 돌아보며 말했다.

"나는 내 가족이 자랑스럽다. 세상 사람들이 뭐라 하든 단 한 번도 부끄러운 적이 없었어. 때문에 내 가족을 지킬 거야."

＊＊＊

일본에 끌려갔던 할아버지는 전쟁이 종식되고 한참이 지나도록 돌아오지 않았다. 죽음이 기정사실화된 것은 할머니가 오랜 세월 활짝 열어두던 문을 닫으면서부터였다고, 아버지로부터 전해 들었다.

박정희 정권 시절에 한일기본조약1965년 국교 정상화와 전후 보상 문제를 다룬 조약, 지금까지 양국 간의 해석의 차이가 있다.을 맺었는데, 당시 정책을 일일이 확인하고 요모조모 따질 정도의 자각과 배움이 친가 식구들에겐 없었다. 그 일이 수십 년 후에도 일본이 강제 동원 피해자 문제에 발뺌하는 빌미를 제공하리라는 걸 알았더라면 사정은 좀 달라졌을까. 그러나 이미 돌아가신 분들을 대신해 변명하자면 당시의 분위기는 매우 독특했다. 전후 복구사업에 열을 올리는 상황에서 정치, 사회, 경제 등 저변에서 반공이 판을 쳤기 때문이다. 시골 마을 뒷산에서는 더러 대퇴골 일부나 두개골이 발견되기도 했고, 최악의 경우에는 지뢰가 터지기도 했다. 한국전쟁 당시의 것들이다. 그럴수록 남자들은 빨갱이를 때려잡아야 한다고 외쳤고, 여자들은 남편과 아들이 바깥에서 이상한 사상에 물들어 오진 않을까 노상 마음을 졸여야 했다. 거기다 곶감 대신 빨갱이로 아이들에게 겁을 주곤 했던 노인들까지.

이미 벌어진 전쟁은 곧바로 사서에 활자로 새겨질 만큼 돌아올 수 없는 강이었다. 또 다른 물살이 밀려오고 있었다. 다시 말해 할아버지만이 특별한 것은 아니었단 뜻이다. 어쩌다 할아버지의 일을 탄원이라도 해 볼라치면, 돌아오는 것이라곤 인민군에 포로로 끌려간 앞집 삼대독자의 사연, 공부를 시켜주겠다는 말에 속아 집을 나섰지만 버마에서 위안부 생활을 하며 하루에 삼십 명을 상대했다가 돌아와서 정신병자가 되었다는 뒷집 막내딸의 사연뿐이었다. 매사 그랬다. 시간만 흘렀다.

"네 할아버지가 뭐 좋아서 일본 간 줄 아냐?"

요양원을 찾았을 때, 그 이야기가 나왔다. 할머니는 연신 기침을 하며 가래 끓는 목소리로 말씀하셨다.

"나라 때문에 끌려간 거지. 나라가 힘이 없어서."

그리고 할머니의 시선은 창가 너머 바람에 날리는 낙엽에서 떠날 줄 몰랐다.

"시아버지는 서울서 훈장을 하셨어. 그걸로 모은 돈이 좀 돼서 어떻게든 동원만은 막으려고 애를 쓰셨지. 준기 네한텐 증조부 말이야. 그 분이 아주 걱정이 많으셨다. 당신 아들이 끌려가고 나면 남은 식솔들이 걱정되니까 어떻게든 막아보려고 했어, 동원만은. 에휴. 끌려간 날도 딱 오늘처럼 지랄맞게 비가 왔었어. 다 기억한다, 나는. 다 기억해."

두유를 한 모금 마시더니 한탄은 계속됐다.

"그런데 네 할아버지는 자기 아버지랑 정반대였어. 처자식이라곤 안중에도 없는 양반이야, 그 양반이. 일본에서 쎄빠지게 일하면 뭐 하니? 이리 뜯기고 저리 뜯기고 그나마 받은 쥐꼬리만 한 것도 조강지처를 못 믿어서 자기 형 앞으로 부친 위인이거든. 너한텐 큰할아버지 얘기다. 아마 내가 딴 주머니 찰까 봐 그랬나 본데, 내가 그 돈 받아서 도망을 가니 뭘 하니. 네 고모랑 네 아버지가 손가락 빨면서 산 것도 다 네 할아버지 때문이다."

고모의 만류에도 할머니는 알 건 알아야 한다며 막무가내셨다. 그러다 어떤 대목에선 깔깔대며 이렇게 덧붙이셨다.

"네 할아버지 아마 거기서 어떤 얼빠진 일본 여자한테 새 장가 들어서 잘 먹고 잘 살다 죽었을 거다. 인물 하난 좋았거든. 마을서 인물이 제일로 좋았어. 평생 걱정만 하고 산 내가 미친년이다. 내가 미친년이야."

그러면서 할머니는 틈틈이 할아버지를 칭찬하는 말을 끼워 넣었다. 돌아오지 않는 할아버지에 대해 힐난조로 말했어도 사실은 희망 사항이었을 거란 걸 잘 안다. 할머니는 평생을 수절하셨다. 서른 후반까지만 해도 주변에서 중신을 서겠다는 사람도 많았다. 돈 많은 방앗간 집 홀아

비, 홀로 남한에 정착한 이북이 고향인 학교 선생 등 재가할 기회는 얼마든지 있었지만, 그것을 날려 버린 건 매번 할머니 당신이었다. 60년대만 해도 할머니는 매년 볏짚을 혼자 손질하셨다. 양조장집 막내딸로 태어나서 금지옥엽으로 자란 할머니로서는 대단한 용기와 책임감이 없인 못할 일이었을 것이다. 그러다 딱하게 여긴 이웃 남자가 조금 도와주기라도 할라치면 그날 할머니는 그 집 여자에게 머리를 잡혔다. *"있는 서방 잡아먹고, 남의 서방 눈독 들이는 년."*이라고. 다행히도 70년대에 슬레이트 지붕을 얹으면서 머리 잡힐 일은 없었다. 바뀐 농촌을 배경으로 남진이 저 푸른 초원 위에 구름 같은 집을 짓는다는 '님과 함께'를 발매했지만, 거기에도 할머니는 소외되었다. 그 님은 오지 않았으니까. 와야 할 님이 일본 여자와 새살림을 차렸을 거란 말은 정말 희망 사항, 아니 판타지에 불과하다는 것을 오랜 시간이 지나서야 밝혀졌다.

아버지는 외교 공무원으로 있으면서 경험했던 1998년도의 일본이란 나라는 생각만큼 선진화되었고, 생각보다 낭만적이어서 징그러웠다고 말했다. 반드시 이겨야 할 대상, 언제고 섬멸해야 할 대상이었던 그곳은 사회문화적으로 고도의 발달을 이룩했으며, 길거리 음식부터 지하철 공공화장실에 이르기까지 위생적으로 철저했고, 설비가 완벽했다. 그래서 죄책감은 가중됐다고, 아버지는 말했다. 생맥주에 오코노미야끼를 남김없이 싹싹 비우고, 지나치리만큼 예의를 갖추는 택시 운전사의 배려에 감탄하는 것, 그리고 간 쓸개 다 내어줄 것처럼 반 무릎을 꿇고 서비스 정신을 불태우는 료칸의 직원들로부터 느끼는 감사함까지도. 이유 없이 죄책감을 느꼈다고 했는데, 사실 그 이유를 잘 알 것 같았다. 처음 신이치를 만나 함께 걷던 시부야 스크램블 교차로에서 같은 기분을 느꼈지 않았나. 부딪힐뻔하자 먼저 아차차! 스미마센을 연발하던 샐러

리맨에게 받은 어떤 기시감. 장차 뜻하던 바를 이루려 하는 행위가 과연 정당한가에 대한 의문이 드는 것은 차치하더라도, 의욕을 꺾게 만드는 그 선의(善意).

상대를 이기기 위해서는 반드시 배워야 한다, 아버지가 귀에 딱지가 앉도록 하던 말이었지만 정작 할아버지는 시대가 시대였던지라 가방끈이 짧았다.

할아버지는 마을 훈장의 둘째 아들로 태어났다. 뜻이 맞는 유생들끼리 십시일반 돈을 걷어 마을에 최초로 학교를 세우기도 했던 증조부였건만, 왜 자식 교육에는 소홀했는지 지금도 의문이다. 할아버지는 소학교만 다녔고, 그마저도 중퇴했기 때문에 글도 띄엄띄엄 알았다. 성인이 되어서는 자전거 점포, 이발사, 과자공장 배달사원 등등 안 해 본 일 없는 소시민으로 살았다. 바로 위의 친형이 바다 건너 게이오대학에 유학하며 나쓰메 소세키의 소설을 읽는 동안에도 할아버지는 강제 동원에 징집당하지 않으려 순사의 눈을 피해 다녀야 했다. 이를 두고 아버지는 일갈했다. 강자로부터 지배를 받는 약자는 두 양상을 띤다고. 하나는 그것을 디딤돌 삼아 지식인이 되어 역사를 주도하는 쪽이고, 다른 하나는 그 밑에서 근근하게 눈앞에 주어진 하루를 연명하는 소시민. 물론 후자는 할아버지를 두고 하는 말이리라. 그리고 그 삶의 굴레를 물려받은 아버지도 피해자다. 어떻게든 일본은 무찔러야 하고, 밟고 올라서야 한다고 한평생 부르짖었다.

여전히 할아버지는 멀고도 아득한 존재였다. 솔직히 말하면 위인전기의 위인들이 굵직한 사건을 해결할 때, 그저 멀리서 병풍처럼 서 있던 수많은 시대인 중 한 명처럼 유약하게 느껴진다고 해야 맞다. 명절 때, 가묘 앞에서 미지의 할아버지에 대해 조금씩 인간적 지루함과 망각을 느낄 때쯤이면, 고모는 기가 막히게 눈치를 채고 곧잘 이렇게 주워 이르곤 했다. 할아버지가 배에 몸을 실던 당시 고모는 다섯 살, 아버지는 유복자였다.

"얘, 준기야. 네 할아버지는 대쪽 같던 분이셨어. 어릴 때라 자세히 기억은 안 나지만 확실한 건 아무리 사는 게 힘들어도 잘사는 친척에게 빌붙는 법이 없었지. 아쉬운 소리 해가면서까지 살고 싶진 않으셨던 거야. 너도 알지? 우리 양반 집안이다. 그러니까 그만큼 자존심이 강하셨지. 그리고 어찌나 힘도 좋았는지 몰라. 과자공장에서 배달 일을 할 때에도 늦은 밤에 순찰을 돌던 일본 순사들이 돈을 뜯으려고 하니까 오히려 때려눕혔던 분이셨단다, 네 할아버지가."

그리고 그런 성정을 가진 할아버지라면 강제 동원을 끌려간 지 오십 년이 지나도록 나타나지 않은 것은 분명 그곳에서 어떤 사인으로든 돌아가셨을 게 뻔하다고, 다들 나름의 결론을 내렸다.

1943년, 할아버지가 끌려간 곳은 일본의 홋카이도였다. 폐허가 된 탄광 마을, 유바리. 지금은 원주민 몇몇과 탄광역사관을 찾는 소수의 사람들을 제외하고는 인적이 드문 곳이고, 이따금 발에 채이는 석탄 조각과 가루들 틈에서 조선인 동원자의 뼈마디가 섞여 나올 때나 방송국에서 촬영을 나오는 그런 곳. 그것도 공포특집이라니 웬 말인가. 방송 소재로 쓰이는 동안에도 유족들은 나타나지 않았다. 끌려올 때 이미 대다수가 창씨개명을 한 상태였기 때문에 어떻게 죽었든 신분을 확인하기 어려운데다 유족들도 이미 모두 늙거나 죽고 없으니까. 영화에도 더러 소개됐지만 끌려간 탄광은 그야말로 지옥이었을 것이다. 지옥의 특징은 활로活路가 없다는 점이다.

언제부턴가 막연히 상상을 했다. 할아버지가 어떻게 일했고, 어떻게

핍박을 받았으며, 얼마나 고향 땅을 그리워했는지. 우연히 강제 동원된 희생자들의 닳고 닳은 흑백사진을 볼 땐 그 감정이 더욱 북받쳤다. 거기엔 학대에 길들여져 순종적인 얼굴을 한 가여운 조선인들이 있었다. 필경 배에 몸을 싣고 출발할 때까지만 해도 어느 정도 남아있었을 패기와 도발은 까맣고 깊은 탄광 속에 생매장당한 채로 말이다. 먼 시간을 지나 비로소 매장물을 확인한 건 다름 아닌 아버지였다.

"문준기."

아버지는 늘 성을 붙여 불렀다.

"세상엔 내가 원치 않아도 해결해야 할 과업이라는 게 있다."

공부하라는 잔소리는커녕 매사에 이래라저래라 바라는 게 일절 없었던 아버지였던 만큼 그 말은 가슴에 묵직하게 다가왔다. 그리고 아버지의 49재가 끝나던 날 비로소 깨달았다. 그 과업은 이제 대를 거쳐 넘어왔음을.

"아저씨 방금 뭐라고 했어? 생매장?"

"그래. 생매장."

어느 정도의 반발이 있을 거라 예상했다. 특수한 신분으로 태어나 국가와 미래에 대해 남다른 책임감과 사명을 가르침 받아 자랐을테니까. 그러나 예상은 보기 좋게 빗나갔다. 경호원을 따돌리고 동행한 지 벌써 수일이 지났다. 그것도 캠핑차라고 부르기도 뭣한 허름한 차에서 시종 내리지도 못한 채. 그런데도 아이코는 두 어깨가 오차 없이 수평을 이루며 균형 잡힌 자세로 깎아놓은 듯이 앉아 있었다. 흐트러짐 하나 찾아볼 수 없었다. 문득 그것이 당장 급조된 것이 아닌 오랜 시간 훈련과 자각을 통해 만들어진 고귀함이라는 생각이 들었다.

아이코가 애써 동요하는 감정을 억누르며 물었다.

"그게 무슨 소리야? 아저씨의 할아버지가 탄광에서 죽다니? 그것도 생매장으로?"

"홋카이도로 끌려가던 배에는 수천 명의 조선인이 타고 있었다고 해. 모두 한곳에 가는 건 아니고 오타루, 무로란 등으로 나뉘어서 갔어. 가서도 투입된 곳이 다 달랐지. 탄광, 항만, 비행장, 철도공사장 등등. 그중에서도 우리 할아버지는 유바리 탄광으로 끌려갔어."

아이코가 대답 대신 옅은 한숨을 뱉었다.

"일본에 강제로 끌려간 조선인이 이루 헤아릴 수 없을 만큼 많지만, 신원이 확인된 수는 턱없이 적지. 이건 한국 내에서도 조사가 미흡한 것도 있지만 일본 쪽에서 사과는커녕 협조를 전혀 하지 않았기 때문이야."

"증거는?"

"증거?"

반사적으로 이맛살을 찡그렸다. 일부러 불쾌감을 표시하기 위해 아이코를 보지 않고 정면만을 응시하며 액셀을 밟았다.

"그래. 아저씨를 못 믿어서가 아니라 나도 함께하기로 한 이상 확실히 알아야 하니까."

"증거야 있지. 우리 아버지께서는 외교 공무원이셨어."

"우리 엄마도."

"그러고 보니 공통점이 하나 있군. 어쨌든 아버지가 퇴직 전에 한 번은 비밀 해제된 방대한 문서를 발견하셨는데 거기엔 1943년 12월. 그러니까 우리 할아버지가 끌려간 지 몇 달 안 됐을 때의 일이 담겨 있었어."

"어떤 일?"

"할아버지가 일하던 탄광 제3갱에서 예기치 못한 폭발사고가 벌어졌다는 거야. 사고로 그 자리에 있던 조선인 74명이 모두 매몰됐다더군."
"세상에…"
"하지만 생각해봐. 74명이 전부 그 자리에서 즉사했을까? 아니. 숨이 붙어 있었을 수도 있잖아."
"……"
"할머니는 그것도 모르고 돌아가실 때까지 할아버지를 기다리셨어…"
준기는 들릴 듯 말 듯 작게 덧붙였다. "요양원에서조차도 문만 보셨어."
"아마 돌아올 거라고 믿으셨나 봐."
"맞아."
"그런데 말이야. 그 폭발 사고가 있은 후에 어떤 수습도 이루어지지 않았던 거야?"
"그러니까 한일 양국에서 쉬쉬하고 있지. 언젠가 한번은 내가 자력으로 그곳엘 방문했어. 발음이 어눌한 걸로 봐서 한국인이라고 짐작했는지 나에게 어떤 남자들이 따라붙더라고."
"남자들?"
"관리인들로 보였어. 내가 한국에서 취재 온 방송 관계자쯤으로 여겼나 봐. 자기네들이 골치 아파지니까 내 일거수일투족을 감시하려고 했어. 물론 받아들이기에 따라서는 내가 예민했을 수도 있지만."
"……"
"한국도 마찬가지. 태평양 전쟁 강제 동원 희생자 지원위원회에 전화해 봤지만 소용없었어. 담당자를 바꿔주는 데만 이십 분이 넘더라고. 이미 지나간 일로 말미암아 귀찮아지는 게 싫었던 거지. 그건 어떤 정권이

들어서건 마찬가지였어. 내가 좌파도 우파도 아닌 정면파라고 했던 말이 이제 이해되지?"

아이코가 가볍게 웃음을 짓더니 이내 굳은 표정으로 변했다.

"그런데 아저씨. 앞으로도 쉽지 않을 거야. 한국에서 강제 동원 관련 영화가 개봉됐었지 아마? 그 일 때문인지 하시마섬에 대한 관심이 많아졌지만 벌써 세계문화유산으로 등재됐잖아."

"그래서 아이코, 네 힘이 필요해."

"좀 더 정확히 말하자면 내 존재 자체겠지?"

"응."

"좋을 대로 해. 이왕 돕기로 했으니까 난 괜찮아. 날 인질 삼아 의회에 딜을 하는 법도 있을 테고…"

"이미 내가 한국인이란 건 알려졌어. 내 신분은 물론이고, 어쩌면 범행 사유까지도 들통났겠지. 뭐 의도한 거니까 상관없어. 그렇다고 널 인질로 협박하고 싶지 않아. 넌 공주잖아. 일본 왕실의 유일한 적자이자 동시에 왕위계승자. 그런 네가 내 편인데 뭐가 무섭겠어?"

"듣기는 좋네. 근데 아저씨, 내가 딸이란 건 잊었나 보구나?"

"여자는 차기 왕이 되지 말란 법도 있나?"

"없었잖아. 여태."

"합스부르크가의 마리아 테레지아는 달라. 황제였던 그녀의 부친은 무남독녀였던 딸을 위해 여자도 황제가 될 수 있도록 조치를 취했지. 자기가 죽은 다음을 걱정해서 말이야. 순탄치만은 않았지만 결국 그녀는 황제가 됐잖아. 자식도 많이 낳았고, 그 덕에 전 유럽 왕실의 장모라는 타이틀도 얻었다잖아. 끝까지 가봐야 아는 거야."

"여긴 일본이거든."

"일본 역사에도 여왕이 더러 있었던 걸로 아는데?"

"과거에 여왕이 있었다는 사실이 지금 나에게까지 유효하진 않아." 그러다가 다시 목소리를 고치고, "하지만 어쨌거나 나 아이코는 최선을 다할 거니까!"

윙--

그때였다.

갑작스레 휴대전화가 진동하는 바람에 가슴이 철렁 내려앉았다. 전화가 오다니? 어디서? 왜? 준기와 아이코는 동시에 놀란 눈으로 서로 쳐다봤다.

* * *

수사본부로 각종 제보가 잇따랐지만, 막상 과한 의심과 경계로 빚어진 해프닝이 대부분이었다. 진전없는 수사에 맥 빠진 경시청은 먹구름으로 가득했다.

궁내청일본 왕실에 관계된 사무 등을 담당하는 행정기관에서는 하루가 멀게 수사 진행 과정과 동향을 시시각각 확인하며 다그쳤고, 이를 두고 언론의 논조는 일찌감치 비난조로 변했다. 그런 와중에 미성년자들에게서 장난 전화가 잇따르는가 하면, 극성스러운 노인에게서 항의 전화가 걸려 오기도 했다.

"공주가 납치됐는데도 여지껏 범인 하나 잡지도 못하고, 너희 같은 무능한 놈들에게 일본의 미래가 있다니! 내가 이 꼴을 보자고 전쟁에 나간 줄 알아?!"

사적인 자리에선 형사들끼리도 저마다 묵혀두었던 불만을 쏟아냈다.

"그렇게 답답하면 지들이 수사하라지."

"히데오 경부님 말대로 코난 만화책을 압수해야 해. 하도 보니까 자기들이 뭐라도 되는 줄 알아."

"그나저나 우리끼리 말인데, 이렇게 된 이상 히사히토가 차기 일왕 후보가 되는 건가?"

"미쳤어? 아이코가 공주가 있는데 조카를 뜬금없이 후계자로 삼는 게 말이 돼?"

"여잔 차기 왕이 될 수 없어. 하는 수 없이 조카에게 물려줘야지. 안 그래?"

그러면서 급기야 생물학적인 친아들로 후계 자리를 이어야 한다는 황실전범까지 오르내렸다.

"하지만 이미 오래전에 여성 일왕도 괜찮다는 얘기가 정치권에서 나돈 것 같은데?"

"반대표가 오죽 많겠어."

"그렇긴 해."

"당시 관방장관이던 아베가 대표적이잖아."

"하지만 이미 아베는 죽고 없어. 그리고 그동안 역사 속에서 여성 일왕도 더러 있었고. 가능성이 없진 않잖아."

"그런 가능성은 꿈도 꾸지 마. 설마 넌 아이코 공주가 왕이 되길 바라는 거야?"

"안 될 거 뭐 있어?"

그때였다.

"놀고들 있네."

그 말에 형사 세 사람이 동시에 옆을 돌아봤다. 언제부터 있었던 걸까? 한쪽에 마련된 간이 세면대에서 면도칼로 턱을 밀고 있던 히데오가 커튼을 걷고 모습을 드러냈다.

"여성 일왕이라니, 남사스럽게스리."

다들 히데오를 조용히 응시하자, 내 말이 틀렸어? 하는 표정을 짓더니 어깨를 으쓱하며 물었다.

"여왕이 뭘 할 수 있는데?"

＊＊＊

- 문준기?

- 누구지?

- 자네가 날 건너뛰고 내 아들을 만났다지?

음성변조기를 이용한 음성이었다.

- 난 널 잘 알아. 한국에서 온 목적도.

뚝.

＊＊＊

노을에 젖은 벚꽃이 장관을 이루었다. 아침저녁으로 불어오는 바람은 사람의 체온과 같은 온기를 머금었건만, 여전히 왕궁 안은 싸늘한 공기가 걷힐 줄 몰랐다.

온종일 조용했던 왕궁에 언성이 들려온 건 늦은 밤이었다.

걸음을 독촉하는 관료와 그 뒤를 쫓는 경시총감이 달빛과 감시카메라가 나란히 비추는 긴 회랑을 막 지나던 참이었다. 들어간 곳은 일왕 나루히토의 집무실. 안에는 이미 기시다 총리가 배석하고 있었다. 나루히토가 자리를 권했다.

"잘 오셨습니다. 오늘 낮의 일을 의논드리고자 오시라고 했어요."

하나뿐인 딸의 납치사건이 해결될 기미를 보이지 않으니 지극히 일일이 여삼추 같았을 테지만 입가엔 여전히 온화한 미소를 머금고 있었다. 오랜 기간 왕좌에 머물던 선왕과는 또 다른 부드러운 힘이 있었다. 상석에 앉은 나루히토를 가운데로 하여 기시다 총리와 경시총감이 나란히 마주 보고 앉았다.

"오늘 오전에 한국의 대통령과 통화했습니다. 모쪼록 이 일을 해결하는데 최대한 협조를 하겠노라고 약속을 해왔어요. 이렇게 늦은 밤 보자고 한 것은." 기시다를 힐끔 보며, "총리의 말뜻이 모호하여 자세히 알고 싶어서입니다."

"말씀하십시오, 전하."

"다름이 아니라 아이코를 납치한 한국인 용의자의 신병에 관한 겁니다. 듣자 하니 그의 조부가 한때 우리 일본에 군속 신분으로 노동을 하던 자라고 하더군요. 맞습니까?"

"네, 그렇습니다."

"여기 계시는 총리는 용의자가 조부의 일로 원한을 갖고 범행을 저지른 것으로 본다는데, 경시총감은 어떻게 보십니까?"

"모두 맞는 말씀입니다. 하지만 범행 동기를 좀 더 구체화할 필요가 있습니다."

그때, 기시다가 끼어들었다. "범행 동기가 바로 조부의 복수를 위한 것 아니오?"

"예. 물론 단순히 보자면 조부의 원한을 갚기 위해 공주를 인질 삼아 무언가를 요구하는 모양새죠. 하지만 아직까지 용의자는 어떤 움직임도 보이고 있지 않습니다. 조건을 내세우며 협박도 하지 않고요. 그렇다면, 놈은 복수가 전부가 아닐지도 모릅니다."

"그럼 또 뭐가 있단 말이오?"

기시다가 불편한 기색을 숨기지 않고 물었다. 그의 눈 밑에 경련이 일어난 걸 알아차린 경시총감이 대답하길 주저하자, 나루히토가 가운데서 중재했다.

"기탄없이 말씀해 보세요."

"전 세계 언론의 주목이 바로 그겁니다."

"전 세계의 주목?"

나루히토의 안색이 순식간에 창백하게 변했다. 기시다 총리가 그런 나루히토 일왕을 살피더니 다급하게 물었다. 말투에는 원망하는 울림이 담겨 있었다.

"경시총감은 아직 확실하지도 않은 일에 개인적 추측을 끼워 넣지 마세요. 전하 앞에서 하실 말씀이 아니란 말이오."

"죄송합니다. 하지만 충분히 근거가 있습니다."

"그 근거란 게 뭔지 들어볼 수 있나요?" 나루히토가 떨리는 목소리로 물었다.

"첫째, 그의 조부가 동원된 갱도는 사고로 붕괴된 곳이었습니다. 그 후에 유골이 어디로 어떻게 유골이 수습됐는지는 더 조사해볼 문제입니다만… 유족 입장에서 그것은 소송이나 집회 등을 통해 충분히 요구할 수 있습니다. 양국이 회담하는 과정에서도 얼마든지 주고받을 수 있는 안건이죠. 하지만 용의자는 그 단계를 건너뛰었습니다. 단순히 유골 수습만을 원한 유족이 보일 행동이 아니죠. 둘째, 그저 조부 한 사람의 원한을 해결하기 위한다고 하기엔 스케일이 굉장하다는 것을 본인도 깨달을 것입니다. 아무리 효심이 투철한 손자라 하더라도 굳이 한 나라의 왕족을 건드려서까지 일을 크게 만들 베짱이 과연 어디서 나오는 걸까요? 본래 인질에 따라서 사건의 규모도 달라지는 법이니까요. 셋째, 국내는 물론 해외에서도 이번 사건을 두고 말들이 많습니다. 대부분 말도 안 되는 억측이죠. 홍콩 삼합회가 연루되었다는 둥, 한국의 하나교의 포교를 위한 수작이라는 둥. 여기서 중요한 건 그런 말도 안 되는 뜬소문들이 날개 돋힌 듯이 사람들의 이목을 끌고 있다는 겁니다. 즉, 세상 사람들의 관심을 여기 일본 땅에 집중시키려는 범인의 목적이 절반은 이루어졌다고 봐야 합니다. 점점 더 많은 세상 사람들이 주목하기 시작할 겁니다. 일본과 한국, 두 나라의 묵은 감정과 풀지 못한 매듭에 대해 말이죠. 그리고 차츰 이 일에 태평양 전쟁 당시 일본에 의해 손해를 입은 나라들이 하나둘 목소리를 내기 시작할 겁니다."

듣고 보니 일리가 있었는지 기시다 총리는 고개를 푹 수그리고 미간을 꾹 눌렀다. 이대로라면 일본에 사과를 촉구하는 움직임이 전 세계에 들불처럼 퍼질 게 자명했다.

두 사람이 물러가고 난 뒤, 집무실의 측실에서 이야기를 줄곧 엿듣고 있던 마사코 왕비가 천천히 들어와 앉았다.

"그래도 그렇지요. 세상이 아무리 주목한다 한들 그가 궁극적으로 뜻하던 바를 이루지 못하게 된다면, 우리 아이코는 어떻게 되는 건가요?"

물론 극으로 치달은 생각은 금물이고 협애한 판단일 터, 그럼에도 마사코는 걱정이었다. 민가에서 자라 비교적 하고 싶은 공부를 하고 해외를 누비며 자유롭게 자란 자신과 달리 온실 속 화초처럼 모든 이의 관심과 기대를 한 몸에 받으며 살아온 아이코가 현재 처한 끔찍한 상황을 버텨줄지. 창밖을 응시하며 꼼짝도 하지 않는 나루히토의 등에 대고 마사코가 다시 말했다.

"주변에서 말들이 많아요. 그중엔 우리가 듣기 거북한 이야기도 있지요. 하지만 권력에는 관심 없어요. 난 그저 아이코가…"

"걱정 말아요, 여보. 아이코는 무사할 겁니다."

마사코가 말을 맺기도 전에 나루히토가 얼른 돌아서며 그녀의 어깨를 가볍게 잡았다.

"그래도."

"이번 일은 결코 차기 후계 구도에 영향을 미치지 않을 겁니다."

그리고 못 박듯 또박또박 말했다.

"우리 아이코는 절대 그렇게 둘 아이가 아니니까요."

* * *

사건 발생 5일차.

아침 출근길이면 여러 방송사에서 나온 취재 차량들로 남는 주차 공간이 없어 애를 먹어야 했다. 국민들의 우려와 윗선의 닦달을 견디지 못한 경시총감이 한동안 브리핑을 전문 보류하겠노라고 폭탄선언을 하기에 이르렀으나 그럴수록 취재 열기는 더욱 집요해졌다.

여남은 명의 경관들이 매직미러로 차단된 진술실 내부를 관찰 중이었다. 안에는 다나카가 맞은편의 신이치에게 던질 준비된 질문이 모두 동이 난 상태.

"가택 수색할 때 보니까 온갖 스캔들 파파라치 사진들이 있던데?"

"그저 취미 생활일 뿐이에요."

"취미치고 고약하잖아? 남 뒤를 쫓아다니는 건 말이야."

"부업 같은 개념이랄까요. 돈이 필요할 땐 그렇게 충당했거든요."

"관음증으로 모자라서 몰래 찍은 사진으로 협박까지 했다 이거지?"

"좋을 대로 생각하세요. 전 이번 일과 무관하니까요."

신이치는 한쪽 다리를 부산스럽게 떨어가며 대답했다.

"전혀 무관하다는 증거가 있어? 있으면 대봐."

"제가 관련 있다는 증거도 없잖아요."

"없긴 왜 없어? 솔직히 말해. 너 그 한국 놈하고 공범이지?"

무슨 수사가 저래- 하는 눈으로 다들 안을 주시했다. 별다른 단서는 나오지 않는 가운데 히데오는 구석 한 귀퉁이에서 땅콩 봉지를 부스럭거리더니 장난치듯 높이 던져 입으로 받아먹었다. 바닥에는 땅콩 부스러기와 껍질로 엉망이 되었고, 딱 그 공간만큼 다들 히데오로부터 거리를 유지했다.

"경부님. 저대로 좋을까요?"

보다 못한 한 기록 요원이 헤드셋을 반쯤 벗고 도움을 요청하듯 물었다. 그러자 자리에서 일어난 히데오는 바지를 훌훌 대강 털더니 들리지도 않을 목소리로 소리쳤다. 만년 꼴찌 야구팀에게 보내는 관중석 술주정뱅이의 야유처럼.

"어이! 다나카! 좀 세게 굴라고! 이래서 브리핑하겠어? 수사에 진척이 있어야 뭐라도 내보낼 거 아냐? 이 쓰레기 같은 놈아!"

히데오는 벽시계를 힐끔 보더니 웃음기 사라진 얼굴로 하품을 하며 손을 흔들었다.

"눈 좀 붙이고 올게."

* * *

그 시각 아키타현.

저 멀리 얼어붙은 듯 파랗게 펼쳐진 하늘가에는 맹금류 두 마리가 추격하듯 선회한다. 발목까지 차오른 하얀 눈밭에 첫발을 내딛자 아이코의 입에서 기지개에 가까운 소리가 흘러나왔다. 그리고 눈부시게 내리쬐는 햇살에 눈을 감았다.

"이러다 누가 알아보겠어."

준기는 아이코를 엄호하듯 차 문에 팔을 길게 얹은 채 주위를 두리번거렸다. 아이코는 눈을 감고 하늘을 향해 고개를 치켜들었다. 밝은 데서 보니 그녀의 피부가 눈이 부시도록 밝았다. 아무도 밟지 않아 소복이 쌓인 첫눈처럼.

"강아지, 책, 크림소다, 구름."

"응?"

"내가 좋아하는 것들. 어렸을 때 구름 보는 걸 좋아했어. 그러다가 잠깐 한눈을 팔면 조금 전에 봤던 구름이 사라지고 마는 거야. 그게 재밌어."

"덧없다는 걸 일찍 깨우쳤군."

그러자 아이코는 여전히 하늘을 올려다본 채로,

“모든 게 찰나더라고. 영원할 것 같던 사랑도, 끝나지 않을 것 같던 미움도.”

“사랑과 미움을 알기엔 너무 어린 나이 아닌가?”

“말이 그렇다고. 아저씨는 일본에서 어딜 가장 가고 싶어?”

“응?”

“이렇게 오는 거 말고. 진짜 즐기고 만끽하기 위해 가고 싶은 곳이 있을 거 아냐?”

“글쎄.”

“혹시 죄의식이 들어서 그래?”

“죄의식이라.”

“할아버지는 일본에 당했는데 자기만 마음 놓고 누리면 죄책감 느끼니까 그러는 거 아냐? 내 말이 맞지?”

“아니라고는 말 못 하겠네.”

“너무 마음 쓰지 마.”

“뭘?”

“옛날에 한국에 친일파들 중에는 한 번도 일본 땅에 와본 적도 없으면서 나라를 배신한 사람들이 그렇게 많았다며? 반면에 일본에 유학했지만, 한국의 독립을 위해 노력한 사람들도 많았고.”

“……”

“물리적 거리는 중요하지 않아. 중요한 건 마음가짐이지.”

큰할아버지가 떠오른 순간 아이코의 말을 부정하고 싶었다. 할아버지가 갱도에서 시커먼 흙먼지를 마셔가며 일하는 동안 게이오대학에서 공부하며 일본말을 쓰던 큰할아버지. 어째서 그만한 위치에 있으면서도 단 한 번도 실종된 동생의 행방을 궁금해하지 않았나? 어째서 일본을 원망하는 마음조차 갖지 않았나? 동생의 눈물과 석탄이 묻은 엔화를 받아 챙기며 어떤 생각을 했을까? 눈 감는 순간까지 그저 개인적 영달에만 몰두했던 사람에게 독립? 애국? 개가 웃을 일이다. 아무리 생각해도 그의 입장을 이해한다는 건 영원히 어려운 일일지도 모른다.

"있잖아. 날씨가 아주 맑으면 여기서 홋카이도가 바로 보인대."

"그렇군."

"예전에 가봤다고 했지? 어땠어?"

"사진으로만 본 우리 할아버지가 끌려간 곳이 이런 곳이구나, 주변 풍경은 이런 모습이구나, 하늘은 이런 색이고, 이런 환경에서 먹고 자고 했겠구나… 했지. 그런데 지금 봐도 하늘은…"

준기도 크게 호흡하며 고개를 젖혔다. 황량했을 그 시절의 겨울과 달리 흰 눈이 함빡 날리는 지금은 추웠지만 포근했다. 하늘은 구름 한 점 없이 맑았으며, 마찬가지로 맑은 공기가 콧속에서 춤을 추었다.

"너무나 청명해서 짜증 나네."

이 하늘을 할아버지는 봤을까? 할아버지의 눈에도 이렇게 눈부시듯 맑았을까? 조국의 하늘만 못하지 않았을까? 아니다. 하늘을 보긴 했을까?

묻고 싶은 수많은 질문을 속으로 삼키며 홀로 향한 곳은 노인들이 나른하게 농담 따먹기를 하며 모여 있는 골목 안이었다. 불상을 만들려는 의도였는지 작은 돌을 깎아 만든 것들이 낮은 담장 위에 올라가 있었고, 그 옆에 고양이가 졸음에 겨운 채 이방인이 와도 꿈쩍도 하지 않았다. 준기는 어느 상점의 미닫이 유리문을 열고 들어갔다.

"와타나베 켄 씨를 만나러 왔습니다."

"뉘쇼."

작은 석유난로 옆에 한 노인이 바늘에 실을 꿰며 반겼다. 팔십 대 후반 정도의 살집이 붙은 남자로, 과거에는 힘깨나 쓰는 일을 했음 직한 풍모였다.

"와타나베 씨인가요?"

노인은 안경 너머로 눈을 치켜뜨고 준기를 뚫어져라 봤다. TV 뉴스에 하루 종일 오르내리는 사진 속 얼굴과는 다르다는 것을 알고 한결 안심했는지,

"무슨 일이오?"

"일전에 전화 드렸었죠. 한국에서 온 김 기자입니다. 와타나베 씨 맞죠?" 하고 또 능숙하게 둘러댔다.

"흐흐. 한국에서 왔다면 더더욱 내 이름을 알려줄 수야 없지."

"네?"

"내가 바보도 아니고. 뭐 하러 이름을 밝혀? 중요한 사람도 아니지만. 한국인이란 원래 일본에 감정이 안 좋잖아. 일일이 상대해주기 싫거든. 긁어 부스럼 만들 필요 없단 거야, 이놈아."

"어르신…"

"찾아올 필요 없다는 대도 끈질기군. 뭐 이왕 왔으니 거기 앉든가. 온 김에 내 말동무나 해주고 가라고."

준기는 노인의 권유로 등받이 없는 작은 간이의자에 걸터앉았다. 난롯가에서 석유 냄새가 풍겼다. 맞은편에 앉은 노인은 입에 담배를 물더니 준기에게도 담뱃갑을 내밀었다. 준기가 공손하게 손을 저었다.

노인은 옛날에 전쟁이 끝난 후에도 도호쿠 지역에 조선인들이 많이 머물러 살았다고 전했다. 그때는 겉모습만으로는 조선인과 일본인을 구별할 수 없어서 일부러 말을 걸어서 어려운 발음을 유도하게 하는 종

류의 인간도 있었다고. 그렇게 색출해 낸 조선인은 패전에 대한 앙갚음으로 흠씬 두들겨 팼고, 노인도 더러 그 장면을 목격했다고 덧붙였다. 하지만 준기로서는 그가 순전히 '목격자'에 불과한 건지 알 길이 없었다. 대체로 역사 속 '목격자'라 주장한 사람들의 실체는 사실 '피해자' 아니면 '공범자' 둘 중 하나다. 그러면서 노인은 옛날과 달리 이젠 한국인이 이거라면서 엄지를 치켜세웠다.

"이젠 한국말만 좀 한다 싶으면 여자들이 환장을 하지. 특히 젊은 여자애들은 나 잡아 잡숴-한다니까. 텔레비전이 죄다 버려 놓은 거야. 내가 아는 여자도 나이가 칠십이 넘었는데 지난 생일 땐 자식들이 돈 모아서 서울여행을 시켜줬다고 자랑했지 뭔가. 속없는 여편네."

노인은 성냥불을 흔들어 끄며 물었다.

"그래서 돈은 얼마나 줄 건데?"

피어오르는 연기 너머로 보이는 노인의 눈빛에서 탐욕이 번들거렸다.

"시세만큼 드리겠습니다."

이따금 종전 특집 방송을 할 때면 방송국에서 참전 군인들을 인터뷰해왔고, 그럴 때마다 열심히 거기에 응해왔다는 노인은 손가락 다섯 개를 쫙 펴 보이며 씨익 웃었다.

"드리죠."

"더 부를걸 그랬나?"

"얼마든지요."

"아냐, 됐어. 껄껄. 그렇게 돈 욕심 많은 사람으로 보진 마시게나. 늙어 욕심은 죄 중의 죄라고."

하며, 어디서 주워들었는지 불경의 한 구절을 어설프게 중얼대며 차를 따랐다. 그러면서 노인은 조금 전에 뭘 먹었는지 트름을 하느라 중도에 말을 끊기도 했다. 견고하지 못한 유리창은 바람에 나달거렸고, 밖은 조금씩 흩날리는 눈발이 고요함을 한층 더했으며, 드물게 난롯불은 세게 타올랐다.

"뭐가 알고 싶어서 먼 데까지 왔지? 혹시 조선인들을 때린 것? 때린 게 아니라 그냥 일 좀 잘 하라고 툭툭 쳤을 뿐이야."

"그런 질문은 예정에 없으니 안심하세요."

"아니면 뭐? 혹시 위안소 문제 말하는 거야? 만약 그럴 거면 묻지 마."

"불편한 질문은 드리지 않겠습니다."

"그래주면 나야 고맙지."

노인은 담배를 문 금니가 보이도록 씩 웃었다.

역시 노인은 여러 차례 NHK, 후지TV 등 특집방송에 임한 바 있는지 인터뷰가 능숙했다. 처음 듣는 데도 어쩐지 살이 보태진 느낌마저 들었다. 아마 새로운 방송국, 그것도 한국에서 온 기자에게만은 좀 더 각색해서 들려줘야 한다는 의무감에서 비롯됐는지도 모른다.

"다 옛날이지. 옛날엔 다 그렇게 살았어. 학교에 가면 봉안전일왕 내외의 초상화가 있으며 교육칙어가 새겨진 구조물 앞에서 뭘 외우곤 했어. 주절주절. 요즘엔 안 그러겠지만 수업 중에 총검술도 배웠고 말이야. 이 얘기를 하면 내 손주 녀석들은 듣는 둥 마는 둥 해. 지들이 누리고 사는 지금의 일본이 있기까지 얼마나 이 할애비가 뼈를 갈아가며 살았는데! 응! 그러니 내가 이렇게 외지에서 이야기 듣겠다고 찾아오는 사람이 있으면 반갑다니까. 흐흐. 자네도 늙으면 알게 될 거야."

"이곳에서 멀지 않은 곳에 유바리… 탄광이 있다고 알고 있습니다."

"있지, 탄광. 쩌어쪽에." 노인이 건성으로 턱으로 가리키며 대답했다.

"그곳에 대해서 좀 더 자세히 알고 싶습니다. 수많은 조선인들의 희생에 대해서요."

"껄껄. 나더러 일본을 같이 욕해달라는 거로군. 뭐 좋아."

"불쾌하게 들렸다면 죄송합니다. 그런 뜻은 아니었습니다."

"좋다니까?! 요즘 돌아가는 나라 꼬라지가 나도 마음에 안 드는데 잘됐지. 여하튼 정치인 새끼들은 시건방지다니까. 지들이 기저귀 차고 기어 다닐 때 우린 나라를 지키겠다고 총칼을 들었는데, 은혜도 모르고 노인들을 괄시하다니. 그런 놈들은 꼭 표가 필요할 때만 우릴 찾아오지. 하지만 정작 당선된 다음에 제일 먼저 뭘 했는지 알아? 노인예산을 깎아 버린 거야. 흥! 저번에 와서 굽신거릴 때 그놈들 불알을 차줬어야 했는데! 크흐흐! 장난이야, 장난."

그러면서 노인은 본격적으로 말할 참인지 숨을 깊게 몰아쉬었다.

"난 거기 중간관리자였어. 진짜 관리자, 그러니까 소유주는 따로 있었고. 일을 잘하니까 완장을 채워준 거야. 여하튼 하도 일손이 부족하니까 조선에서 일꾼들을 데려온다고 하더군. 난 그렇게 알고 있었어. 물론 조선인들은 자기들을 군무원이라고 불렀어. 군무원은 염병, 일꾼은 다 같은 일꾼이지. 오호! 미안, 미안. 옛날 버릇이 나와서. 기분 상했나?"

"아뇨. 아직까진요."

"역시 젊어서 그런지 배짱이 좋군. 그러니 날 인터뷰하겠다고 왔을 테고. 흐흐."

"갱도가 몇 군데나 있었나요?"

"세 개. 난 그중에 하나를 맡았지, 일 번 갱도 말이야. 아침에 일어나서 밤에 잠들 때까지 하루 열여덟 시간을 일했어. 시부랄."

"교대근무가 아니었나요?"

"교대근무? 어휴, 세상이 편해져서 요즘 젊은이들 큰일이야. 교대 없이 한 번에 쭉 일해야 먹고 살지. 남의 나라에 돈 벌러 왔으면서 놀 생각하면 쓰나?"

"하지만 그렇게 일해서 제대로 보상을 받지 못한 건 너무나 잘 알려진 사실 아닌가요?"

"누구? 난 못 받은 돈이 없네. 감히 누가 내 돈을 떼어먹어?"

"아뇨. 조선인들 말입니다. 그러니, 지금까지도 배상 문제로 두 나라가 늘 각을 세우잖습니까?"

"제기랄. 내가 알아?"

"……"

준기는 세상은 변해도 사람은 변하지 않을 수도 있다고 느꼈다.

노인이 기억하는 '종전'의 순간은 실로 엄청났다. 길거리에 나가면 쥐 죽은 듯이 숨어 살던 조선인들이 갑자기 만세를 부르며 뛰쳐나오는데, 뼈밖에 안 남은 그 약골들한테 당하겠냐마는 기세만 본다면 당장이라도 때려눕히고도 남음이었다고 당시를 떠올렸다. 반대로 조선에 거주하고 있던 노인의 사촌 동생은 독립 소식을 들은 조선인들이 태극기를 흔들며 쳐들어와 앙갚음을 했다고 한다. 세상이 그야말로 전복됐다고 느꼈다. 하지만 칠십 년이 넘도록 한국은 샌님처럼 말로만 사과와 보상만 외치고 있다니 알다가도 모를 일이라고, 노인은 실로 의문인 모양이었다. 그때 그 조선인들의 분노의 열기는 모두 어디로 갔을까? 왜 행동으로 보이질 못할까? 왜 이 한국의 젊은이는 자기네 나라가 하지 못한 것을 뒤늦게 따지러 이 먼 곳까지 찾아왔을까? 그들에게 그토록 힘이 없단 말인가?

그때, 준기가 휴대전화로 한 동영상을 재생시켰다. 아흔이 넘은 한국

노인이 오래전에 강제 동원을 다녀온 이야기를 들려주는 내용이었는데, 마침 화면에는 그때 불렀던 노래가 흘러나오고 있었다.

조선 땅의 우리 집은 / 저녁밥을 먹건만은

나는 어찌 일을 가나 / 삽을 잡고 생각하니

"혹시 이 노래를 기억하시나요? 당시에 조선인들이 많이 불렀다고 하던데."

"아… 아! 기억날 것도 같군. 희미하지만 음이 비슷해. 기무상이 하라는 일은 안 하고 뺀질거리면서 그 노래를 불러 제끼곤 해서 기억나."

여기 나의 이내 몸은 / 수만 길 땅속에서

주야간을 모르고서 / 이와 같이 고생인고

남모르게 나는 눈물 / 억수 많이 울었다오

"빌어먹을! 지겨우니까 그만 꺼!"

노인이 소리쳤다. 두 눈빛은 노기를 띠고 있었다. 칠십 년 전, 흑백사진 속의 조선인 강제동원자들이 충분히 주눅 들고 두려워했음 직한 바로 그 매섭고 섬뜩한 눈빛. 거기엔 준기마저도 움츠러들게 하는 미묘한 힘이 남아 있었다.

"물론 조선인들이야 자기네 밥그릇 못 챙겼으니 분하기도 할 테지. 뭐 사람 마음이 다 그런 거니까. 난 그때 거기서 일 년 조금 넘게 일했어. 종전할 땐 일등병조중사였고."

"죽은 사람도 있었나요?"

"말이라고. 그건 일본인, 조선인 할 거 없이 일이 힘들고 위험하다 보니까 그런 불운도 있었지."

불운.

"아실는지 모르겠지만…"

준기는 슬슬 본론으로 들어갈 타이밍이라고 직감했다.

“1943년 그해 겨울, 갱도에 큰 사고가 난 걸로 알고 있습니다. 이유 모를 붕괴사건이었고 그로 말미암아 조선인 수십 명이 한꺼번에 매장당했다고 들었는데요.”

“음…”

쉴 새 없이 떠들어대던 노인이 처음으로 말이 끊어졌다. 어떻게 말해야 좋을지 생각하려는 의도인지 찻잔에 입을 가져다 댔다. 그것도 처음으로 손댄 행위였으며, 심지어 잔은 진작 비어 있었다.

“참 안 된 일이었지.”

“어르신께서 아시는 선에선 모두 말씀해 주셨으면 합니다.”

“그럼 내가 말 한 게 모두 한국에 방송된단 말이지?”

아차, 노인은 신분이 노출되는 것을 줄곧 두려워하고 있었던 것이다. 노인이 또 어떻게 마음을 바꿔 먹을지 모르는 상황. 얼른 둘러댔다.

“염려 마십시오. 어르신 얼굴은 모자이크될 거고, 목소리도 변조되어 나갈 거니까요.”

“그래애?”

“약속드리겠습니다.”

“뭐, 난 아무래도 상관없긴 해. 내가 지은 죄가 아니니까. 역사란 게 어쩔 수 없지 않았나? 국가의 뜻을 거스를 수 있는 사람이 몇이나 되겠어?”

“편하게 말씀하십시오.”

“음… 좌우지간 그때 갱도에서 죽은 조선인이… 가만 보자… 일흔 명이었던가…? 여튼 아주 많았던 걸로 알고 있네. 백 명이 조금 못 됐지.”

“그럼 그대로 그곳에 묻혀 있겠네요?”

그러자 노인이 등을 푹 기대더니 창밖을 응시했다. 노인의 눈동자에 여전히 펄펄 날리는 하얀 눈보라가 비쳤다. 테이블 위에 올려진 그의 두 손가락 사이에는 담배가 실컷 닳아 있었다.

“잘 모르겠네, 그것까진. 그때 탄광을 소유한 거부 한 사람이 있었는데 그 사람도 깔려 죽었거든. 관리자 말이야. 그래서 더욱 난리가 났지. 사흘 밤낮을 파내고 군부대에서 동원까지 올 정도였으니까. 근데 결국 죽었대.”

“소유주가 대단한 사람이었나 봅니다?”

“그럼.” 노인은 농도 짙은 담배 연기를 내뱉었다. 벌써 몇 개피 째인지 모를 만큼 재떨이엔 꽁초가 가득했다. “그 집안이 대대로 명문가였어. 돈도 많고. 아마 그 집안 후손들이 지금도 한 자리씩 하고 있을걸?”

“그런데, 그렇게 대단한 사람까지 묻혀 있을 정도니 구조 작업에 열을 올렸을 텐데 어째서 조선인들은 한 명도 구조되지 못한 거죠? 끝까지 죽지 않고 숨이 붙어 있는 조선인들도 많았을지도 모르잖아요. 그대로 죽었다면 그건 그야말로 생매장 아닙니까?”

격앙됐는지 준기가 저도 모르게 눈을 치켜뜨고 쏘아붙이듯 말했다. 다소 감정싸움으로 번질 수도 있는 상황이었다. 하지만 다행히도 노인은 다음 차례에 자기가 할 말에 골몰해 있었던지 대수롭지 않게 여기는 듯했다.

“구조라는게 말처럼 쉬운 게 아니지. 꺼낸다 해도 몇 달이 걸렸을 테고, 그 사이에 시신이 다 망가지고 말았을 테니까.”

“무슨 말씀이시죠?”

“뼈가 모두 으스러졌을 거란 말이야. 뒤죽박죽.”

그러면서 노인은 열 손가락을 마구 섞는 시늉을 했다.

"요즘에야 유전자 찾아내는 기술이 좋아서 다 알아낸다지만 그땐 누가 누구의 것인지도 몰랐으니까. 겨우 옷차림으로 알아내면 다행이게? 거기 탄광에서 일할 땐 모두 훈도시腰衣, 일본의 전통적인 남자 속옷만 차고 일했거든. 발가벗은 거나 마찬가지지."

"그래서 소유주를 포함한 희생자들의 시신은 어떻게 됐나요?"

아버지는 분명히 말씀하셨다. 극비문서에 따르면 모두 **산 채로** 묻혔다고.

"몰라."

"모르다뇨?"

"아, 모른다고. 나중에 2000년인가 2001년인가? 그때 한번 나라에서 거기를 손댄 적이 있었어. 발굴하려나 보다 했는데 그것도 아니더라고."

"그럼요?"

"유해 발굴이면 격식에 맞게 찾아내서 잘 모셔가야 하지 않나? 그런데 온갖 중장비들이 꼭 늦은 밤에만 가동을 하더라고. 나중에 며칠 뒤에 아침 일찍 나가보니까 없어. 무슨 하늘에서 소행성이 추락한 것처럼 땅만 푹 파여 놓고 아무것도 없었다고. 그사이 다 가져갔나 봐."

"어디로 가져갔다는 말씀이세요?"

"그걸 모르겠다고. 정말이야. 자네가 나중에라도 알게 된다면 나한테 좀 알려줘. 나도 궁금하니까."

노인이 거짓말을 하는 걸까? 그럴 리가 없다. 금방 탄로 날 거짓말을 노인이 할 리가 없다. 어째서 아버지가 생전에 확인한 극비문서와 말이 다를까? 혹시 문서가 작성된 시점 이후에 어떤 액션이 취해진 걸까?

할 말을 잃은 채로 김빠져 있는 이 쪽의 반응에도 아랑곳 않고 노인은 그다음 탄광에서 본인 중심의 에피소드를 떠들어댔다. 거기서 번 돈으로 오사카에 어물전을 차렸고 또 거기서 번 돈으로 이곳까지 흘러 들어오고 어쩌고저쩌고, 요즘 젊은이들이야 미국이라면 환장하지만 자기 때만 해도 히로시마 원폭 투하로 인해 사촌 아우가 고아가 된 이야기, 그런데도 오늘날 일본 정치는 여전히 미국에 알랑방귀를 뀐다며 개탄했다. 때때로 과거에 대한 기억은 사람을 그 시절로 돌아가게 만드는 힘이 있다. 어느새 준기 앞에는 백발의 노인이 아니라 진격밖에 모르는 혈기 왕성한 일본 황군이 앉아 있었다.

더 들어줄 이유가 없어 천천히 자리에서 일어났다. 그리고 하마터면 잊을 뻔했던 출연료 명목으로 오천 엔을 지불하고 막 문을 나서려는데,

"아참, 방송에 내보낼 때 그 얘긴 빼 줘." 노인은 뱀 같은 미소를 지었다. "위안소 여자들 얘기 말이야."

"……"

"어쩔 수 없었거든. 나라고 뭐 그러고 싶었나? 안 그러면 상관에게 맞으니까 어쩔 수 없었지. 그런 의미에선 나도 피해자라고. 피해자."

그러면서 노인은 이제 손녀가 올 시간이니 어서 나가달라며 강압에 가깝게 요청했다. 근처 학교에서 교사로 근무한다는 손녀는 자신의 조부를 대동아 전쟁기의 영웅쯤으로 여기고 있으리라. 시대가 묻고 세대가 잊었지만 어느 누구보다 조국을 사랑한 용사라 철석같이 믿고 있을 것은 의문의 여지도 없다. 하지만 그 실체를 알아 버린다면? 노인이 연거푸 담배를 입에 무는 이유를 알 것 같았다. 혀를 내두를 만큼의 악인조차도 염라대왕보다 말없이 바라볼 뿐인데도 가족의 실망하는 눈빛이 두려운 법이다. 간혹 말하는 중간중간에 대부분 이가 빠져 동굴처럼 텅 빈 까만 입 속이 보였는데, 준기는 하마터면 그 안으로 주먹을 쑤셔 넣

을 뻔했다.

뒤도 돌아보지 않고 밖을 나오자 준기의 하얀 이마가 바람에 드러났다. 온몸을 찬바람이 강타했다. 여기보다 조금 더 북녘, 홋카이도에 부는 찬바람은 가뜩이나 서럽고 고단했을 조선인들의 살갗을 파고들었을 것이다.

그 시각, 차 안에서 인터뷰 내용을 스마트폰으로 실시간으로 전해 듣고 있던 아이코는 길게 숨을 내뱉었다.

"세월이 상처를 덮어줄 순 있어도 죄까지 덮지는 않는단다."

부왕인 나루히토가 어린 시절 학교에서 이지메를 당하고 울며 돌아온 자신에게 해준 말이 귀에 맴돌았다. 굳이 가해자들을 응징하려 애쓰지 마라, 시간이 피해자의 상처를 덮을지언정 가해자들의 죄는 덮지 않노라고. 언제고 대가는 치르게 된다고.

아이코는 뒤로 고개를 푹 기댔다. 고통스러운 듯 두 눈을 질끈 감았다.

차에 올라탄 준기의 냉랭한 기운이 아이코에게까지 생생하게 전해졌다. 규정 속도를 조금 더 웃도는 속도였다. 화가 난 것이다.

"아이코 그거 알아?"

"응?"

"우리 할아버지와 함께 일본으로 끌려갔던 몇몇 분은 돌아오셨어. 살아오신 것만으로도 기적이었지. 하지만 사람 마음이 그렇잖아. 그곳에서 고생만 했지 제대로 된 품삯을 받지 못했으니 억울할 수밖에."

"그래서 받았대…?"

"이런저런 명목으로 다 공제해버렸고, 몇 푼 남은 것도 제대로 주지 않았어. 조선인들이 고국으로 돌아갈 때, 일본이 준 게 뭔 줄 알아? 지금은 돈이 없으니까 이걸 들고 나중에 일본에 와라, 우리가 꼭 주마, 하던 한날 종이 쪼가리. 겉표지엔 보험영수장이라고 한자로 쓰여 있지. 보험 같은 소리하고 자빠졌네."

'날이 서 있다.' 하고 아이코는 느꼈다.

"하지만 다 개소리지. 주긴 뭘 줘. 70년대에 받을 기회가 있었지만 말뿐이었어. 그 당시 정책을 일일이 살피며 미수금을 청구할 정보력도, 그럴 여유도 없을 만큼 노인 세대는 먹고사느라 고단했으니까."

그리고 '순진하고 무지했다.'라는 말이 목 끝까지 치밀어 올랐지만 참았다.

"한일청구권협정을 맺었지만 중요한 건 거기에 강제 동원 피해자나 위안부 할머니 문제 등 개인의 손해배상 문제는 언급이 안 돼 있다는 거야. 그 말은 즉, 개인청구권은 여전히 유효하다 이거지."

"그럼 지금이라도 우리 일본에 청구할 수 있다는 거야? 그럴 수만 있다면 내가 어떻게든 뭐라도 해볼…"

"바보 같은 소리 하지 마!"

준기가 핸들을 강하게 쳤다.

"그럴 힘이… 없잖아."

"……"

"너희 할아버지, 아키히토 선왕 때도 하지 못 한 일이야. 정치라는 게 그렇게 간단하지 않다고. 특히 외교 문제에 있어선 내각과 대립을 이루기 십상이잖아. 난 믿지 않아. 아무리 기시다 총리가 친한 파라고 해도. 친할 친자는 그런 데 쓰는 게 아니야. 친하다면서 툭하면 뒤통수를 쳐?"

"저기 아저씨. 있잖아." 아이코가 조심스레 물었다. "일본인이 싫은 거야, 내가 싫은 거야?"

어떤 기시감이 들었다. 아, 맞다. 준기가 신이치에게 했던 바로 그 질문.

"한국인이 싫은 거야, 내가 싫은 거야?"

거기에 얼른 대답하지 못했다. 어쩌면 신이치의 말처럼 좀 더 생각해 볼 필요가 있는 문제 같았다. 여전히 그 말이 머릿속을 떠나지 않는 가운데, 한 번 더 재킷 안 주머니에서 스마트폰이 울리기 시작했다.

윙-

* * *

(텔레그램 메시지)

문준기.

1986년, 대한민국 서울 출생. 1남 1녀 중 장남. 아버지는 문경상이며 생전의 직업은 외교관. 여기까지가 매체에 드러난 네 실체지.

하지만 너의 정체를 난 다 알고 있다. 초, 중, 고, 대학까지 모두 한국에서 나온 너는 교환학생으로 잠시 일본에 왔다가 얼마 후, 해외 취업이 한창 유행하던 2009년에는 일본 신주쿠 소재한 IT회사에 취업하기에 이르렀더군.

조부의 한을 풀어 주고 싶은데 뜻대로 잘 되지 않았을 거야. 절망 끝에서 붙잡은 유일한 지푸라기가 아이코 공주, 맞지? 비난할 생각은 없어. 오히려 이해해. 같은 처지니까. 네가 지푸라기를 잡는 것을 보고 나도 뭔가를 느꼈어. 너무 나태했거든. 그냥저냥 살아갈까 생각했어. 다 잊고 말이야. 내 남은 인생을 계속 암흑과 고통 속에서 지낼 순 없으니까. 하지만 널 보고 다시 의지가 생겼다고 해야 정확하겠군.

이게 다 무슨 소리인지 모를 테지. 지금부터 내가 하는 이야기는 전부 한 치의 틀림도 없는 사실이야. 내가 반드시 해결해야 할 목표이기도 하고.

네가 태어난 해이기도 한 1986년 어느 날, 나가노현에서 실제로 발생한 사건이야.

열여섯 살 생일을 며칠 앞두고 유리코라는 여고생이 사라졌어. 살인일까? 납치일까? 혹은 가출일까? 주변인들까지 모두 불러 조사했지만, 알리바이가 다 타당했지. 십수 년간 유능하다는 경찰들이 모두 이 사건을 해결하기 위해 달라붙었지만, 그 누구도 해결하지 못하고 퇴직했지. 물론 나 역시 해결하지 못한 유일한 사건이야. 그 사건에서 어쩔 수 없이 손을 떼야 했어. 결국 오랜 시간이 흐른 지금까지도 장기미제사건으로 남게 됐고. 하지만 난 여전히 한 사람을 의심하고 있어. 그건 바로 유리코가 실종되던 당시에 그녀를 가르쳤던 문학 선생이야. 이름은 시게무라.

자, 여기서 잠깐 그즈음에 도쿄 경시청을 떠들썩하게 했던 사건 하나를 더 소개하지. 바로 '그레타 박' 사건. 여권을 위조하고 도용된 명의의 카드를 남발하고 다니지만, 꼬리를 잡히지 않은 채 유유히 일본을 벗어난 유령 같은 놈이야. 그놈은 신분 세탁에 탁월한 귀재여서 국제공조도 힘을 발휘하지 못할 정도였어. 하지만 그런 놈도 인간인지라 실수를 저지른 거야. 바로 일본을 떠나 베를린행 비행기에 몸을 싣던 날,

입국심사 때 제출한 서류에 실수로 '시게무라'라고 적은 거지. 결국 새로 받아낸 카드에 정정하여 제출했지만, 나중에 그 폐기한 종잇조각을 우리 도쿄 경찰이 찾아냈어. 그리고 아주 우연의 일치로 그날 유리코가 다니던 고등학교의 문학 교사였던 시게무라도 함께 사라졌지. 눈치챘겠지만 난 지금 시게무라와 그레타 박이 동일 인물이라는 이야기를 하고 있는 거야. 단순히 이름을 쓰다 말았다는 것과 같은 날 사라졌다는 것만으로 의심하냐고? 그럴 리가. 시게무라의 뒤를 쫓은 결과 그가 조총련재일본조선인총연합회에 한동안 몸을 담은 이력이 있다는 사실을 알아냈지. 그래. 그는 재일조선인이었어. 알고 있는지 모르겠지만 당시에 북한으로 들어가는 중간경로로 베를린을 거치곤 했다는 건 익히 알려진 사실이고 말이야.

이제 감이 오나? 그래, 유리코는 납북된 거야. 시게무라, 즉 그레타 박 망할 간첩 새끼에 의해서 말이야.

자- 여기까지 이해되나? 그렇다면, 본론으로 돌아와서 제안을 하지.

너와 나는 지금부터 타깃을 체인지 하는 거야. 어떤가? 넌 납북된 일본인 유리코를 찾아내고, 난 어딘가에 묻혀있는 네 조부의 유골을 알려주기로 말이야. 물론 너에겐 선택지가 없어. 왜냐고? 넌 네 조부가 갱도에 묻혔다고 철석같이 믿고 있지만 틀렸어. 네 조부가 있는 곳은 상상도 못할 곳이고, 난 그곳을 아주 잘 알아. 반대로 일본인으로서 납북사건을 파헤치기가 어려워. 우리 일본 정부에서도 납북이 아니라고 한 때 발뺌을 한 적이 있었거든. 그러니 이 사건은 한국인인 네가 맡는 게 접근도로 봤을 때 훨씬 수월할 거라는 게 내 판단이야.

시간을 주겠어. 딱 열흘이야. 그 안에 해결해.

다시 말하지만 너에겐 결정할 권한이 없어. 당장 시작해. 조부의 영혼이라도 찾고 싶으면.

제5장 유리코

서글픈 건 나는 진리를 알고 있는데, 사람들은 모른다는 것이다.
아, 혼자만 진리를 알고 있다는 건 얼마나 힘든지 모른다.

도스토예프스키 『우스운 자의 꿈』 中에서

맨 처음 의심의 화살이 향한 곳은 아이코였다. 아이코가 아니고서야 어떻게 숨겨진 내막을 알 수 있을까? 하지만 잘 생각해 보면, 그렇게 해서 그녀가 얻는 건 없다. 그럴 이유도 없다. 범인과 함께 있는 상태에서 자신의 위치를 누구보다 뻔히 잘 알고 있는 그녀가 아닌가? 그렇다면 도대체 누가, 어떻게 사정을 꿰뚫고 메시지를 보냈을까? 어떻게 뒤를 캤을까? 불법으로 만든 대포폰은 주기적으로 유심칩을 바꾸는데다 철저히 핫라인용이었기에 아무도 모르는 게 당연하다. 그런데 상대는 추적에 성공했다. 어떻게? 무슨 수로?

"처음부터 궁금했는데, 대체 누굴 만나려고 그러는 거야? 한국인이 일본에서 죽치고 기다릴 정도면 구린 구석이 다분해 보이는데?"

"어차피 일본에 아는 사람도 없잖아? 헤헤."

문득 커튼처럼 앞머리로 앞을 가린 누군가가 떠올랐다.

신이치!

준기가 얼마나 일본에 머물렀는지, 아니면 최근에 입국한 이유가 무슨 이유에서인지 신이치는 모름에도 단정 짓듯 말했다. *'일본에서 죽치고*

기다릴 정도면'. 게다가 일본 내 인간관계까지 모두. 그것은 만나기 전에 녀석이 이미 뒷조사를 끝냈다는 뜻이다.

일회용 메일로 보냈는데 로그 기록을 추적을 한다? 어떻게? 하지만 잊지 말아야 할 것은 그는 이용객이 두터운 흥신소 집 아들이다. 일본 연예계 가십을 주로 다루는 유명한 유튜버조차 그의 정보력에 혀를 내둘렀지 않나. 모 걸그룹 멤버의 뒤를 캐는 대가로 사십대 회사원에게 돈을 받아 챙긴 신이치는 역으로 걸그룹 멤버에게 사정을 흘렸고, 다시 그녀에게 돈을 받아 챙기는 조건으로 일부러 정확하지 않은 정보를 남자에게 제공한 전력도 있다. 호텔 저층 정도는 방범창을 뚫고 난입에 성공할 정도가 아닌가?

지금 상황에서 신이치가 어디까지 뒷조사를 했는지 따지는 것은 무의미하다. 다시 상기해야 할 것은 바로 어제 걸려온 의문의 전화 한 통.

- 문준기?

- 누구지?

- 자네가 날 건너뛰고 내 아들을 만났다지?

- ……

- 난 널 잘 알아. 한국에서 온 목적도.

'날 건너뛰고 내 아들을 만났다지?'

여기서 '내 아들'은 뻔하다. 신이치다. 그렇다면 메시지를 보낸 건…? 답이 나오자 준기는 두 부자의 교활하고 집요함에 기가 찼다. 상대는 자신의 정체를 드러냈음에도 음성변조기를 사용했다. 음성변조기는 누군가 자신의 정체를 알아차릴까 우려될 때 쓰는 게 아닌가? 그렇다면, 그가 경계하는 건 준기가 아니라 외부, 즉 경찰이란 얘기가 된다. 다시 말해서 이는 적어도 그는 공주 납치 용의자로서의 준기를 신고하거나 추적할 생각이 없다는 방증이기도 하다.

"그레타 박 사건이라면 처음 듣는데?"

스마트폰으로 검색에 열중이던 아이코가 침묵을 깼다.

"당연해. 네가 태어나기 훨씬 전의 일이니까."

"그런데 아저씨. 그 메시지를 믿어도 될까?"

"무엇보다 이 자가 하는 얘기가 사실이라면… 방법이 없을 것 같아."

예기치 못한 변수였다. 놈은 타깃 체인지를 원하고 있다. 납북된 자국민 사건을 파헤치는 데 한계에 부딪히자 그 공을 이쪽으로 넘겨버린 것이다. 그리고 분명히 이렇게 말했다.

넌 네 조부가 갱도에 묻혔다고 철석같이 믿고 있지만 틀렸어.
네 조부가 있는 곳은 상상도 못할 곳이고,
난 그곳을 아주 잘 알아.

만일 그의 말을 무시하게 된다면 일본 왕실을 농락한 중차대한 납치범으로 전락하는 건 차치하더라도 영영 할아버지의 유골을 찾을 수 없게 되고 말 것이다. 한국에서도 버려질 게 뻔할 뿐더러 좀 더 확장해서 생각해보자면, 이 일로 말미암아 동원 희생자를 둔 다른 유족들까지 덩달아 피해를 보는 일이 발생하게 될 것이다.

"제길."

준기가 초조한 듯 핸들을 연신 가볍게 두드렸다.

"여기, 예전에 방영한「기이한 이야기」특집편이야."

아이코가 화면을 보여주었다. 워낙 오래전의 방영분이다 보니 VOD 서비스는 더 이상 제공되지 않았고, 프로그램 홈페이지에 올라온 일부 캡쳐본이었다.

1986년 7월 9일, 수요일 낮. 나가노현에서 갑작스레 실종된 한 여고생.

"그야말로 증발, 증발이에요. 무엇으로도 설명할 수 없죠."

목격자도, 증거도 없다.

다만, 여기

며칠 후에 일본을 유유히 빠져나간 어느 교사만이 있을 뿐이다.

"이름은 이노우에 유리코야. 평소와 마찬가지로 하굣길에 친구와 헤어진 게 마지막이라고 해. 특별한 건 없었대. 그래서 더 단서를 찾을 수 없었던 걸까."

"그자가 보낸 메시지 내용이 사실이었단 말이지…"

"어쩌지 아저씨? 갑자기 훼방꾼이 나타나 버렸어."

"만약에 말이야." 준기가 몸을 틀었다. "그자의 말이 사실이라고 치자. 그래서 홋카이도에서 정말 내 할아버지의 흔적을 찾을 수 없다면, 내가 아이코를 납치한 것 또한 어떤 명분도 가질 수 없는 극악무도한 테러로 치부될 게 뻔해."

"내 생각은 다른데? 오히려 우리 정부에서도 조선인 희생자들의 사후 처리를 제대로 하지 못했다는 국제사회의 비난을 받게 될 거야. 갱도가 무너졌잖다며? 그럼 유골은 어디 있는데? 당연히 우리 일본이 해명해야 할걸?"

"그럴지도 모르지. 좌우지간 일이 제대로 꼬여 버렸어."

"지체할 시간이 없어. 이렇게 된 이상 결정해야 해."

눈길을 달리는 동안 두 사람은 말이 없었다.

＊＊＊

이튿날. 서울 ○○대학교 문화인류학과 학장실.

통화 중에도 드나드는 근로 장학생이 신경 쓰인 고 교수는 급기야 별관에 있는 모 교수에게 전해주라며 그다지 중요하지 않은 서류 더미를 넘겨 학생을 내보내는 데 성공했다. 딸깍, 하고 문이 완전히 잠기자 비로소 언성을 높이는 고 교수.

- 나야말로 묻고 싶다. 도대체 일이 어떻게 그렇게 꼬인 거야? 이런 제길… 흥신소 그놈이 널 역으로 협박한 데엔 다 이유가 있을 거 아냐? 경찰의 함정수사라든지, 포상금을 노린다든지, 그도 아니면 이번 기회에 유명해지고 싶을지도 모르지… 뭐…? 자세히는 모르고, 종종 일본인 납북이 벌어졌다는 것쯤은 들어서 알고 있는 정도야. 그런데 그걸 지들이 해결해야지 어째서 너한테 떠넘기는 거냐고 내 말은. 후… 우선 알았다. 경거망동해선 안 되니까… 뭐? 어쩌긴 뭘 어째? 물은 이미 엎질러졌어. 그놈 말대로 선택지가 없잖아, 선택지가.

블라인드 사이를 손으로 벌려 창밖을 살핀 고 교수는 다시 언성을 낮추었다.

- 봐서 알겠지만, 지금 한국에서도 온통 인터넷에 네 뉴스뿐이다. 물론 젊은 층들이야 무슨 이유에서인지 맥락 없이 다 널 응원하더구나. 웃어야 할지 울어야 할지. 느닷없이 명성황후 얘기는 왜들 꺼내는지 원. 그래… 그래… 우선 나도 최대한 알아보마.

전화를 끊은 고 교수는 넥타이 매듭을 거칠게 풀며 아랫입술을 살짝 깨물었다. 옛 고향 친구의 아들이자 제자이기도 한 준기가 뜬금없이 찾아온 건 한 달 전의 일이었다.

조부의 일을 전해 들은 고 교수는 아직 젊다- 정부에 청원을 올려보자- 일본 정부를 상대로 소송을 걸어보는 건 어떻겠느냐- 등등의 이유로 우회하며 거절의 뜻을 비쳤지만, 어느새 자의 반 타의 반으로 그의 우방이 되어버렸다. 젊은 놈이 간땡이가 부었군, 하면서 얼른 마땅한 수가 떠오르지 않아 연구실 안을 소득 없이 오가는 그의 뇌리에 순간 어느 한 사람이 떠올랐다. 수년 전, 탈북민을 상대로 한 세미나에서 만난 북한 관측통, 한영호 기자였다.

* * *

"소중한 가족을 잃는다는 것은…"

아키라가 자조하듯 말했다.

"하루아침에 황량한 사막에 버려진 기분과도 같지. 아무리 둘러보아도 찾을 수 없어. 이쪽인가 싶다가도 저쪽인 것 같고, 끝없이 펼쳐진 지평선은 쉼 없이 걸어야 한다는 도발인 동시에 막막한 한계를 안겨줄 뿐이야. 걷다가 뛰다가 다시 걷다가 섰다가 그렇게 무너지는 과정의 무한반복. 그러니 소득이 있을 리가 있나. 그러다 어느 순간 발칙한 생각을 하기도 해. 묻어두면 차라리 편하지 않을까? 차라리 이대로 멈춰버릴까? 하는. 시간이란 마취제에 무뎌지길 바랄 뿐이지만 시간이 지날수록 그마저도 면역이 생겨서 도무지 들어먹질 않아. 그래서 가족을 잃는다는 건. 없었던 것처럼 존재를 하루아침에 부정해야 한다는 건."

"……"

"빌어먹을 악몽이야."

"악몽."

"그래. 그 악몽은 죽은 뒤라야 비로소 깰 수 있지."

아키라의 어깨 너머에는 '후지와라 흥신소' 목간판이 우산꽂이 옆에 세워져 있었다. 창밖에는 대신 '사정상 휴무'라는 팻말을 걸어두었다. 말차 한 모금을 마시며 계속했다.

"벌써 삼십 년도 훨씬 넘었구나. 유리코 실종 사건은 당시 막 경찰에 임용된 지 얼마 안 되었을 때 맡은 사건이었어. 혈기가 넘칠 때였지."

"엄마에게 얘긴 들었어요. 일찍 그만뒀다고."

"자의 반 타의 반으로 나온 거란다. 경찰 조직에 환멸을 느꼈거든."

"어떤 환멸이요?"

"실종 당시 유리코는 열여섯 살이었지. 1971년생."

"연락이 두절됐다는… 고모와 동갑이네요."

아키라는 거기에 대한 별도의 대답 대신 설명을 계속했다.

"당시 유리코를 납치한 용의자로 나는 그 학교의 문학 교사를 지목했어. 그리고 그가 조총련계 북한 사람이란 것도 알아냈고. 실로 엄청난 사건이 아닐 수 없었지. 지금 와 하는 소리지만 나의 수사 능력을 인정받아 사건만 해결된다면 일 계급 특진이라는 파격적인 얘기도 나올 정도였으니 어느 정도였는지 짐작이 되겠지?"

"뉴스에도 나왔겠네요."

"안 나왔다는 게 문제다."

"왜죠? 그렇게 엄청난 사건이었다면서요?"

"위에서 쉬쉬했으니까." 아키라가 천장을 향해 눈을 힐끔거렸다.

"납치 사건은 더 유명해져야 유리하잖아요? 무슨 문제라도 있었어요?"

"문제… 그래 문제라면 문제지. 그 수상한 선생과 관련해서 내가 또 다른 사건을 파헤쳤거든. 이른바 그레타 박 사건."

"그레타 박? 한국인이에요?"

"너도 대번에 한국인일 거라고 여기는구나. 나도 그런 줄 알았는데 스페인 사람이었어. 아! 정확히 말하면 스페인 사람도 아니었지."

"그게 무슨 말이에요? 알아듣기 쉽게 말해줘요."

"활자는 분명 그레타 박인데, 국적도 나이도 사는 곳도 얼굴도 모든 게 미스터리란 말이야. 스페인에 거주지 등록이 되어 있었지만 그렇다고 진짜 스페인 사람도 아니야. 그만큼 유령 같은 놈이었어. 아, 그럼에도 불구하고 난 그레타 박이 시게무라라는 생각에 변함이 없단다. 빌어먹을 경찰 조직만 안 믿어 줄 뿐이지."

"그렇게 믿는 근거는 있어요?"

"당연하지. 내가 어디 헛소리를 한 적 있냐?"

"너무 없어서 문제였죠. 그레타 박에 대해서 더 얘기해 주세요."

"꼭 한 번 얼굴을 보고 싶을 만큼 여우 같은 놈이야. 신분 세탁에 금융 계좌 명의도용을 한 주제에 간도 크지. 도쿄 시내에서 돈을 물 쓰듯 펑펑 쓰고 다녔어. 지금처럼 감시카메라가 곳곳에 달려 있었더라면 언감생심 꿈도 못 꿨을 일이지만 그 당시에도 드물게 있는 감시망을 요리조리 잘 피하고 다녔지. 성별까지도 위장한 건 아닐까, 하는 의문이 들기도 해. 어쩌면…"

"어쩌면요?"

"놈에게… 일본인 조력자가 있을지도 모른다고 생각이 들었어. 놈은 분명 외국인인데, 일본을 손바닥 들여다보듯 훤히 알고 다녔으니까."

"조력자…"

"그래, 조력자."

"그런데 아버지가 그레타 박 사건을 파헤친 것과 위에서 쉬쉬한 것과 무슨 상관인데요?"

“신이치, 세상에는 말이다. 영원한 아군도 영원한 적군도 없어. 서로 적군인 것 같던 양측이 어떤 하나의 사안을 두고 의기투합하는 모습을 보게 된다면 곧 세상에 염증을 느끼게 될 게다. 이 아비가 곧 그랬다. 당시 윗선에서는 그레타 박 사건을 어떻게든 덮으려 하고, 더 크게 만들고 싶어 하지 않아 했어. 급기야 나가라고 떠밀더군.”

“잘 이해가 안 돼요.”

“나도 이해 안 되는데 오죽하겠냐. 뒤에서 뭘 받아 쳐먹었는지, 아니면 뭐가 무서워서 절절매는 건지. 그레타 박 사건을 들추지도 못하게 날 압박했어. 자연스레 유리코 실종 사건도 흐지부지되어 버렸고.”

한차례 실컷 퍼붓고 나니 속이 조금 풀리는 듯 아키라는 남은 잔을 단숨에 들이키더니 이어서 말했다. 조금 전과 달리 차분한 어조였다.

“언제였더라? 시간이 꽤 흘러서 고이즈미 총리 시절에 이 사건을 북한 측에 거론했지만, 북한 측의 비협조로 지금까지 지지부진이야. 참 이상한 일이지.”

“그럼 그 실종, 아니 납북됐다는 유리코의 생사도 모르겠네요?”

“생사는커녕 모든 게 미궁인 채로 끝나 버렸어. 물론 내가 경찰복을 벗으면서 진작 끝나버렸다고 봐야 맞고.”

잠자코 듣고 있던 신이치가 자리에서 벌떡 일어났다. 그리고 최경례最敬禮, 양 손이 무릎에 닿을 만큼 허리를 크게 굽히는 인사 방식를 하며 소리쳤다.

“이제부터라도 정신 차릴게요, 아버지! 아버지가 하시려는 일에 적극 동참하겠어요! 뭐든 시켜만 주세요!”

“철든 시늉은 나중에 일이 완수되거든 해도 늦지 않다.”

그렇게 말하면서 아키라는 내심 흐뭇함을 감추지 못했다. 아이코 공주가 납치되어 열도가 떠들썩한 지금, 이 분위기에 동승하여 해결할 필요가 있었다. 일본 정부는 뭘 감추고 있는지. 북한이 뭐가 무서워서 유리코 실종 사건과 그레타 박 사건을 외면하는지.

지난 수년 동안 아키라는 단서가 될 만한 것들은 모조리 조사해왔다. 아내 메구미가 가정경제에 전혀 도움이 되지 않을뿐더러 체력만 축내는 쓸데없는 일 따윈 멈춰달라고 여러 번 타일렀지만, 그때마다 장사가 영 시원찮으니 시간이 남아돌아 심심풀이로 해보는 거라고 둘러대곤 했다. 하지만 거기에 속아 넘어갈 여자가 아니었다. 메구미는 경찰을 그만두고 무직으로 동네 비디오점을 들락거리던 때에 만난 사이였다. 가게 주인의 딸이지만 사실상 홀로 운영하다시피 하던 메구미의 눈에 언제나 첩보영화를 빌려보던 아키라가 호기 어린 대상으로 다가왔고, 전직 경찰이었다는 배경은 한층 매력을 느끼게 한 게 틀림없었다. 직접 오코노미야끼를 만들어주겠다고 집에 초대하던 날 아키라로부터 프러포즈를 받아내는 데 성공한 메구미는 남편이 비정한 경찰조직의 희생양이었더라는 영화 같은 이야기에 눈물을 훔치는 것도 잠시, 금방 현실로 돌아온 것이다. 바로 아들 신이치가 태어난 다음부터였다. *"여보 이제 우리도 돈이 되는 일을 해야죠. 언제까지 옛날 일에 얽매여 있을 거예요."* 하며 아주 작게 *"이젠 경찰도 아니면서…"* 를 덧붙였다는 걸 못 들은 체했을 뿐이다.

그럼에도 그 일을 멈추지 않은 것은 그만둘 수밖에 없었던 짧고 억울했던 경관생활에 대한 보상심리도 있었지만, 무엇보다 그를 움직인 것은 힘은 따로 있었다. 오래도록 말 못한 **가족의 한**.

세월이 흐르면서 옅어질 뻔한 그 한에 다시 불을 지핀 건 얼마 전, 신오쿠보 한인 타운에서 숙박업소를 운영하던 어느 한국노인을 만난 다음부터였다. 노인은 2005년에 탈북에 성공하여 한국에 정착했지만, 탈북민을 향한 주변의 눈총과 외로움으로 조카가 있는 일본으로 건너온 인물이었다. 그는 혹시 모를 주변의 이목이 두려워 최대한 말소리를 낮추고 이렇게 말했다.

"내가 직접 봤다오. 유리코 그 여자. 평양 모처에서 남파 간첩들에게 일본말을 가르치고 있었어."

* * *

히데오는 유능했지만 언제나 신경질적인 캐릭터였고, 조금이라도 성에 안 차는 부하를 본다면 면전에 드러내놓고 은행을 으드득하고 밟은 것처럼 인상을 쓰곤 했다. 다들 그를 싫어했고, 공평하게도 그 역시 모두를 달갑지 않게 여겼다. 가끔 동정심 있는 여자 경관들이 몇 마디 말이라도 붙여주기라도 하면 고마워하기는커녕 불쾌한 희롱을 일삼곤 했다. 하지만 그마저도 선을 넘지 않는 아슬아슬한 정도여서 우려와 달리 그의 철밥통은 어느 누구의 것보다 건재했다.

사생활에 대해서는 익히 알려진 바는 없었다. 다만 싱글라이프를 즐긴다며 검소한 맨션에서 혼자 산다고 대외적으로 떠들고 다녔지만 모두가 다 안다. 그래봤자 결국 이혼하고 위자료까지 털어준 뒤 빈털터리가 되어 찌그러진 오십 대 남성에 지나지 않는다는 걸.

지금은 허리에 찬 벨트 끈이 한없이 남아돌 만큼 비쩍 골았지만, 한때 젊은 시절에는 작지만 단단한 근육질에 살도 어느 정도 붙어있어 후배 경관들에게 선망의 대상이었다나 어쨌다나. 누가 퍼뜨린 소문인지 모르지만, 평소 히데오의 됨됨이를 아는 동료들 사이에서는 딱히 믿는 이는 없었다. 선의를 갖고 다가서기라도 하는 참엔 상대가 누구건 사나운 치와와처럼 금방 달려들거나 그도 아니면 많이 봐준다고 하는 게 어디 한번 계속 지껄여봐, 식으로 사람을 불편하게 하기 때문이다. 지금처럼.

"아키라? 그게 누군데?"

히데오가 눈썹을 치켜올리며 물었다.

"왜 있잖습니까, 세타가야에 사는… 얼마 전에 경부님도 그 집 아들 일로 다녀오셨고요. 그 집 아들은 불러서 조사까지 했었고 말입니다!"

"아하, 그 남 뒤나 캐고 다니는 양반? 진작 그렇게 말할 것이지. 조사에서 성과도 없었으면서 그 얘긴 왜 꺼내는데?"

"이것 좀 보십시오."

더한 짜증이 터지기 전에 서둘러 다나카가 서류를 내밀었다. 손은 대지 않고 못마땅한 눈길로 훑어본 서류는 테두리가 누렇게 변색된 채 파일철에 껴 있었는데, 상단에는 1988년 하반기 경관 임용카드라는 표식이 붙어 있었다.

"얼씨구. 이걸 왜 이제 알았지?"

흥미가 당기는지 서류를 파일에서 빼서 찬찬히 훑어보는 히데오. 임용시기가 제법 겹쳤지만 아무리 봐도 모르는 얼굴인 듯 한참을 뚫어져라 본다. 그러자 다나카가 덧붙였다.

"지금 흥신소 일을 하는 게 뭔가 수상쩍은 것 같아서 말입니다."

"구체적으로 말해. 띄엄띄엄 말하지 말고."

"몇 년 구르다 그만둔 인물입니다. 그런데 그 짧은 기간에 들쑤신 사건의 스케일이 좀 커야 말이죠."

"설마 꼴에 에이스였다는 얘기를 하려는 건 아니겠지?"

히데오의 두 눈에 경계심이 넘실거렸다.

"그 유명한 그레타 박 사건을 처음으로 들춰낸 인물입니다."

"오호. 얘기는 들었네만."

"그러다 수사 라인 다 제쳐두고 너무 제멋대로 굴었는지 윗선에서 제약이 많았다고 합니다. 얼마 후에 그만뒀고요. 그래서일까요? 최근에도 그 사건을 다시 파헤치고 다니고 있다고 합니다. 들리는 소문엔 신오쿠보에 한국인들이 많이 살잖습니까? 거길 뻔질나게 드나들더래요."

"난 사흘 전의 일도 기억도 안 나는데, 삼십 년 전 일을 지금도 한다? 어마어마하게 징그러운 놈이군. 왜 그걸 현역 때 못 했는지 의문이야."

"그러게 말입니다."

"그새 도둑질을 배웠으면 얼마나 배웠다고 택한 직업이 기껏해야 흥신소인지. 다나카 자네도 나중에라도 일 관두면 이따위 흥신소 일은 되도록 피해, 알아들어? 경찰 망신시키지 말란 뜻이야."

"게다가 그 집 아들도 조금 문제가 있다고 하지 않았나요?"

"콩 심은 데 콩이 났을 뿐이야."

"그래서 말인데요. 혹시 아키라가 자기 아들 신이치를 일부러 아이코 공주 납치범에게 접근시킨 건 아닐까요?"

"뭐 하러 그런 짓을 하지?"

"일부러 접근시킨 다음에 역으로 납치범을 포획하는 거죠. 그런 식으로 국민적 영웅이 되려는 속셈 아니겠냐 이 말입니다."

"이봐, 다나카."

"네."

"영웅이고 지랄이고, 자네 여전히 미혼이지?"

"아직은요."

"자네도 팔자에 결혼할 운이 있다면 언젠간 여자를 만날 테고, 비위 맞춰주느라 반지를 사기 위해 카드를 할부로 긁게 되는 일도 생길 거야. 그다음엔 누가 시키지 않아도 수당 챙기려고 할 일도 없으면서 일부러 야근을 하는 비열한 짓도 일삼게 되지. 자넨 안 그럴 거라고 벌써부터 지껄이지 마. 그게 남자의 인생이니까."

"무슨 말씀이신지…"

"무슨 말이냐면, 자네 말이 맞다면 다나카 그 인간도 처자식 먹여 살리느라고 일부러 그런 함정을 파놓았을 수도 있다는 거야. 돈과 명예가 굴러들어 오는 일인데 아무렴!"

"그럼 역시 아키라를 다시 조사해보는 건 어떨까요?"

"역시 자네는…!"

두 사람의 대화가 핑퐁처럼 오가는 가운데 언성도 높아지자 주변엔 어느새 삼삼오오 동료들이 모여들었다. 자리에서 벌떡 일어난 히데오가 소리 내어 웃었다.

"쓰레기 같은 수사관이야."

"속단하지 마세요, 제발."

"안 하게 생겼어? 세상에 어떤 미친놈이 부와 명예를 얻을 욕심에 공주 납치 자작극을 벌이겠냐고. 요즘 아주 편했지? 일찍 퇴근해서 삼류 영화 따위나 불법 다운로드 해서 보는가 본데, 지켜보겠어."

히데오는 검지와 중지로 다나카의 눈을 찌를 듯이 가리키더니 차갑게 돌아서서 자리를 벗어났다.

동료들은 형편없는 겉모습에 늘 화가 차 있는 사나운 히데오를 되도록 멀리하는 것을 미덕으로 여겼지만, 동시에 그 같은 인물이 경시청에 남아있음을 위안으로 여기곤 했다. 후줄근하고 볼품없는 행색과 달리 그는 화려한 실적의 소유자였으니까. 연말마다 인사 성적은 트리플 에

이(AAA)인데다 경시총감상 수상만 열다섯 번. 그러다 보니 언제부턴가 신입들 사이에서는 그 밑에서 비위 맞춰가며 몇 년만 버티면 다른 곳에 발령이 날 때쯤이면 훈장 몇 개를 가슴에 달고 간다는 이야기가 돌기도 했다. 그중 하나인 다나카는 자신에게 쏟아지는 동료들의 경멸 어린 눈빛 속에서 머리만 긁적였다.

경시청을 빠져나온 히데오는 다짜고짜 택시부터 잡아탔다. 옆구리에는 아키라의 경관임용카드가 담겨 있는 파일철도 함께였다.

이윽고 도착지에 내린 곳은 도쿄에서 가장 대표적인 한인 타운, 신오쿠보.

거리에서는 이국적인 냄새가 미묘하게 풍기고, 도로에는 정차에 가까운 풍경이 연출되었다.

더는 오십 년 전처럼 숨어 살던 조선인들이 아니다. 작은 리어카에 단속을 피하지도, 허름한 좌판을 벌이지도 않는다. 대신에 다달이 세를 정당하게 내며 장사를 할 만큼 부를 쌓았다. 굳이 노력하지 않아도 한국 연예인에 빠져 있는 젊은 층이 열도 곳곳에서 알아서 찾아주니 한인 타운의 영업실적은 해가 갈수록 흑자일 수밖에. 어느덧 G20의 위상을 가진 데다 빠른 속도로 확산되고 있는 한류를 내세워 몸집이 커져 있었다.

히데오는 목적지까지 가는 내내 줄기차게 흘러나오는 케이 팝을 억지로 들어야 했다. 게다가 어디서 약속이라도 한 듯 물밀듯이 밀려오는 여학생들 무리와 맞닥뜨릴 때면, 이들에게 일본의 앞날을 짊어지게 하는 것은 큰 실수가 될지도 모른다는 생각이 들었다. 기껏해야 농구공이나 울트라 맨, 소년점프로 만족했던 자기 세대와 달리 다들 한국 아이돌 가수가 그려진 부채와 휴대전화 케이스를 여봐란 듯 들고 다니는 모습을 보자 역시 유토리 세대1987년~2004년 사이에 출생한 일본의 청년 세대를 일컫는 말는 답이 없다는 생각은 더욱 확고했다.

작은 사거리 두 곳을 지나 세븐일레븐을 끼고 어느 골목 안으로 들어서자, 즐비한 간판들 속에서 한인민박 '코코빌'이 바로 눈에 띄었다. 입구로 들어서자 반달 모양의 홈을 파 놓은 작은 창구가 보였다. 너머에는 백발이 성성한 노인이 막 물에 밥을 말고 있던 참이었다. 히데오가 창구를 주먹으로 가볍게 두드렸다. 똑똑.

"수고!"

노인이 고갤 들고 가까이 얼굴을 들이밀었다. 그리고 서툰 일본어로 물었다.

"묵고 가시려오?"

히데오가 창구에 상체를 삐딱하게 기대며 물었다.

"영감님 혹시 여기 주인장 되쇼?"

"조카 내외가 하는 곳이오만…"

"나 경찰인데, 뭐 하나만 물읍시다."

히데오가 목에 건 명찰을 보여주었다.

"댁도 경찰이라고?"

"댁도…?"

히데오의 되물음에 노인이 잠시 말문이 막힌 듯 주저하는 기색을 보였다. 노인은 잠시 후 난처한 듯 앓는 소리를 냈다.

"에… 그게… 그러니까…"

* * *

도쿄에서 서북쪽으로 약 200킬로미터 달려 도착한 곳은 주부中部 지방 나가노현의 우에다 시市.

이때가 아니면 또 언제 신선한 공기를 마실까 싶어 어떤 구간부터는 일부러 창을 열고 달렸다. 다소 찬 봄바람이 두 뺨과 목덜미를 쓸었다. 그 바람에 출발할 때부터 잠이 들었던 아이코가 눈을 떴다. 옆 유리를 보자 주변은 온통 나지막한 목조건물뿐이었다. 전후 복구사업이 한창이던 시절에 지어진 집들이 아직도 곳곳에 남아있을 만큼 예스러운 풍경이었고, 그 탓인지 이 지역은 인구밀도는 낮고 평균연령은 높았다. 이윽고 커브를 돌자 파스텔이 지나간 자리처럼 아슴푸레 물든 노을 아래로 하루를 마감하는 작고 소박한 동네가 모습을 드러냈다.

"거의 다 온 것 같아. 차에서 기다려."

아이코만 남겨두고 차에서 내린 준기는 골목을 향해 죽 걸음을 옮겼다. 막 퇴근하는 작업복 차림의 인부들이 단골 스낵바로 향하고, 어린아이들은 조부모의 손을 잡고 장에 따라 나왔다. 마을 노인들은 삼삼오오 무리 지어 앉아 바둑을 두거나 옛이야기를 했다. 어디선가 아이가 고래고래 울부짖고 떼를 쓰지만 익숙한 풍경인지 누구도 특별하게 여기지 않았다. 자신들의 삶에 그럭저럭 만족하며 살아가는 얼굴들이었으니 누가 어떻게 보던 관심도 없을 터였다.

번지수를 찾으며 천천히 걷던 준기가 어느 담장 낮은 주택 앞에 걸음을 멈췄다. 담은 가슴께쯤 오는 높이였는데 안이 훤히 들여다보였다. 작게 꾸민 정원 앞에 쪼그리고 앉은 두 여인의 모습이 보였다. 그중 한 사람은 영락없이 칠십 대로 보였다. 자식을 몇 명을 낳았는지 모르겠지만 수많은 아이를 출산하면서 영양분을 빼앗겼을 거라는 생각이 들 만큼 작은 체구였고, 손등까지 덮는 스웨터 소매 사이로 얼핏 앙상한 뼈가 보였다. 옆에는 딸뻘 되는 여자였다. 별말은 없었다. 단지 노파가 하는 말을 고분고분 따르며 이따금 고개를 주억일 뿐이었다. 두 사람은 정원 한 귀퉁이에 만들어 놓은 작은 연못 앞에서 좀처럼 떠날 줄 몰랐다.

"저…"

준기가 조금 더 큰 소리로 인기척을 내자 동시에 두 여자의 시선이 이쪽으로 쏠렸다.

"혹시 우동가게 자리가 아니었던가요?"

두 여자는 휘둥그레한 눈으로 준기를 보았다. 이윽고 딸로 보이는 여자가 입을 열었다.

"여기가 맞는데… 하지만 장사는 안 한 지 꽤 오래됐어요."

"아, 그런가요?"

"무슨 일로 오셨는데요?"

"그게…"

머뭇거리자 노파가 무릎을 짚고 힘겹게 일어났다. 그리고 꾸짖듯이 말하며 웃음을 지어 보였다.

"얘야, 오랜만에 오신 손님인데 저렇게 세워두면 어떡하니."

"아뇨, 식당을 찾아온 게 아니라 뭣 좀 여쭤볼 것이 있어서 왔습니다만…"

두 사람이 준기를 뚫어지게 보았다. 몰라볼 것이다. 몰라볼 수밖에 없다. 방송에 나온 사진은 치아 교정과 양악수술을 하기 전에 찍은 여권 사진이었으니까. 그러다 문득 하관을 가리기 위해 쓴 마스크가 오히려 납치사건의 용의자로 알아보는데 집중시키는 효과를 가져올지도 모른다고 판단한 준기는 대범하게 마스크와 모자를 벗는 쪽을 선택했다. 체중도 12킬로그램이나 늘었으니 알아보진 못할 것이다- 라는 판단에서

였고 예상은 적중했다.

"물어보시구려."

노파가 손을 가볍게 털며 말했다. 바닥에는 수족관에서 사 온 듯한 붕어 몇 마리와 자그마한 삽 따위가 있었다.

"혹시 아주 오래전 일인데 괜찮겠습니까?"

"오래전 일이요…?"

"다름이 아니라 1986년에 이 근방에서 여고생이 실종됐다고 알고 있는데, 혹시 기억하시나요?"

"아아…" 노파가 기억을 더듬으며 실눈을 떴다. "그래. 유명했지. 아주 오래전 일인데도 아직도 기억나. 이름이 뭐였더라…"

"유리코요." 젊은 여자가 끼어들었다.

"그래 맞아 유리코였어. 유리코."

"혹시 그 사건에 대해 아시는 바가 더 있으신가 해서요."

더는 이 낯선 행인에게 경계심을 품지 않게 된 두 여인은 준기를 안으로 안내했다. 마당에는 나름 조경에 신경을 쓴 티가 났다. 예쁜 징검돌을 따라 들어가자 마루 위로 자리를 권했다. 마치 무료했던 참에 잘됐다는 분위기였다. 먼저 방석을 권한 젊은 여자는 찬장에서 밀폐유리병에 담긴 매실을 가져오더니 컵에 차례로 나눠 담았다.

"삼 년 전에 담근 매실이랍니다." 그러면서 미간을 찡긋하며 작게 덧붙였다. "귀한 손님이니까."

두 사람의 것보다 비교적 큰 잔에 음료수를 건네받은 준기가 집안을 슬쩍 곁눈질로 살폈다. 호랑이 자수가 담긴 커다란 액자와 오래된 벽시계 옆으론 현에서 발급한 것으로 보이는 꽤 낡은 상장이 눈에 띄었다. 준기의 시선을 알아차린 노파가 우쭐한 표정을 지었다.

"우리 애가 받은 거랍니다. 밥 못 먹는 사람들을 위해 한때 무료 식사를 주말마다 대접했죠. 그것도 다 옛날 일입니다만. 굳이 표창을 주겠다지 뭐에요."

"아, 따님께서 훌륭한 일을 하셨네요."

"예?"

그러자 두 여자가 서로 바라보며 배를 잡고 까르르 웃었다. 젊은 여자가 가볍게 손사래를 쳤다.

"딸이 아니라 며느리랍니다."

"이런! 실수를 했군요."

"괜찮아요. 시어머니와 닮았다는 소리를 종종 듣곤 하는걸요."

비슷한 인상과 분위기가 두 사람을 모녀지간으로 착각하게끔 만든 것이다. 준기는 두 배우자는 어디에 갔는지 궁금했으나 그러자니 이야기가 길어질 것 같아 대신 짧은 웃음으로 대신했다.

"그런데 유리코 사건을 궁금해하는 이유가 뭔가요? 혹시 유리코를 찾았나요?" 젊은 여자가 물었다.

"찾는… 중입니다."

준기는 새삼 자신이 맡은 역할을 상기하지 않으면 안 됐다. 신이치를 이용한 대가를 치르는 중이라고 생각하면 분했지만 어쨌거나 이 모든 것은 할아버지의 유해를 저당 잡힌 임무다.

"저런… 아직도 못 찾았군요… 가여운 유리코."

"혹시 알던 사이셨나요?"

"가까운 사이는 아니었어요. 다만 저보다 네 살인가 다섯 살인가 아래였죠. 지금쯤…"

"그 애가 벌써 50이 넘었겠구나." 노파가 말했다.

"맞아요. 그 꽃같이 어린 나이에 사라져서 지금은 저 같은 아줌마가 되어 있으니 세상이 참 야속하죠."

"혹시 당시에 유력한 용의자는 없었나요?"

"음… 확실하지 않은 이야기라 뭐라 말씀드리긴 어렵지만…"

"아시는 대로 다 말씀해주십시오."

"저도 들은 건데, 학교 선생님이 수상하다는 이야기가 있었어요."

난 여전히 한 사람을 의심하고 있어. 그건 바로 유리코가 실종되던 당시에 그녀를 가르쳤던 문학 선생이야. 이름은 시게무라.

메시지에 쓰인 대로다.

"물론 그분은 더는 여기에 살지 않겠죠?"

"그럼요. 세월이 얼만데. 그 사람도 그 일이 있고 얼마 후에 갑자기 사라졌다고 하더라고요. 만약 소문이 사실이라면 정말 몹쓸 사람이죠."

"어디로 갔는지도 전혀 모르시고요?"

"아무도 몰라요. 그 사람 미혼이었죠, 어머니?"

"그래. 미혼이었다."

여기까지는 아이코와 머리를 맞대고 조사한 내용과 정확히 일치했다. 준기는 이번엔 질문을 달리했다.

"저어… 혹시 그레타 박이라는 사람을 아시는지?"

"누구요?"

"그레타 박이요."

"그게 누구죠?" 며느리가 전혀 모른다는 표정으로 갸웃거렸다.

"당시에 용의선상에 올랐던 시게무라 선생과 동일 인물일지도 모른다는 소문이 떠돌던 사람입니다."

"글쎄요. 거기까지는 잘…"

하기야, 조용한 마을에서 문학을 가르치는 교사와 국제적으로 설치는 위조범과 교집합이 있을 리가 없지. 그자가 잘못 짚은 건 아닐까? 며느리도 차츰 주제에 흥미를 잃어가던 참에 노파가 안쪽 다다미방에서 막 나왔다. 한 손에는 아이패드 크기의 라디오가 들려 있었다.

"미안한데요, 젊은이." 노파가 쭈뼛거리며 어색한 웃음을 지었다.

"네."

"혹시 이 라디오 좀 고쳐줄 수 있나요?"

"고장 났나요?"

"오랫동안 안 써서요."

"한 번 봐 드리겠습니다."

검정색이지만 군데군데 생활 흠집이 나고 마모되기도 한 그것은 소니 라디오로 제대로 작동되는지 의문이 들 만큼 골동품에 가까웠다. 안테나는 접힌 상태로 꾸덕꾸덕하게 먼지가 앉아 있고, 전선은 오래도록 쓰지 않은 모양인지 노란 고무줄로 묶어놨는데 그마저도 삭아서 끊어질 지경이었다. 한참 요리조리 만져볼 동안 두 여자가 손을 공손하게 모으고 곁을 떠날 줄 몰랐다.

"오래된 것 같은데요."

준기가 오래되어 살짝 끈적한 라디오를 조심스레 들어 보였다.

"옆집 할아버지 말로는 가전제품도 오래 안 쓰면 녹는다는데… 정말인가 봐요… 닦아도 계속 그러네요."

"네… 음… 보자… 수신도 약하고, 연결 단자에 문제가 생긴 것 같은데요."

"그럼 완전히 망가진 건가요?"

"어머니, 그러게 버리자고 했잖아요."

손님에게 뜬금없이 일감을 넘긴 것 같아 미안했는지 며느리가 작은 소리로 타박했다.

"네. 이게 옛날 라디오긴 해도 옥스 단자만 멀쩡하면 연결해서 써도 될 것 같은데… 제가 보기엔 직접 수리센터에 찾아가 보시는 게 어떨까요? 전문가는 아니지만 그래도 이대로 버리기엔 아까운 것 같네요."

"하는 수 없네요. 그럴게요."

짧은 인사를 마치고, 막 정원을 나서려는데 노파가 물었다.

"그런데 말이에요, 젊은이."

"네."

"그… 유리코를 납치했다는 선생 말이에요."

"네. 왜요?"

"그 사람 정말… 북한 사람이었대요?"

말이 끝나기 무섭게 며느리가 노파의 옆구리를 쿡 찌르는 것이 보였다. 준기는 새삼 유리코 사건이 이 근방에서는 금칙어에 가까운 사건이었음을 깨달았다. 납치 사건이 있고 난 뒤에 한동안 유리코의 가족들은 유리코가 돌아올 거라는 희망에 이사도 가지 않은 채 터를 지켰지만, 어느 순간 소리 소문도 없이 사라졌다는 이야기도 들었다. 부친은 운영하던 사업도 정리하고 납북자 송환 피해자 협회의 회장을 지냈고, 생업을 대신 책임져야 했던 남동생은 어려운 가정 형편 때문에 대학 진학을 포기했다는 이야기까지. 하지만 진짜 문제는 따로 있었다. 바로 어느 순간에 유리코가 납북피해자에서 '간첩'이라는 오명을 쓰게 된 것이다.

"이 얘기를 해야 할지 모르겠는데…. 유리코가 사라지고 몇 년 후에 유리코를 실제로 봤다는 사람이 있었거든요."

며느리가 말했다.

"유리코를 봐요? 어디서요? 언제?"

"90년대 초반이었던 것 같은데… 잘 모르겠어요. 그것도 오래됐네요. 도쿄 시내를 걸어 다니는 걸 봤대요."

"누가 그러던가요?"

"그때 이웃집 아저씨가 그랬어요. 아들 대학 입학시험 때문에 도쿄에 함께 며칠 올라가 있었거든요. 거기서 봤대요. 아주 세련되게 바뀌어 있어서 딴 사람인 줄 알았다고… 믿거나 말거나 지만요. 물론 저흰 안 믿어요."

전혀 도움이 되지 않는 이야기였다. 비슷한 사람일 수도 있고, 삼십 년 가까이 흘러서 진위여부를 확인할 수도 없다.

예상대로 이렇다 할 성과는 없었다. 다만, 두 여인은 마지막으로 그 이야기를 해 주었다. 바로 어제 **경찰로 보이는 한 남자**가 준기와 똑같은 질문을 하고 갔다는 사실을.

***

유리코의 절친한 친구였던 카에데를 만났을 땐 오후 여섯 시가 넘어서였다.

얇은 카디건을 걸친 그녀의 한쪽 손에는 슈퍼마켓 봉지가 들려 있었다. 마켓 앞에 세워둔 자전거에 올라타려다 말고 준기가 다가서자 쓴웃음을 지었다. 이젠 오래전의 일인데다가 기억도 가물가물한 사건을 '친구였던' 이유로 알은 체를 해 온 것에 어색함을 느낀 듯했다. 그러나 고맙게도 막상 꼬치꼬치 묻는 말에 귀찮은 기색 없이 성심껏 답변을 해주었다. 어쩌면 앵무새처럼 같은 말을 반복하는 것조차 자신의 숙명으로 받아들이는 것 같았다.

"어제 연락주신 그 기자님이신가요?"

카에데는 '기자'라고 속인 준기의 말을 철석같이 믿는 눈치였다.

"네. 불쑥 찾아와서 죄송합니다."

"아니에요. 뭐… 저도 한동안 잊고 지냈네요. 미안하게도."

"뭐가 미안하다는 거죠?"

"그날, 동생의 부탁으로 책 대여점에 간다고 했어요. 만화책을 빌린다고. 저보고 같이 가달라고 했는데 거절했거든요. 빨리 집에 가서 쉬고 싶었으니까요. 같이 가줬더라면… 그럴 일도 없었을 텐데…"

"카에데 씨의 잘못이 아니잖습니까?"

"그래도 둘이었다면 범인에 맞서기 수월하지 않았을까 해서요."

"죄책감 가질 필요가 없는 일이라고 생각합니다."

"알아요. 그런데도 살면서 가끔 생각나서 기분이 안 좋아요. 우린 정말 친했거든요. 종종 그런 얘기도 했어요. 나중에 결혼해서도 가까운 데서 살기로…"

카에데는 유리코가 마지막으로 목격했다는, 그러니까 인사를 나누고 헤어진 지점으로 준기를 안내했다. 마트에서 꽤 걸어야 했는데 그동안 많은 이야기가 오갔다.

그녀가 실종된 날짜는 1986년 7월 9일. 사전에 조사한 바에 따르면 오후 3시부터 5시 사이에 이 골목을 지나는 사람은 드문 편이었고, 때문에 외지인일 거란 가능성은 일찌감치 배제됐다. 다시 말해 눈과 귀가 없을 것을 잘 아는 면식범이 대상이라는 것이 당시 경찰의 추측. 평소에 유리코를 시커먼 눈길로 눈여겨봤다거나 단숨에 제압, 혹은 회유할 수 있는 성인 남자들로 범위는 좁혀졌다. 당연히 반발이 거셌다. 피 한

방울 안 섞인 남남이라지만 모두가 유리코의 유치원 입학 시절부터 시작해서 벚나무에 꽃이 피고 지기를 열두 해가 되도록 곁에서 지켜봐 온 한 가족이었다며. 그러면서 결백을 증명해보이기라도 하듯 모두가 수사에 적극적으로 응했다. 당연히 모두 혐의 자체가 없었다.

유능하다는 경찰들이 모두 이 사건을 해결하기 위해 달라붙었지만, 그 누구도 해결하지 못하고 퇴직했지. 물론 나 역시 해결하지 못한 유일한 사건이야.

준기는 의혹을 품었다. 메시지를 보내온 남자는 그 당시에 범인이 누구인지 이미 알고 있었다. 그것은 다른 경찰들 또한 용의자가 동네 사람들이 아니라는 것을 알고 있다는 얘기가 된다. 그런데 왜? 어째서? 어쩌면 경찰은 일부러 모른 척하려는 건 아니었을까? 그렇다면 왜 모른 척을 했을까? 그레타 박이라는 사람이 어떤 존재였길래? 얼마나 막강한 배후를 둔 인물이었길래 도쿄 경찰마저 쉬쉬하려 했던 걸까? 단순히 북한사람이어서는 아닐 것이다.

카에데는 이번엔 유리코가 살던 옛집으로 가볼 것을 권했다. 그리고 유리코의 부모가 딸이 단순 가출이나 충동 범죄가 아닌 계획된 납치일지도 모른다는 의혹을 품기 시작한 것은 사건 발생일로부터 딱 사흘 후였다고 한다. 시게무라가 돌연 자취를 감췄기 때문이다. 그에 대한 평판은 일관성이 있었다. 조용하고 독서와 사색을 즐기며 차분한 인상의 미남자.

유리코는 납북된 거야. 시게무라, 즉 그레타 박 망할 간첩 새끼에 의해서 말이야.

“평소에 유리코는 어떤 친구였나요?”

“수줍음이 많아서 친해지기 어려웠지만 한 번 친해지면 장난을 많이 쳤어요. 아낌없이 베풀기 좋아했고요. 아, 그리고.”

"네."

"문학 소녀였어요. 책 읽는 걸 좋아했거든요. 다들 순정만화 읽을 때, 그앤 소설을 읽었어요."

"소설이라…"

"특히 가와바타 야스나리의 『설국』을 좋아했죠. 어찌나 읽었던지 책이 너덜너덜해진걸 보고 혹시 다 외웠느냐고 물어봤던 기억이 나네요."

'문학', '문학 교사'.

문학 속에서 낭만을 찾는 십 대 여학생이 미남자인 문학 교사에게 마음을 빼앗긴다는 건 충분히 가능한 일이다. 하여 준기는 시게무라를 염두에 두고 물었다.

"혹시 유리코 씨가 그 선생님을 짝사랑한다거나 하는 감정은 없었던가요?"

"아뇨. 당시 유리코는 따로 좋아하는 남학생이 있었어요. 옆 학교에."

"그래요? 혹시 그 남학생도 조사를 받았었나요?"

"아… 그런데 그 남학생은 유리코가 사라지기 한 달 전에 멀리 전학을 가서… 게다가 유리코의 일방적인 짝사랑이었어요."

"그렇군요."

돌연 카에데는 감정이 북받치는지 말하는 도중에 소맷부리로 눈가를 꾹 눌렀다.

"안 그래도 그때도 말 나르기 좋아하는 여자애들의 입을 타고 이상한 소문이 삽시간에 퍼졌어요."

"어떤 소문 말이죠?"

"유리코가 그 선생님과 사랑에 빠졌다는 이야기가 주를 이루었어요. 아이를 임신했는데 극심하게 반대한 부모를 배신하고 둘이 사랑의 도

피를 했다는 둥. 말도 안 되는 헛소문들이요. 아저씨와 아줌마는 제정신이 아니었죠. 특히 아줌마는 정신이상까지 보였어요."

"그 후에 진척은 없었고요?"

"없었어요. 그래서 아줌마의 증상은 더 심해졌죠. 더는 악착을 떨어가며 살 이유가 없다며 안 좋은 시도를 한 거예요, 세상에."

"안 좋은 시도라…"

"난간에 로프를 걸고 목을 매단 거였어요. 하지만 다행히 목숨은 건지셨죠. 유리코의 남동생이 때마침 학교에서 돌아온 참이었거든요."

"그걸 목격한 아들에게도 상처였겠군요."

"말이라고요. 아, 저 집이에요."

그녀의 시선이 가리킨 쪽으로 시선을 옮겼다.

과거에는 으리으리했을 2층 주택이었다. 안주인의 섬세한 손길이 닿아 아름답게 손질됐을 정원은 버려진 채로 방치되어 있었고, 가정에 충실했을 엘리트 가장이 퇴근 후에 토끼 같은 자식들을 부둥켜안았을 것 같은 입구로 향하는 계단은 군데군데 얼룩으로 오염되어 있었다. 이젠 으슥한 밤중에 동네 불량청소년들의 아지트로 변했는지 군데군데 담배꽁초와 맥주 캔이 무더기로 널브러져 있었다. 무슨 이유에서인지 벽은 불에 그슬려 까맣게 탄 자국도 발견됐다. 저속한 성적 욕설이 쓰인 낙서도 간간이 보였다.

"혹시 지금도 유리코의 가족들과 연락이 닿고 있나요?"

그녀가 암울한 기색으로 고개를 저었다. 두 사람은 천천히 집 안으로 걸음을 옮기며 대화를 계속했다. 창졸간에 풍비박산이 나버린 유리코의 가정은 언젠가 쥐도 새도 모르게 이사를 갔다고 했다. 동네 어른들의 말에 따르면, 유리코가 사라지던 1986년은 그들 가족의 경제력이 가장

고점에 이르던 시기이기도 했다. 수완이 남달랐던 유리코의 아버지가 부동산 투기로 재산을 불렸고, 순풍에 돛 단 듯 미지의 노다지를 산나물 캐듯 쓸어 모았다고. 하지만 그것도 잠시, 딸이 사라지면서 하나둘 날리기 시작했고 일할 의욕을 잃은 가장은 가계에 손을 놔버렸다. 그렇게 세월이 흘렀고, 떠들썩했던 유리코 납치 사건도 자연히 사람들의 뇌리에서 잊혀갔다.

“유리코네 집에 놀러와 본 기억이 아직도 생생해요. 이 집엔 없는 게 없었죠. 그 당시에 닌텐도도 여기서 처음 봤어요.”

그러나 시간이 많이 흐른 지금 내부는 형편없었다. 더구나 노후화가 더 빨라진 건 2018년 9월 태풍 21호(제비)가 할퀴고 간 탓이라고 카에데가 덧붙였다. 그 탓에 지붕의 일부가 날아가거나 휘어져 주저앉기까지.

끼이익- 어쩌면 유리코의 방일지도 모르는 작은 방문을 열자 한쪽 경첩이 너덜거리는 소리를 냈다. 이사하면서 두고 간 듯 보이는 농과 원목 책상이 하얀 거미줄이 쳐진 채 자리를 지키고 있었다. 그리고 책상 곳곳에는 왕년의 아이돌이었음직한 십 대 소년 소녀들이 그 당시의 촌스러운 청 멜빵바지 패션을 하고 환하게 웃고 있었다. 그야말로 시간이 멈춘 집이었다.

“그 후로 유리코와 관련한 소식은 전혀 들을 수 없었나요? 그걸로 끝?”

“아…”

맞아, 하는 듯한 눈으로 허공으로 눈동자를 굴리는 카에데.

“정확한 건 아닌데요. 우리 동네에 사는 어떤 아저씨가 한 번 유리코를 봤다고 한동안 말하고 다니셨어요.”

“그때 이웃집 아저씨가 그랬어요. 아들 대학 입학시험 때문에 도쿄에

함께 며칠 올라가 있었거든요. 거기서 봤대요."

시어머니와 단둘이 살던 아까 그 며느리의 말과 일치했다.

"그 이야기를 들어볼 수 있을까요?"

그러나 카에데는 자신은 믿지 않는다는 듯이 고개를 저었다.

"삼십 년도 더 됐죠, 아마. 도쿄에서 유리코를 봤대요, 글쎄."

"어떻게 유리코인 걸 알았대요?"

"실종되고 몇 년 안 됐을 때였으니까… 그 아저씨 말로는 어릴 때부터 봐와서 틀림없이 유리코라고 했거든요. 그 아저씨 아들하고 동갑이고요. 아들이 대학교 입학시험 보러 간다고 따라갔다가 봤대요. 깜짝 놀랐대요. 화장도 하고 비싼 옷도 입고 있어서."

"아주 세련되게 바뀌어 있어서 딴 사람인 줄 알았다고…"

말도 안 된다. 유리코가 오랜 이웃 아저씨를 보고도 모른 체 했을 리가 없잖은가? 게다가 TV에서는 가족들이 울면서 자기를 애타게 찾는데… 어쩌면 그 아저씨도 보이지 않는 권력의 힘에 넘어가 거짓 정보를 흘린 건 아니었을까? 도쿄에서 본 건 가짜가 아닐까? 대체 유리코는 누구에게 왜 납치된 걸까? 지금 살아있기는 한 걸까?

"그런데요."

유리코의 집에서 나와 묵묵히 걷던 도중, 카에데가 걸음을 멈추었다. 뭔가 떠오른 듯, 그녀의 두 눈이 실눈으로 어딘가를 응시했다.

"그… 선생님 말이에요. 가만 생각해 보면…"

"그게 뭐죠?"

윙-

순간 울리는 휴대전화 진동음에 준기도 카에데도 동시에 놀랐다. 한국에 고 교수로부터 도착한 메시지였다. 준기는 서둘러 카에데와 헤어져 차로 돌아왔다. 그리고 메시지를 읽어 내려가면서 안색이 창백해졌다.

준기야, 나다.

정보 입수한 대로 바로 메시지를 보낸다.

그 시게무라라는 사람 말이다. 당시 북한 노동당 대외정보조사부 1과 소속 공작원으로 밝혀졌다. 본명은 정학봉, 1955년생, 고향은 함경남도 함흥이고 70년대에 지령을 받았는지 일본으로 건너갔다더구나. 거기서 조총련계 공작원으로 납치전문이었다고 한다. 그놈이 얼마나 많은 일본인을 납치했는지 아직까지 확실하게 알려진 바는 없어. 다만, 대부분의 간첩들이 그랬듯이 북한으로부터 주로 난수방송으로 지령을 받았을 거라고 추측이 된다.

현재 생존해 있어. 그것도 초호화 대우를 받으며 평양시 문수동에서 가족들과 거주하고 있다더라. 더구나 몇 년 전에 조선중앙통신TV에서 방영된 내용을 보니 김정은이 직접 대동강 앞에 아파트도 선물했다고 하고. 이게 뭘 의미하겠냐? 여전히 북한 내에서 건재하다는 뜻 아니겠냐?

내가 생각해 봤는데, 너 그 일에서 당장 손 떼는 게 좋겠다…

제6장 문수용

한 사람에게 국가가 없다고 말하는 것은
정신장애 트라우마, 비극을 불러 온다.

마크 모펫 『인간 무리』 中에서

사건 발생 7일차.

신주쿠 미나토 구區. 주일한국대사관.

태극기와 일장기가 나란히 걸려 있는 풍경 뒤로 까만 벤츠 한 대가 미끄러지듯 들어오더니 돌연 좌회전하여 멈춰 섰다. 정문 앞에 피켓을 들고 시위하는 일본인들 때문이었다. 후문 입구에 때마침 대사가 나와 있었는데, 이윽고 벤츠에서 내린 남자와 악수를 하는 장면이 펼쳐졌다. 남자는 한국에서 아침 비행기로 도착한 여당 원내대표이자 대통령의 최측근이었다. 두 사람은 서둘러 안으로 들어갔다. 그리고 집무실에 앉자마자 대사가 다급한 어조로 물었다.

"대통령께서 뭐라고 하십니까?"

"뻔한 거 아니겠습니까? 어서 불 끄라고 성화십니다. 그놈 이름이 문준기 맞죠?"

"네. 알아본 결과 그놈이 이미 수년 전부터 여야 할 거 없이 국회의원들에게 입법을 촉구하는 이메일을 보낸 것으로 확인됐습니다."

대사가 이미 프린트해둔 자료를 손끝으로 밀며 말했지만, 원내대표는 힐끔 시선을 던질 뿐이었다.

"별게 다 속을 썩이네. 빌어먹을. 해결이 안 됐다고 이 지경을 만들다니 눈에 뵈는 게 없나보군."

"메일 내용은 옛날에 강제 동원한 일본 측의 공탁금 명부 전체를 완전히 공개하라는 것과 명부의 미비한 점을 지적하라는 게 대부분이었는데, 관련 위원회가 2018년 12월 31일자로 운영 종료됨과 동시에 새로 발족된 피해자연맹도 이름뿐이었던 지라… 아마 지도 답답했을 겁니다. 그래서…"

"됐고. 그래서 이 난리를 쳤답디까?" 원내대표는 다리는 꼬고 앉아 소파 뒤로 몸을 묻었다. 희미하게 "미친놈."이라고 내뱉은 건 막 차를 내오던 비서만 들었을 뿐이다.

"대표님. 이거 어쩌면 좋겠습니까?"

"어쩌긴요. 지금 한국에선 이때다 하고 떼거리로 정부를 거세게 비난하고 있습니다."

"그렇겠지요.."

"아 솔직한 말로 뭐 우리라고 시원하게 일본한테 툭 까놓고 말 안 해봤겠느냐고요. 역대 정권들도 다 못 한 일이에요. 왜 못했겠어요? 몰라서 못 했겠어요? 말처럼 쉽지 않았기 때문이죠. 과거사 청산? 좋다 이겁니다. 그런데 하면요? 하면 어떻게 되겠습니까? 조금 있으면 광복한지도 백 년이 다 되어가요. 이제 와서 갑자기 뜯어고치겠다고 들쑤시면, 그 앙금이 외교적으로 퍼져서 골치 아프단 말이에요. 안 그래도 그 미친놈이 사고 친 것 때문에 지금 대기업들도 절반 이상이 올 스톱이에요."

"한국 상품 불매운동 때문이겠죠."

"네. 대한민국 정재계 전체가 아주 들썩들썩합니다. 그것뿐인 줄 아십니까? 평소에 뭔 일만 터지면 나서서 입 털기 좋아하던 연예인들도 역사 문제에선 입 다무는 거 안 보이십니까? 걔들도 몸 사리는 거예요, 왜? 살아야 되거든. 국민들도 마찬가지. 처음에야 좋다고 환호하겠지만 시간이 지나면서 자기네들도 감수해야 하는 불편 사항이 이만저만이 아닐 거란 말입니다. 그만큼 간단한 문제가 아니라니깐요? 아주 뭐 국회의원들은 놀면서 월급 받는 줄 알지."

처음 대사도 치기 어린 청년의 섣부른 사고라는 점에선 같은 이유로 화가 났다. 어찌 보면 개인 가정사의 문제를 크게 확대하여 두 나라를 뒤흔들었으니 말이다. 하지만 원내대표의 쉴 새 없이 쏟아지는 비아냥을 듣고 있자니 문득 의문 부호가 떠올랐다.

'당신에게 국가와 민족이란 무엇인가?'

본래 이번 사태 해결을 위한 방문이었건만, 원내대표에게는 뭐라 말조차 꺼내기 어려울 만큼 냉기가 흘렀다. 그가 창밖을 향해 검지를 흔들며 말했다.

"하여튼간에 저것들도 시간이 남아도니까 저러고 시위나 하고… 지들이 한 건 생각도 안 하지."

"그럼 대통령께선 별다른 지시사항은 없으셨습니까?"

"아참, 그걸 까먹었네. 조만간 강수를 놓을 겁니다."

"강수요? 그게 무슨 말씀이신지?"

"조셉 한 이라고, 모 일간지 정치부 기자였던 사람이 하나 있어요. 그 사람이 예전에 유엔에 나가서 연설도 하고 그랬거든. 트럼프 때 말이에요. 그 양반 은근히 파워가 있어요. 미국 의회에 로비 없이도 입김을 불 정도?"

"그런데 그 조셉 한이라는 사람이 이번 사건에 어떤 역할을 한다는 거죠?"

"수면제 역할이죠."

"수면제요?"

"아, 잠재워야 할 거 아닙니까? 어차피 강제 동원 건은 어떤 정권이든 간에 한 번쯤은 시험대에 올라야 하는 거고. 대통령께서도 굳이 우리가 나설 것 없이 조속히 원만하게 해결하길 원하십니다. 그래서 말인데…"

원내대표는 다음 스케줄이 있기라도 하듯 손목시계를 확인하더니 자리에서 일어났다. 대사도 함께 따라 일어났다.

"조셉 한. 그 사람이 곧 다가올 유엔 총회에서 인권 세션에 참가할 겁니다. 대한민국 대표로 일본 측의 강제 동원에 대한 규탄과 동시에 사과와 배상도 촉구할 겁니다. 전 세계, 특히 아시아권에서 주목하게 되면 일본 쪽도 자기들이 한 짓이 있어서 큰 소리는 못 낼 겁니다. 서로 또이또이죠."

"그게 대통령께서 지시한 사항이라고요? 결국 그도 한국인인데요? 남의 손 빌려서 해결한다고 하기엔 조금 이해가 가지 않습니다."

어느덧 원내대표는 집무실 문고리를 쥐고 있었다.

"한국인이라고 다 같은 한국인입니까? 조셉 한, 그 사람 탈북자 출신이거든요. 아무튼 일본도 자기들이 한 게 있으니 강제 동원 문제 관련해선 어느 정도 내줘야 할 겁니다. 그건 그쯤으로 마무리 짓고, 남은 건 아이코나 제대로 무사 귀환시키면 될 일입니다. 빨리 빨리 제자리를 찾자 이겁니다. 모쪼록 수고하십시오. 별 미친놈 하나 때문에 우리 대사님께서 고생이시네."

* * *

- 조셉 한? 처음 듣는데요.

- 본명은 한영호. 꽤 실력 있는 북한통이야. 탈북자고.

- 그럼 연고가 북한에 있을 텐데 믿을 만 한 사람일까요?

- 태어난 것만. 현재 가족은 다 남한에 와 있어. 그래봤자 여동생 한 명뿐이야.

- 교수님은 그 사람 만나봤어요?

- 물론이지. 무엇보다 이번에 네가 거하게 벌린 잔칫상에 대해 들려주니까 숟가락 얹어 하고 싶던데? 꽤 적극적으로 나왔어.

- 그럼 다행이고요. 그럼 그 사람이 뭘 해줄 수 있죠?

- 우선 유리코가 실제로 납북됐는지, 납북됐다면 살아있는지 여부까지 알 수 있을 거야. 물론 잘하면- 이란 단서가 붙지만.

- 그렇게 쉽게 알아낸다고요? 그럴 걸 그동안 일본에선 어째서 시종 먹통이었죠? 뭔가 수상한데요?

- 수상은 일본이 수상한 거겠지.

- 그게 무슨 말씀이에요?

- 봐봐. 너도 조부님의 동원 당시의 미수금과 유골 송환 건으로 수도 없이 문을 두드려봤지만 아무도 널 봐주지 않았잖아? 일본도 마찬가지야. 피해 유족만 애타는 거지. 정작 어느 나라건 정치권에서는 밥그릇 싸움뿐, 불필요한 외교전을 피하려는 경향이 있어. 일본이 유리코의 납북을 제대로 해결하지 못했던 게 아니라, 안 했던 거일 수도 있어. 그래서 그놈도 한계를 느꼈으니 너에게 부탁한 거 아니겠냐. 물론 방법이 후졌지만.

- 그래도 그렇지. 탈북자라고 해서 다 알아낼 수 있는 거라면 본인이 직접 알아봐도 되잖아요? 개인적으로 탈북자에게 접근해서 말이에요.

- 탈북자라고 다 같은 탈북자인 줄 아냐? 한영호 그 사람. 그냥 탈북자 아니야. 북한에 있을 때도 영재였고, 국방종합대학교 출신이야. 엘리트라고. 연

결된 브로커만도 수십 명이고. 무엇보다 탈북 후엔 유엔까지 가서 연설도 했거든. 자기 말로는 몇 달 뒤에도 갈 거래.

- 또요? 이번엔 무슨 일로요?

- 통일부의 요청으로 일본의 강제 동원 건에 대해 강력히 규탄하는 연설을 할 거랬어. 바이든도 만나고 말이야. 어쨌든 중요한 건 그 정도 짬되는 사람이 유리코의 생사 여부를 알아내 준다는데 다행 아니냐?

- 그러네요. 그런데 이렇게 쉬운 일을 유리코의 가족들은 엄두도 못 냈다니…

- 감시가 붙었겠지.

- 감시라고요?

- 그래. 특히나 너에게 메시지를 보낸 그놈이 유리코의 유족이라면, 어떤 장애물이 있었던 게 확실하지. 아참, 그건 그렇고.

그러면서 전화 너머의 고 교수가 한층 목소리를 낮추었다. 분위기를 감지한 준기는 옆을 곁눈질하더니 아이폰을 반대편으로 바꿔 들었다. 아이코를 의식한 것이다.

- 아이코 공주를 너무 무방비하게 믿지 마라.

- 알겠어요, 나중에 또 연락해요.

“벌써 나흘이야.” 통화 내막을 알지 못한 채 아이코가 한숨을 쉬었다. “그러지 말고, 이쯤에서 확인을 받는 게 어때?”

“확인을 받으라니?”

“우린 며칠째 그 사람의 문제를 대신 해결해주기 위해서 바빴어. 본래의 계획도 잊은 채 말이야.”

“잊진 않았어.”

“아무튼. 그가 원하는 대답을 아직은 들려줄 순 없지만 그래도 유리코라는 여자가 실종된 곳까지 찾아가서 나름 조사를 펼쳤단 말이야. 그럼 상대방도 어느 정도 예를 표해야지."

"예를 표한다? 이를테면?"

준기는 반쯤 몸을 틀어 눈을 마주치며 되물었다. 조금 전에 고 교수와 나눈 대화에 대한 미안함을 상쇄시키려는 의지가 담긴 태도였다.

"할아버지의 유골이 묻힌 곳. 대략 어디에 있는 곳인지 정도는 말이야. 그리고 어떻게 접근할 수 있는지 우리도 알 권리 있지 않아?"

"그 말은…"

"바보같이 그 사람이 시키는 대로만 할 게 아니라, 서로 하나씩 하나씩 패를 까자는 거야. 거래란 그런 거 아냐?"

* * *

(텔레그램 메시지)

문준기입니다.

당신이 놓친 그 사건을 파헤치기 위해 나 역시 발로 뛰어 알아봤습니다. 당시 그 일을 잘 알고 있는 인근 주민들에 대해 나름의 조사를 했고, 유리코가 살던 옛집도 가보았습니다. 역시 1986년에 실제로 벌어진 미제 실종 사건이더군요.

자, 각설하고 이쯤에서 본론을 말씀드리겠습니다.

나 또한 당신이 유리코를 납치한 범인으로 지목하는 사람을 의심하고 있습니다. 그리고 해결을 위해 한국 내에 있는 지인을 끌어들였고요. 그리고 자신 있게 말하건대, 유리코가 북한에 납치된 것이 사실이라면 현재 생사 여부까지 알아낼 수 있을 것 같습니다. 어떤가요? 이 정도면 당신이 원하는 대답에 가깝습니까?

자, 그러니 나도 중간확인을 받아야겠습니다. 내 조부의 유골, 어딘가에 고이 묻혀있기는 한 겁니까? 당신이 나를 속이는 건 아닌가요? 내가 당신을 뭘 보고 믿어야 하죠? 내가 추후에 어떻게 움직일지는 당신의 대답에 달려있습니다.

* * *

"마셔."

준기가 작은 캔을 건넸다. 자판기에서 뽑아온 그것은 도수가 거의 없다시피 해 음료에 가깝다고 해야 맞았다.

"막걸리! 내가 사 올 수도 있었는데!"

"우리 영화 찍는 거 아냐. 한 번 NG나면 두 번은 없어. 끝이라고 끝. 아니지, 내 인생만 끝장이구나."

"그러니까 다음엔 내가 사 올게!"

"어지간하면 어른 말 듣지?"

일부러 골이 난 표정을 지어 보이지만 실은 이 어린 여자아이는 마치 어른들을 따돌리고 친구와 단둘이 비밀여행을 즐기는 십 대 소녀에 가까웠다. 캔 마개를 여는 경쾌한 소리가 차례로 났다.

“이건 진짜 막걸리가 아니야. 흉내만 낸 거지. 진짜 막걸리는 만드는 방법이 따로 있어.”

“아저씨 막걸리 만들 줄 알아?”

“아니. 다만 어릴 때 할머니가 담그는 걸 봤어.”

“어떻게 만드는데?”

“쌀을 불린 다음에 그걸 쪄서 만들더라고.”

“쌀?”

“응. 그렇게 해서 찐 쌀을 또 얇게 펴서 말린 다음에 거기에 누룩과 효모를 넣어서 골고루 섞었어. 그다음에… 항아리에 넣고, 일주일 정도 따뜻한 아랫목에 두는 거야. 발효되라고. 보글보글.”

“신기하네. 그런데 아랫목은 뭐야?”

“아궁이랑 가까운 방바닥 말이야. 거기가 제일 따뜻하잖아.” 준기는 문득 일본은 다다미방이라는 점을 떠올렸는지 다시 고쳐 말했다. “한국은 방바닥을 따뜻하게 해. 아파트도 지을 때 그렇게 하고.”

“신기하다.”

“마치 일본의 온천처럼. 앉으면 엉덩이가 따끈따끈해지는 거야.”

“아하!”

이번엔 비유가 적절했는지 한결 밝아진 얼굴의 아이코가 이해했다는 듯이 고개를 여러 번 끄덕였다. 앞을 가리는 긴 챙이 답답했는지 야구 모자를 살짝 들어 올리며 창밖을 살피던 아이코가 한참 뒤에 입을 열었다. 왠지 그 말을 하기까지 속으로 여러 번 나름 곱씹었을 말투로.

“나중에라도 있지, 아저씨.”

“응.”

“우리가 이렇게 잘 지낼 수 있을까?”

"아마 우리가 평화롭게 지낼 수 있는 건 지금 이 순간뿐일 거야."

"왜?"

준기가 검지를 세웠다. "아이코 잘 들어." 아이코는 큰 두 눈을 깜빡이더니 천천히 고개를 끄덕였다. 너무 단호했나 싶을 만큼 맑은 눈이었지만 확실히 해두지 않으면 안될 것 같았다.

"우린 지금 어마어마한 일을 벌여 놨어."

"알아."

"그럼 됐어."

"아저씨 드라마 좋아해?"

"느닷없이 웬 드라마?"

"좋아해, 싫어해?"

"그럭저럭."

"옛날에 나 어릴 때 봤던 건데, 우리나라 드라마에 〈그래도 살아 간다〉라는 게 있어. 한 남자가 있는데, 그 남자의 여동생이 누군가에게 살해당했어. 집안 전체가 풍비박산이 나 버리지. 그리고 살인자의 가족들은…"

"배 째라 나왔겠군."

"아니. 세상의 손가락질을 피해 여기저기 이사 다니다가 결국 부모가 이혼해. 아이들 성도 엄마 성으로 바꾸고. 창피하니까."

"그런다고 살인자의 피가 어디 갈까? 가해자를 미화시키려는 드라마인가?"

"전혀."

"그럼 피해자의 고통을 극대화?"

"둘 다 틀렸어. 누구를 위한 드라마도 아니야. 내가 말했잖아. 제목이 〈그래도 살아 간다〉라고. 극중에서 피해자의 오빠는 어느 순간에 가해자의 동생과 마주쳐. 서로가 지옥인 거지."

"피해자의 오빠가 더 지옥이지."

"응 맞아. 피해자의 오빠는 가해자의 동생만 봐도 피가 거꾸로 솟는 기분을 느껴. 심지어 그 죄를 가해자 동생에게 덮어씌우기도 하면서 괴로워하지. 가해자의 동생도 마찬가지야. 미안하다고, 자신이 대신해서 사과하지만 자기 잘못이 아닌걸?"

"그 드라마 말이야. 정작 가해자와 피해자는 없고, 양쪽 가족들의 이야기네. 한쪽은 죄책감으로 평생을, 다른 한쪽은 원망으로 평생을."

"응. 가해자의 가족들은 사람들한테 욕을 먹고, 이사를 다니고, 오랜 시간 동안 익명의 협박을 당하며 살아. 반대로 피해자의 가족들은 동정과 응원을 받는데, 마찬가지로 욕을 먹어."

"어째서 피해자가 욕을 먹지?"

"왜 애를 간수를 못 해서 죽게 했느냐는 세간의 비난이고 참견이지. 드라마를 보면, 가해자도 나중에 나름의 트라우마가 밝혀지기는 한데, 그건 중요하지 않다고 생각해. 그게 범행을 합리화할 순 없으니까. 그럼에도 가해자의 동생은 자기 오빠를 포기 못해. 죄를 뉘우치고, 대가를 받고, 제대로 된 사과를 피해 유족에게 하길 바라지. 물론 뜻대로 잘 안되지만."

"그래서 그 드라마가 궁극적으로 말하고자 하는 건 뭔데?" 다소 짜증 섞인 말투로 준기가 내뱉었다.

"없어."

"없다고?"

"그냥 이런 가족도 있구나. 이런 아픔도 있구나. 하는 거야. 그런데도."

"살아간다?"

"응. 내 생각엔 그래. 인생에서 원했든 원치 않았든 불행은 피할 수 없는 재앙이라는 거, 그럼에도 불구하고 살아가야 하는 존재가 인간이라는 거. 살다 보면, 그렇게 살다 보면…"

아이코가 애써 터질 듯한 눈물을 참고 있는 게 틀림없었다. 아는 체하지 않는 것이 그녀를 돕는 길이라고 여겼지만, 생각보다 아이코는 금세 차분해졌다. 그리고 이어서

"인상 좀 피지? 그 샌드위치 안 먹을 거면 내가 먹는다."

"결말은? 어떻게 끝나?"

"나중에 말해줄래."

"나중에?"

"응. 우리의 이번 임무가 완수되면! 마지막에!"

"그런 게 어디 있어."

"내 마음이야."

"뭐, 좋을 대로."

대수롭지 않게 말했지만 준기는 묘한 기분을 느꼈다. 애당초 공주 대접을 바랄 거란 생각은 순전히 자신의 착각이었다고. 어쩌면 아이코는 또래 그 누구보다 일찌감치 어른으로 성장했는지도 모른다고.

* * *

"흥신소 놈은 아직도 지가 경찰인 줄 안단 말씀이야. 삼십 년도 더 넘은 수사에 아직도 목을 매다니. 대체 놈에게 그 여고생 실종이 뭐길래 이 난리를 떠는 거야?"

"혹시 복귀를 노리는 건 아닐까요?"

"다나카…"

"그러기엔 아무래도 너무 나이가 많죠."

못마땅한 시선을 거두고 다시 히데오가 툴툴댔다.

"그나저나 이상해."

"뭐가 말입니까?"

"흥신소 그놈. 명예욕이 어마어마한 놈인 것 같아. 옛날 사건이든 지금 사건이든, 혼자 모두 해결해서 국민적 영웅이 되려는 속셈 같기도 하고. 이럴수록 우리 도쿄 경시청이 더 분발해야 하는데! 제길!"

어제 신오쿠보 한인민박을 운영하던 노인은 경찰 신분을 밝힌 히데오에게 *"댁도 경찰이라고?"* 라고 되물었다. 흥신소 사장이 왜 신오쿠보를 갔을까, 뭘 알아내기 위해서 갔으며, 무엇을 위해 아직도 그러고 사는 걸까? 의자를 빙빙 돌려가며 생각에 빠진 히데오는 마치 기름 쪽 빠진 캔 참치처럼 부쩍 푸석푸석해 있었다. 다나카가 손뼉을 쳤다.

"유리코 사건은 그렇다 치고, 이번 공주 납치 사건에도 흥신소 부자가 연루된 건…"

"또 쓸데없는 소리 할 거면 닥치는 게 좋을 거야."

"혹시 문준기의 조부 사건에 관여하겠다는 거 아닐까요?"

"조부 사건에?"

"네에. 사실은 문준기를 잡으려는 게 아니라 관심사가 조부 사건에 가 있는 게 아닐까요? 뭘 알고 있을지도 모르죠. 흥신소를 하는 놈이니까 정보력이 좀 좋겠어요? 자기 정보력으로 문준기를 컨트롤 하려는 건 아닐까 싶어요. 물론 속셈은 모르겠지만."

"으흠…"

그러고 보니 일리가 있군, 하는 눈으로 고개를 천천히 끄덕이던 히데오가 다나카의 어깨를 치며 활짝 웃었다.

"뭐, 간만에 밥값을 하는군. 그럴싸한 추론이야."

늘 비난과 멸시만 퍼붓다가 드물게 한번 칭찬을 하는 것을 두고 심리학에서는 '가스라이팅'이라고 한다, 고 동료 경관이 귀띔했지만, 다나카에겐 전혀 들리지 않았다. 오랜 시간 함께 일해 온 직속상관에게 들은 첫 칭찬은 그를 온종일 들뜨게 하기에 충분했다. 수년 전에 발간된 '탄광 조선인 노동자 명부'를 찾아낸 것도 그 기쁨의 연장선상이었다.

＊＊＊

"탄광 조선인 노동자 명부…?"

아이코는 한 손에 들려 있는 샌드위치 조각을 얼른 입에 문 다음 서류를 건네받았다. 한글로 된 푸른 직인이 찍혀 있는 네다섯 장 분량의 사본 서류였다. 제목으로 보이는 「군속명부」 밑으로 히라가나 'た(ta)~な(na)'로 목차가 기재되어 있었다.

"다케무라 스요…"

"다케무라 수용. 우리 할아버지."

"일본식이네?"

"성씨만. 홋카이도로 끌려갈 당시에 창씨개명이 된 상태였거든. 본래 함자는 문수용이셔."

"아아."

잠시 뒤에 아이코가 뭔가를 발견했는지 밝은 얼굴로 소리쳤다. "쇼와 18년!" 하다가 적절치 않다고 판단했는지 다시 얼른 표정을 수습했다.

"엄청 옛날이구나."

"1943년, 태평양 전쟁 시기지. 그해 6월 1일에 끌려가셨고, 거기 쓰인 대로 딱 이틀 뒤인 6월 3일에 할아버지의 소속이 정해졌어. 밑에 보이지?"

"육군수송 제3대대… 신분 임시공원… 공명 운수공…? 이게 뭐야?"

"쉽게 말해서 임시로 일하는 운수 일꾼. 그러니까 아무거나 막 시킬 생각으로 데려갔다는 거야."

"이 서류 어디서 났어?"

"한국의 국가기록원. 다행히 할아버지의 기록이 남아 있더라고. 처음엔 애를 먹었어. 창씨개명 된 줄도 모르고 한국식 본명으로만 찾았으니 나올 리가 없었지."

흠, 하고 아이코는 몇 번 서류를 팔랑거리더니 의아하다는 듯이 물었다.

"좋아. 이 기록을 통해 아저씨의 할아버지께서 강제 동원의 피해자인 건 알겠어. 그런데,"

"그런데?"

"강제 동원된 끝에 희생되었다는 증거도 명확할 필요가 있어. 사고로 묻혀서 돌아가셨다는 증거 말이야."

이번엔 준기가 짧은 한숨과 함께 캔을 홀더에 꽂고 아이코 쪽으로 몸을 틀었다.

"그래, 바로 그게 문제야. 할아버지가 사고로 매장당했다는 증거는 분명히 있었어."

"있었어? 시제가 왜 그래?"

"이틀 전에 아키타현에서 그 노인을 만나기 전까지는 말이야."

"갱도의 중간관리자였다는 와타나베 씨 말이지?"

"응. 할아버지가 갱도 밑에 파묻혀 있을 거라고 철석같이 믿었는데…

그런데 그 노인이 말했잖아. 이미 유골은 어딘가로 사라지고 없을 거라고. 아니 없다고. 이십여 년 전에 지자체든 일본 정부든 어떤 힘에 의해 옮겨졌다고 말이야.”

“그럼…”

“희생당했다는 증거를 찾아야 해. 억울하게 죽었다는 증거 말이야. 그런데 공교롭게도 때마침 텔레그램으로 익명의 메시지도 왔지.”

“아저씨의 할아버지 유골이 다른 곳에 있다는.”

준기가 힘없이 고개를 끄덕였다.

“응. 마치 우릴 지켜보고 있다는 느낌이 든다니까. 하지만 놈의 말만 믿을 수 없어. 그게 진실인지 아닌지도 알 수 없고, 설령 진실이라 하더라도 놈에게 휘둘리고 있잖아. 제길.”

“하지만 상대도 우리에게 원하는 게 있잖아. 그 사람은 절대 장난이 아닌 것 같은데? 왠지 느낌에… 잘만 하면 서로 타깃 체인지를 완수할 수 있을 것 같아.”

“무슨 근거로?”

아이코가 상체를 고쳐 앉으며 말하려던 그때, 한 건의 메시지가 도착했다.

(텔레그램 메시지)

네 조부는
한국인이 일본에서 가장 싫어하는 곳.
그곳 어딘가에 있다.

* * *

“아아… 저기는 왜 까맣게 칠해져 있죠?”

히데오의 손가락이 가리키는 대로 아키라의 시선이 쏜살같이 꽂혔다. 일본 전국 지도의 우측에 까맣게 칠한 부분이었다.

“아… 저긴…” 끓는 주전자를 막 가져오던 아키라가 일순 당혹감을 감추지 못했다.

“저기 혹시 후쿠시마 아닙니까?”

“업무상 칠해놨을 뿐이에요. 별거 아닙니다.”

아, 그렇군요! 히데오는 별로 감탄스럽지도 않으면서 과도한 리액션을 취했다.

아키라가 드리퍼에 담긴 한 스푼 반의 원두 가루 위로 가느다란 물줄기를 둥글게 원을 그려가며 붓는 동안 히데오의 (묻지도 않은) 사적인 이야기가 계속됐다. 경관들 사이에서 자긴 이미 한물간 꼰대라는 둥, 급기야 이혼한 전처를 따라간 딸이 한국 아이돌에 미쳐서 한국으로 유학을 보내달라고 전화가 왔다는데, 괘씸하게도 한 달 만에 온 전화라는 둥.

“그런데 실은 그게 걸그룹 멤버를 뽑는 한국 오디션 예선에 합격했다는군요. 참 오래 살고 볼일이지 않습니까?”

“잘된 일이군요.”

“잘된 일이긴요! 만에 하나라도 한국에 눌러살겠다고 고집부리면 골치인데요.”

“요새 어린 친구들은 한국 드라마나 연예인을 좋아하니까요.”

“그렇긴 한데, 괜히 헛바람 들까 그렇죠.”

그러면서 딸을 추켜세우고 싶었던지, "그래도 삼백 대 일 경쟁률을 뚫고 붙었다지 뭡니까."

"그런데 경부님." 더는 들어줄 마음이 없던 아키라가 몇 번의 맞장구 끝에 단도직입적으로 물었다. "저희는 충분히 수사에 협조한 것 같은데요. 더 조사할 부분이 남아 있기라도 한 겁니까?"

"에?" 히데오가 시치미를 떼고 콧등을 긁었다. 정말 아무것도 모르겠다는 표정은 압권이라고 말해주고 싶은 걸 아키는 속으로 삼켰다.

"이렇게 불쑥 또 찾아오시니 저로선 솔직히 거북스럽네요."

히데오는 그제야 온 목적이 떠올랐다는 듯이 웃었다. 물론 그 웃음마저 연기라는 것을 아키라가 모를 리 없었다. 히데오는 간이 식탁 앞에 의자를 끌어당겨 앉으며 물었다.

"아, 다른 게 아니라… 정밀 감식을 했는데 말이죠. 공주가 납치되던 날에 같은 시각, 같은 공간에 폭발음이 들렸던 것 아시죠?"

"그렇다고 하더군요, 뉴스에서."

"그랬죠오. 폭발음과 함께 희뿌연 연기가 퍼져서 앞을 분간하기 힘들었다고 그 자리에 있던 학생들이 증언했습니다. 현장에 남은 탄흔을 정밀 감식한 결과 시중에서 쉽게 구할 수 있는 일반 폭죽의 하나로 밝혀졌습니다. 그런데 문제는…"

히데오는 다리를 바꿔 꼬고 앉으며 곁눈질로 아키라를 살폈다. 최대한 태연한 척을 하지만 서버에 담긴 커피를 두 잔의 머그컵에 나누어 붓는 그의 옆얼굴은 줄곧 히데오를 의식하고 있음이 분명했다.

"그게 몇 년 전에 오키나와에서 열린 아무로 나미에의 은퇴 콘서트에서 발생한 소동과 참 많이 비슷하더군요. 그때에도 어떤 악.질. 파파라치가 그녀에게 가까이 접근하고 싶어서 경호원을 빼돌릴 때 비슷한 수

법을 썼거든요. 물론 그때는 머리에 피도 안 마른 미성년자라 훈방 조치 됐지만요. 아마 지금쯤…”

히데오가 벽에 걸린 아키라의 가족사진을 보며 웃음을 지었다.

“성인이 됐겠군요.”

“이보세요, 경부님.”

아키라가 화난 어조로 말을 끊었다. 빙긋이 웃어 보이는 히데오의 얼굴이 그토록 지긋지긋할 수가 없었다. 아무로 나미에의 은퇴 콘서트 사건이라면 아키라도 잘 알고 있었다. 친구를 만나러 간다는 신이치가 관할 경찰과 함께 집을 찾아온 것이다. 물론 ‘붙잡혀’ 왔다고 해야 맞다. 이유인즉슨 현장에서 댁의 아드님이 위험물(폭죽)을 터뜨려 공연에 차질을 빚었다는 것이다. 그 일을 기억하고 있었다니, 혹시 그가 그날 신이치를 훈방했던 담당 경찰이었나, 떠올려보지만 아무래도 거기까진 기억이 안 났다. 하지만 확실한 것은 히데오는 공주 납치 사건이 있고 이튿날에 집까지 찾아왔다. 신이치를 의심했던 것이다. 물론 혐의점은 없었다. 그저 폭발음, 연기, 경호원 이 세 키워드만으로 신이치를 용의자 혹은 그 공범으로 낙인찍었다는 사실이다. 그리고 무엇보다 분한 건 거기에 아키라가 넘어갔다는 것이다. 단지 의심만으로 찾아온 히데오에게 세 식구가 절절맸다는 사실 역시 견딜 수 없는 수치였다.

“그리고 또 하나. 오늘 아침 출근길에 아사히에서 보도된 기사 하나를 읽었습니다.”

“……”

아키라는 저항의 뜻을 담은 콧김을 거칠게 내뿜으며 잔을 내려놓았다.

“당연히 공주 납치 용의자에 대한 거죠. 그의 조부가 수십 년 전에 우리 일본에 끌려와 강제 노역을 하던 조선인이었는데, 고국으로 돌아가지 못하고 여기서 죽었다- 뭐 이런 내용이었습니다. 용의자는 거기에 앙심을 품고 공주를 납치했고요."

그러다가 아직 말이 채 끝나지 않았음을 알리려는 듯 손바닥을 들어 보이며 이어서 말했다.

"물론 여기까지는 알려진 내용이죠. 문제는 말입니다. 새롭게 드러난 사실이랍시고 이렇게 기사를 썼더군요. 그의 조부가 동원되었던 현장은 이미 흔적도 없이 사라졌다고 말입니다. 제보자는 아키타현에 거주하는 백발노인이었습니다. 옛날에 갱도 중간관리자였다고 하더군요. 그가 문준기로 의심되는 한국인이 자길 찾아왔다고 제보했어요. 그건 그렇고 그럼 대체 조선인들의 유골이 다 어디로 갔을까요? 허 참…"

"그걸 제가 어떻게 압…"

"에에취!!!"

흰자를 희번덕하게 뜨던 히데오가 마침 고개를 방정맞게 앞뒤로 흔들며 재채기를 했다.

"여기."

아키라가 얼른 휴지 몇 장을 뽑아 건넸다.

"고맙습니다. 흐흐."

입가를 닦던 히데오의 웅크린 어깨가 흐느끼듯 흔들렸다. 실은 웃음이 새어 나오는 모양새였다. 아키라는 뭐라 설명 못할 미묘한 불쾌함이 들었다. 이 치와와 새끼, 어디부터 어디까지 알고 있는 걸까?

"어쨌든!"

자리에서 일어난 히데오가 일본 전국 지도가 걸려 있는 벽으로 다가갔다. 까맣게 칠한 '후쿠시마' 부분을 힐끔 보더니 도쿄 부근을 손가락으로 딱 소리 나게 튕겨 쳤다.

"용의자는 현재 도쿄에 있습니다."

"왜 그렇게 생각하시죠?"

"용의자는 처음부터 조부의 유골이 분실되었다는 사실을 알지 못했습니다. 사흘 전에 아키타현에서 와타나베라는 노인을 만났다는 걸로 봐서 본인도 안 지 얼마 안됐다는 얘기가 되죠."

"그렇다면 그 사이 도쿄를 비웠겠네요."

"비웠다가 다시 돌아왔을 겁니다."

"왜죠? 도쿄에 있어봤자 경비가 삼엄해서 오히려 발각될 우려가 있을 텐데요?"

"그 속을 누가 알겠습니까? 흐흐. 혹시 모르죠. 유골이 도쿄에 있을지 아니면…"

그러면서 히데오는 다시 지도의 까맣게 칠한 부분을 보며 숨죽여 웃었다.

"그나저나 오늘 온 목적은 뭐 하나 여쭤보고 싶어서 왔습니다."

"아직도 묻고 싶은 게 남아 있나요? 제가 그렇게 알려줄 게 많은 사람인지 미처 몰랐군요."

"흐흐. 이번엔 정말로 마지막입니다."

"질문하시죠."

"그러니까 그게…"

아키라는 태연하게 찻잔을 입게 가져갔지만, 등골에는 식은땀이 흘렀다. 히데오는 코트 안 주머니에서 둥글게 만 서류를 꺼내 들었다. 한 번 더 반대 방향으로 말아서 평평하게 편 뒤에 테이블 위에 부채꼴 모양으로 올려두었다. 그것은 삼십여 년 전의 아키라의 경관임용카드, 그레타 박 사건을 파헤치던 시기에 돌연 상부로부터 내려온 대기 발령 공문, 그리고 아키라의 가족에 대한 인적 사항 등이었다.

아키라는 히데오의 입에서 나온 말을 들은 순간 다리에 힘이 탁 풀렸다. 결국 그는 그 한마디의 질문을 위해 긴 시간을 계산된 주접을 떨었던 것이다.

"그래서 살아있답디까? 유리코?"

제7장
유리코

아무도 내 말을 믿지 않는다.
좀 더 정확히 말해, 그들이 내 말을 믿지 않는 건
내 말이 사실이기 때문이다.

제임스 볼드윈(미국의 저명한 흑인 소설가)

"다음 역은 이케부쿠로-."

도착을 알리는 전철 안내 방송이 잡념을 달아나게 했다.

저녁 무렵에 집을 나선 아키라는 JR선 이케부쿠로 역에서 나와 동쪽 방향으로 쭉 걸어갔다. 선술집이 즐비한 골목으로 들어서자 질 나쁜 양아치들이 순박한 샐러리맨들의 어깨를 거칠게 밀치며 등장했다. 젊었을 때의 그였다면 응당 가던 길을 멈춰서라도 상대해줬을 텐데 지금은 사정이 다르다. 더는 경찰도 아니거니와 충분히 나이가 들었고, 또 무엇보다 선약이 기다리고 있으니까.

오뎅바 '선셋'의 입구는 유리문으로 되어 있었다. 노곤한 하루를 마친 회사원들이 만들어낸 열기로 가게의 창문은 뿌옇게 성에가 끼었다.

"어이."

막 들어가자마자 누군가 아키라를 알아보고 반갑게 손을 흔들었다. 늘 그 자리, 주방 맞은편 모서리였다. 모처럼 아키라의 얼굴에 순박한 미소가 번졌다.

"이야… 이게 얼마 만이야, 선배?"

"십일 년만이지. 물론 네가 중간에 튕기지만 않았어도 짧아졌을 거라고."

중학교 선배이자 현직 외교관이기도 한 타츠오가 물을 따라주며 말했다. 이제 은퇴를 앞둔 그도 젊은 날의 패기와 날카로움은 옅어지고, 그 대신 후덕하게 붙은 살집 탓인지 목가적인 분위기를 풍겼다.

"자, 뭐 마실래? 난 따뜻한 사케."

"같은 걸로."

음식이 나오고 술도 반병쯤 마시자 차츰 주변에서 나누는 이야기가 자연스레 들렸다. 상황이 상황이니만큼 두 사람 이상만 모였다 하면 공통된 화두, 바로 아이코 공주의 납치사건. 저마다의 추리를 내놓았지만 대부분 일본을 혐오하는 한국인의 증오범죄이며 결국엔 포승줄에 묶인 모습이 TV화면에 나올 것이라는 것에는 다들 의견이 일치했다. 몇몇은 흥미로워하기까지 했다.

"다들 그 얘기군. 벌써부터 한국 제품 불매운동을 한대." 사케로 속을 데우며 아키라가 말했다.

"사람들이 단순히 양국의 외교 논리로만 이해하니 적대감이 생길 수 밖에. 이번 사건의 본질은 역사가 해결하지 못한 인권의 문제인데 말이야."

"인권?"

"그래 인권. 전쟁이 터지면 제일 먼저 사라지는 게 인권이니까."

어린 시절부터 한동네에 살았던 선배 타츠오는 명석한 머리로 유명했고, 집안의 자랑이기도 했다. 같은 문제를 두고도 여러 각도에서 관찰하고 분석하는 버릇이 있었다. 게임회사에 들어가는 것을 목표로 했지만, 부모의 반대에 부딪혀 결정한 차선이 외무성. 그의 직속 선배가 마사코 왕비였고, 꽤 막역한 사이였던 것은 알 만한 사람들은 모두 아는 사실이었다. 물론 그것도 일종의 허세가 될까 싶어 입 밖에 꺼내길 꺼려 하는 타츠오를 대신해서 주변에서 부추기는 이야기지만. 이번 사건으로 인해 마사코 왕비의 입장에 대해 아는 바가 있냐고 묻고 싶었지만, 결례이기도 하거니와 묻는 입장으로서 무가치한 행위로 보일까 봐 말을 삼켰다. 어릴 때야 어땠든 본래 머리가 굵어지고 각자의 삶을 영위하게 되면서부터는 사사로운 대화일지라도 절제가 미덕이다. 남자의 경우 더욱 그렇다.

"한국 쪽에서도 심각성을 인지하지 못하는 모양이야. 한국발 뉴스를 보면 이 사건을 두고 여야가 나뉘어져 싸운다더군."

"뭣 때문에 싸운다는데?"

"이 사건의 발로가 친일 잔재를 청산하지 못한 데에 있다면서 서로 겨냥하는 거지."

"친일 잔재?"

"그래. 미군을 중심으로 한 연합군이 결국 승리를 거머쥐면서 종전이 됐지만 정작 한국 쪽에선 권력다툼을 하느라 제대로 사후 처리가 안 됐어. 우리에게 지배를 받았을 때 피해를 본 노인들이 몇몇 생존해서 증언하는 걸 유튜브에서 봤어. 젊은 시절에 군대나 노무에 징집됐거나 하는 이야기를 하더라고. 뭐, 그래서 돈을 못 받았다나 어디 외상이 있다나… 한국 정부에서도 관심을 가져주지 않아 다들 불만이 이만저만이 아니더라고."

아키라는 타츠오의 말을 곱씹기라도 하듯 사케를 천천히 마셔 넘겼다. 그가 다시 말했다.

"단언컨대 이번 사건은 양국 간의 문제만이 아니라 동북아 전체의 문제로 불거질 게 확실해."

"동북아 전체의 문제라…"

"왜 옛날에 분로쿠 게이초의 역文祿慶長の役, 임진왜란을 일본에서 이르는 말처럼 말이야. 이번 일도 일본, 한국, 중국 모두의 문제지."

"거기서 중국이 왜 나와?"

"중국은 혐일 감정이 한국 못지않은 나라란 걸 잊었어? 얼마 전에 중국 톱 연예인이 일장기를 연상케 하는 티셔츠를 입었다는 이유로 매장당한 적도 있을 정도라고. 그런 와중에 이번 사건이 벌어졌으니 아주 자기네들끼리 신났어. 축제 분위기야. 여하튼 이번 사건은 아주 복잡다단해. 모르긴 몰라도 이번 일을 계기로 아시아 각지에서 과거사 청산을 촉구하는 움직임이 다발적으로 벌어질 거라고 봐. 그런 의미에서 보면 제대로 사과를 하지 않은 우리 일본의 탓도 커."

그러면서 타츠오는 잔을 살짝 들었다 올리며 야무지게 아귀에 힘을 줬다. 이쪽의 의견을 말했으니 네 생각은 어떠냐는 물음이었다.

"역시 선배라면 꿰뚫어 볼 줄 알았어."

"뭐야? 날 떠본 거야? 칭찬으로 듣지 뭐." 타츠오가 오뎅을 우물우물 씹으며 히죽거렸다. 여전하다는 듯이.

"그나저나 선배." 아키라가 상체를 앞으로 숙이며 언성을 낮추었다. "만약에 말이야. 어떤 누군가가 이 사건을 역으로 이용한다면 어떨까?"

"역으로 이용하다니?"

"그러니까… 음… 이건 어떤 사람의 얘긴데…"

"그래, 아키라 네 얘기군."

"못 말려. 여하튼 이런 큰 사건에 꼭 있잖아, 왜. 숟가락 얹는 놈."

"무슨 소릴 하는 거야. 알아듣기 쉽게 말해."

"아니야. 괜한 얘길 했네. 한잔해."

타츠오는 또 시작이네, 하는 얼굴로 피식거렸다. 그러다 뭐가 떠올랐는지,

"아참, 맞아! 그러고 보니 예전에 나한테 그런 부탁을 했었지 아마? 나 잠깐 스페인에 있었을 때 말이야. 이름이 뭐였더라? 생각은 잘 안 나지만 바르셀로나에 가서 누구 좀 확인해달라고 했잖아. 한국인이 신분 세탁하고 도쿄에서 돈 써재끼고 다닌다고."

"그레타 박."

"아아! 그래! 그레타 박! 그때도 너 혼자 설레발치고 다녔잖아. 그레타 박이 무슨 북한에서 왔다는 둥, 어쨌다는 둥."

"기억력도 좋군."

"북한에서 온 놈은 확실해?"

"확실해."

"빅뉴스군. 그래서? 그때 성과는 있었어?"

지금도 그 일 때문에 경찰의 감시를 받고 있어, 라고 말하려는 걸 애써 참은 아키라는 너털웃음을 지었다.

"있었으면 내가 이러고 살고 있진 않지."

타츠오가 입가를 닦으며 한숨을 쉬었다.

"도대체 그 일로 미운털 박혔던 이유가 뭐야? 도대체 그게 얼마나 대단한 일이길래 옷 벗고 나와?"

"세상일이란 게 내 맘 같지 않더라고. 그때 아키히토 일왕이 즉위한 지도 얼마 안 되어서 그런지 외교적으로 분쟁 일으키기 싫어하는 것처럼 보였고, 게다가 마침 나가사키에서 화산 하나가 터졌잖아."

"후겐다케 산?"

"응. 사상자가 워낙 많아서 그거에 묻힌 것도 있고. 금방 잊히고 말았

지. 나 한 사람이 소리 꽥꽥 지른다고 해결될 일이 아니더라."

"시간 참 빠르군. 경찰 그만두고 한 몇 년간은 꼭 그놈 붙잡아서 명예 회복하겠다고 큰소리치고 다녔던 게 엊그제 같은데. 지금은 나만큼이나 너도 참 많이 늙었어."

사케를 한 병 더 주문하는 타츠오의 두 눈이 벌겋게 충혈되어 있었다. 아키라가 잠시 머뭇거리다가 넌지시 물었다.

"선배. 그런데 참 이상하지 않아? 그놈은 어째서 브라질 여권을 갖고 있었을까? 왜 하필 브라질이지?"

"그야 브라질이 만만하니까."

"만만하다고?"

"브라질 여권은 특히나 위조가 쉬워. 음지에선 말이야. 게다가 그것도 주체코 브라질대사관에서 발급된 걸로 확인됐다며?"

"응."

타츠오는 핑거스냅을 튕기며 가슴을 활짝 폈다.

"지금은 죽고 없는 북한에 김정일 알지?"

"김정은의 아버지."

"그래. 그 양반이 권력다툼에서 밀려난 이복동생 하나를 체코대사로 쫓았잖아. 수십 년 동안 북한 땅도 못 밟게 하려고."

"그랬어? 그런데?"

"그런 데라니? 이복동생이 주체코 대사로 가 있으니, 브라질 여권 위조는 더 식은 죽 먹기였겠지. 전화 한 통으로 야-위조여권 하나 만들라우- 하면 그 자리에서 뚝딱이지. 아마 모르긴 몰라도… 북한 김씨 일가들은 만약을 위해서 브라질 여권 하나씩 갖고 있었지 않을까 싶어. 물론 내 생각이야. 하하."

그 외에도 타츠오는 자신이 해외 주재 외교관으로 있을 당시에 브라질에서 벌어진 다민족 간에 난투극과 하이재킹 등으로 이야기가 번졌다.

"그랬다면 보안관이나 하물며 검색대에라도 걸렸지 않았을까?" 아키라가 다시 화제를 되돌렸다.

"음… 지금 와서 돌이켜보건대, 그땐 옛날이었잖아. 항공보안 매뉴얼도 지금보다 허술했던 시대였지. 게다가 그땐 다 마그네틱을 썼다고. 요즘에는 뭐 NFC다 뭐다 해서 최신 보안기술이 도입되어 위조는 꿈도 못 꿀 일이지. 설령 위조한다고 해도 전문기관에서 정밀 감정을 하루아침에 뚝딱 해내는 세상이고."

"생각할수록 미꾸라지 같은 놈이군. 정말 미스터리야."

"그래. 그런 머리 아픈 미스터리는 이제 포기하는 게 좋을 거야. 그레타 박인지 나발인지 그놈은 절대 잡히지 않을 거니까."

"왜 그렇게 생각해?"

"옛날에 나라고 네 부탁을 받고 아무렇지 않았을 것 같아? 어떻게 귀에 들어갔는지 위에서 뜬금없이 하고 있는 일을 멈추고 본업에 집중하라더군. 이유는 알려주지 않았어. 어쩌면 그레타 박은 우리가 생각하는 것 그 이상의 인물일 지도 몰라. 마치 국적을 초월해서 모두가 놈을 감싸다 못해 회피한다는 느낌이 들었거든. 그레타 박 뒤에… 또 다른 누군가가 있을지도 모르고. 지금 와서 그게 다 뭐가 중요해? 그냥 속 편하게 덮어두고 살자고. 지금 하고 있는 흥신소도 제법 잘 된다며? 제수씨와 신이치는? 잘 지내?"

아키라는 얼큰하게 취한 타츠오가 더 마시자며 물고 늘어질 경우를 대비하여 아내 메구미 얘기를 둘러댔고, 다행히 그 덕분에 일찌감치 집에 돌아올 수 있었다. 지하철에 몸을 싣고 가는 동안 까만 차창에 아키라의 얼굴이 비쳤다. 그것은 한을 품은 채 돌아가신 자신의 아버지와 닮아 있었다.

***

아키라가 오랜만에 지인을 만나 회포를 풀고 있을 무렵, 히데오는 늦은 시간까지 경시청 사무실에 남아 자리를 지키고 있었다. 그러던 중 외부에 나가 있는 다나카로부터 전화 한 통을 받았다. 연신 짧은 대답으로 일관하던 통화가 끝나고, 히데오는 통화 내용을 옮겨 적은 수첩을 가만히 내려다봤다.

이케부쿠로 오뎅바 '선셋'

아키라

만난 상대는 현직 외교관 타츠오. 고향 선후배 사이.

히데오는 무언가를 떠올리듯 푹 파인 미간을 꾹 눌렀다. 오전에 후지와라 흥신소에 갔을 때, 아키라의 뻔뻔한 표정을 떠올리며 냉소를 흘렸다.

"내 감은 단 한 번도 틀린 적이 없었어."

***

유리코.

우리가 아플 땐 네 동생이 우릴 돌봐줘서 괜찮은데

네가 아프면, 누가 널 돌봐주니?

아빠와 엄마는 그게 가장 큰 걱정이구나.

하지만 언젠간… 역시 쓸데없는 걱정이었어, 하고 말할 날이 오겠지?

모쪼록 다시 보는 그날까지… 건강, 또 건강!

– 1991년. 관방장관 회담에서 유리코의 어머니가 낭독한 편지

곁눈질로 보건대 아이코는 목이 메는지 숨을 죽이고 유튜브 영상에서 눈을 떼지 못했다. 자처한 일이긴 하나 그녀 역시 부모의 얼굴을 보지 못한 지도 9일째. 자연스레 감정이입이 되었을 것이다. 눈시울이 붉어지면 그다음 단계는 뻔하다. 그래서일까? 억압과 폭력 앞에 선 여자들에 대해 막심 고리끼는 소설 『어머니』에서 이렇게 말했다. '여자들은 모두 울었는데, 괴로워서라기보다 습관 때문이었다.'라고. 하지만 '어머니'는 울지 않았다. 해야 할 일이 많아서, 아직 울 때가 아니라서, 운다고 해결될 일이 아니기에, 유튜브 영상 속의 유리코의 어머니도 울지 않았다. 그리고 우려와 달리 아이코 역시 이내 평정심을 되찾았다. 그것은 속성으로 배운 어설픈 매너가 아니라 긴 시간 단련되어 온 매너고 습관이었다.

"부모의 마음이란 건 뭘까?"

유튜브 영상 속 유리코의 부모를 보며 아이코가 물었다. 영상의 끝부분은 당시 남동생이 눈물을 삼키며 누나의 무사 송환을 촉구하는 발언을 하고, 이윽고 그의 어깨를 당시 총리였던 가이후 도시키가 다독여주는 것으로 끝이 났다.

"당시에 내각 관방 소속의 납북자 송환 촉구 모임이란 게 결성됐다는 건 유리코 외에도 납북된 사람이 추가로 존재했다는 얘기야."

"우리 일본에 납북된 사람들이 이렇게 많을 줄 몰랐어…"

그.러.나. 유리코의 아버지가 납북자 송환 촉구 모임을 주도하는 것이

한 가지 구원이었을지 몰라도 그가 사망 후에 이야기는 달라졌다. 유리코의 어머니는 이따금 정신이상을 보이는 통에 결국 요양병원에 입원했다는 풍문이 나돌았고, 남동생은 세간의 이목에 부담을 느낀 나머지 조용히 신분을 감춘 채 살아간다고.

"그런데 아저씨."

"응."

"유리코가 사라진 지점이 집 근처 골목 맞지?"

"맞아. 개들이 냄새를 쫓은 결과라니까 정확해. 그건 왜?"

"그 외에 납북된 사람들이 있다고 해서 좀 찾아봤는데… 어떤 웹페이지에 이런 말이 있어. 사라진 일본인들의 공통점이 있는데 장소가 모두 해안가였대."

"해안가라… 그렇다면 해안가에 정박해 있는 배를 이용해 피해자들을 납치했을 수도 있겠네."

"그런데 이상하잖아. 유리코가 살던 곳은 해안가랑 좀 멀지 않아? 차를 타고 더 나가야 하는 거리였을 텐데."

"음…"

"실종 위치가 대부분 후쿠이현, 가고시마현, 돗토리현 이런 데래."

준기는 문득 며칠 전 방문한 유리코의 동네를 떠올렸다. 온 사방이 야트막한 산으로 둘러싸여 있고, 대부분 논이나 밭이었다. 아이코의 말대로 해안가로 나가려면 차로 이동해도 꽤 시간이 걸릴 것으로 예상되는 지형.

아이코가 확신에 찬 목소리로 말했다.

"어쩌면 유리코는 납치 당일 바로 납북된 게 아닐 수도 있어!"

"그럼…?"

"적어도 그 당일만큼은 여기, 우리 일본 땅에 있었다는 거지. 해안가로 이동하기 전까지는 말이야."

온몸에 전율이 일었다. 그 말은 즉 마음만 먹었다면 얼마든지 유리코를 찾아낼 수 있었다는 얘기가 된다. 약에 취하거나 하는 방식으로 정신을 잃은 게 아니라면, 유리코는 희망을 놓지 않았을지도 모른다. 가족의 품으로 돌아갈 수 있기를. 경찰이 자신의 위치를 찾아주기를. 하루 동안. 아이코가 계속 말했다.

"그렇다면 다음 날 어떤 수단으로든 해안가로 이동했을 텐데, 그동안 납치범은 안전하게 유리코를 묶어 놓을 필요가 있었을 거야."

"일리 있어."

"여기서 간과한 게 하나 있어." 아이코는 이미 답을 알고 있는 눈치였다. "아저씨. 이건 내 생각인데. 어쩌면 유리코를 납북한 범인… 시게무라, 단 한 사람의 소행이 아닐지도 몰라."

"공범이 있단 얘기야?"

"응. 공범이 있고, 그 공범의 도움으로 하루 정도 시간을 벌어서 이튿날 해안가로 이동했을 가능성이 커. 아저씨 생각은 어때?"

딱히 시비의 의문을 던질 수도 없는 그럴싸한 추리였다. 앉아있는 자세였지만 허벅지에서 등줄기를 타고 소름이 돋았다. 그리고 정확히 그때, 윙- 전화가 걸려 왔다. 순간, 준기는 물론이고 아이코까지 놀랐는지 움찔했다.

"한국이야." 준기가 액정화면을 보고 말했다.

"받아."

- 여보세요.

- 나다.

- 말씀하세요, 교수님.

준기가 안심해도 좋다는 듯이 아이코를 향해 고개를 끄덕였다.

- 저번에 부탁한 일 말이다. 한 기자가 너와 통화하고 싶다는구나.

- 지금요? 좋아요.

잠시 짧은 마찰음 끝에 젊은 남자의 중저음으로 바뀌었다.

- 문준기 씨 되십니까?

- 조셉 한씨?

- 편하게 한영호라고 불러 주십시오. 전 세계의 주목을 받는 기분이 어떠십니까?

- 농담할 기분이 안 들 정도로 긴장의 연속이라고 해야 맞겠네요.

- 그렇습니까? 이거 한 번 더 긴장하셔야겠는데요?

- 네?

- 납북된 일본 여성 유리코 씨의 행방을 알아냈습니다. 먼저 그녀는 납북된 것이 사실로 드러났고요.

- 아…! 살아는… 있습니까?

* * *

“살아 있을 거다, 당연히.”

넥타이 매듭을 셔츠 칼라 맨 위까지 죽 올리며 아키라가 말했다. 확신에 찬 손길로 넥타이핀을 중간 위치에 채운 그는 마지막으로 재킷을 걸치며 신이치에게 물었다.

“네 생각은 어떠냐?”

"모르겠어요."

"감이 오는 대로 말해봐라."

"죽었…"

신이치가 바닥에 차례로 방석을 깔며 말했다.

"살아 있겠죠."

"그래야지. 살아 돌아와서 사회주의 국가의 비열함과 독재정치의 민낯을 낱낱이 밝혀내는 증인이 되어야지. 스님께서 오신 것 같구나. 나가서 맞이해드려라."

아키라의 집은 돌아가신 부모의 기일을 맞이하여 아침부터 분주했다. 푸르스름한 정수리가 빛나는 노승이 집 안으로 들어오자 그의 옷자락에서 바깥의 냉기가 느껴졌다. 짧은 인사말을 나눈 뒤에는 경을 읊기 위해 오소나에모노お供え物, 생전에 고인이 좋아하던 과일, 과자, 꽃 등를 새로 차린 불단 앞에 앉고, 그 뒤로 가족들과 가까운 친인척 서너 명이 차례로 앉았다.

단 한 번도 시부모의 얼굴을 보지 못한 메구미가 돌연 눈물을 훔치는 가운데 아키라는 경을 들으면서도 미동을 보이지 않았다. 신이치는 그 모습이야말로 가장의 모습이라고 생각했다. 이따금 앨범 속 옛 사진을 보며 조부모를 그리던 자신과 달리 아키라는 단 한 번도 거기에 눈길을 주지 않았다. 그는 마치 자신에게 주어진 '책무'를 다하기 전까지는 그리움을 품는 것이 사치라고 여기는 듯했다. 그 책무가 어떤 것인지 잘 모른다. 다만, 몇 없는 친인척을 돌아보며 신이치는 생각했다. 아버지에게 분명 있.었.을. 사진 속 누이의 몫까지 살아내야 한다는 어떤 각오는 아닐까 하고.

경을 다 읊은 노승이 몇 마디 덕담을 건넸다. 아키라와 메구미가 고개를 조아리며 노승의 손을 맞잡는 동안 신이치는 불단에 나란히 자리한 조부모의 사진에서 눈을 떼지 못했다. 꾹 다문 입술에 어딘가 화나 보이는 듯 하지만 미소를 짓기라도 한다면 세상 누구보다 인자했을 할아버지. 모든 걸 품어줄 것 같은 푸근함이 느껴지는 할머니. 살아 계신다면 아버지에게 혼이 날 때마다 역성을 들어줄 것만 같은 환상이 그리움과 희석되는 것 같았다. 이상하게 가슴 한구석이 뭉근해지는 기분이 들자 아버지에게 시선을 옮겼다.

아버지가 어째서 '유리코 실종 사건'을 다시 파헤치는지 모른다. 단순히 과거 경관 시절의 불명예를 씻기 위해서인지, 개인적으로 유리코와 어떤 관계에 있었던 건지, 아니면 사건의 해결을 통해 원하는 바가 따로 있는지. 하지만 확실한 한 가지는 신이치는 저도 모르는 사이에 아버지 아키라를 줄곧 존경해 왔으며, 그를 흉내 내기 위해 무던히 애를 써왔다는 사실이다. 아버지가 보여준 끈질긴 집념과 헌신을.

"잠시 화장실에 다녀오겠습니다."

그런 가운데, 아버지가 문득 자리를 벗어났다. 언제부턴가 그의 손에는 휴대전화가 떠날 줄 몰랐다.

* * *

- 살아는… 있습니까?

- 1990년까지는요.

- 뭐라고요…?

- 유리코. 86년도 그해 7월에 납북된 것 맞습니다.

- 그런데 1990년도에 갑자기 죽었다는 겁니까? 북한에 산 지 4년밖에 안

됐는걸요? 나이는 겨우 스무 살이고요. 갑자기 죽다뇨? 대체 왜요?

– 사인은 밝혀진 것 없어요.

– 그걸 모른다는 게 말이 됩니까?

– 공식적으로 발표된 바는 없지만 납북된 일본인이 꽤 되는 걸로 알고 있어요. 그중엔 체념하고 북한 체제에 적응해서 사는 사람이 있는가 하면, 탈북하다가 더 삼엄한 감시 속에 살아가는 사람도 있고, 실제로 죽음을 택하는 사람들도 있습니다. 유리코가 어느 쪽인지는 잘 모르겠지만… 저도 이런 소식밖에 전해드리지 못해 유감입니다. 하지만 제 선에선 최대한 알아본 바에 따르면 그렇습니다.

– 확실한 정보인가요?

– 제가 접촉하는 조선족 브로커가 사회안전성에 줄이 닿아 있습니다. 장사를 하면서 닦아놓은 인맥이죠. 그곳에서 북한 내 공민등록을 관리하고요. 전산대장에 의하면 사망이라고 확실히 기재 된 것으로 전해 들었습니다…

– ……

– 선생님?

– 이변은… 없겠습니까? 북한 내에서 장기간 실종됐다든지 하는… 중국으로 도망쳤을 수도 있잖아요.

– 고난의 행군 시기라면 먹고 살기 위해 떠돌거나 하는 이유로 행방불명이 되는 경우도 더러 있습니다. 하지만… 유리코의 경우 그 전인 90년도이기 때문에 그럴 가능성이 희박합니다. 더구나 거주지가 평양인 걸로 봐서 당에서 그녀를 관리했을 가능성도 크고요.

빠아아앙---

충격, 부정, 의문, 절망 등의 감정이 마구 뒤섞인 나머지 준기는 자기도 모르게 핸들을 주먹으로 내리쳤다. 그 바람에 내팽개쳐진 아이폰은 바닥 어딘가로 떨어졌다.

유리코가 **사망**했다.

다시 말해서 조부의 유골이 있는 곳을 영영 알 수 없게 됐음을 뜻했다. 지금까지의 모든 것이 수포로 돌아갈 수 있다. 아득한 현기에 준기는 눈을 감았다.

"아이코. 일을 그르칠 것 같아."

"설마 유리코가…"

"죽었대."

"그럴 리가…"

"북한 쪽에 자료가 남아 있다고 했어."

"그 사람의 말을 어떻게 신뢰할 수 있는데?"

"교수님 말로는 마음만 먹으면 누구 하나 탈북시키고, 돈과 편지를 주고받는 것쯤은 누워서 떡 먹기인 사람이래. 그런 사람이 말해준 정보면 확실하겠지."

"거짓말일 수도 있잖아?"

"내 말 못 들었어? 거의 확실하다고."

"그 사람이 아니라 북한이 말이야!"

"뭐?"

핸들에 처박았던 얼굴을 서서히 일으키며 물었다. 얼굴은 당혹감으로 붉게 상기되어 있었다.

"북한이 거짓말을 하는 거일 수도 있잖아."

하지만 지금 상황에선 전혀 도움이 되지 않는 위로였다. 중요한 것은 그자와의 거래가 성사되기 어렵다는 것. 유일한 키를 갖고 있는 그자는 자신의 물건을 내어주지 않게 될뿐더러, 일이 그르친 마당에 준기는 그저 왕실의 공주를 납치한 파렴치한 국제범죄자가 되는 건 시간문제였다. 조부의 유골을 찾지 못하는 건 물론이고, 강제 동원 피해자의 유족으로서 권리를 주장하는 일에 직접 제동을 걸게 된 꼴이 되어 버렸다. '망했다.'라고 밖엔 현재 상황을 표현할 말이 떠오르지 않았다.

"침착해. 아저씨."

"다 틀렸어… 이제 어쩌지…"

"진정하고 내 얘길 들어 봐."

어떻게든 준기를 진정시키고 위기를 타개하려는 의도가 느껴지는 목소리였지만 확실히 그녀는 준기보다 열다섯 살이나 어린 여자아이였다. 더구나 온실 속 화초로 자라 온 그녀의 말소리가 전혀 와 닿지 않았다.

"지금부터 통화내용은 잊어야 해."

"그게 무슨 바보 같은 소리야."

"이변을 바란다면 우리가 다시 알아보면 되잖아."

"그러니까 그걸 어떻게? 죽은 사람을 살리기라도 해?"

"아저씨 정말 바보구나?"

"뭐?"

"그러니까 여태 할아버지 일 하나 해결도 못 했지."

"너 지금…"

"멍청한 것도 자랑이야? 나약한 게 자랑이냐고?"

"아이코?!! 너!"

"살아있을 거란 증거를 우리가 만들면 되는 거야."

"살아있을 거란 증거…?"

치익-딱!

아이코가 아이스박스에 손을 뻗어 캔 음료수를 꺼내 들었다. 벌컥벌컥 마시는 그 옆모습을 보며, 아직도 준기는 도통 그녀에 대해 아는 게 하나도 없다는 느낌에 사로잡혔다.

"지금부턴 내가 하자는 대로 하기. 어때?"

"……"

"대답해. 시간 없어."

"어떻게… 할 셈인데?"

"총 세 가지야. 첫째, 그 사람에겐 일단 유리코가 살아있다고 말해."

"금방 들킬 거야."

"상관없어. 그 사람도 애초부터 그 정도의 정보력도 없으니까 멍청한 아저씨한테 부탁했겠지."

아이코는 드러내놓고 경멸스럽다는 웃음을 지어 보였다. 하지만 그런 도발조차 희망으로 다가와서일까? 전혀 불쾌감이 느껴지지 않았다.

"좋아. 들어보자. 앞으로 어떻게 하면 좋겠어?"

아이코는 요 며칠간 봐온 것 치고는 드물게 어른스러운 눈빛이었다.

"휴… 다시 말할게. 첫째는 그 사람에겐 유리코가 살아있을 거란 여지를 주면서 계속 메시지를 주고받는 거야. 그러면서 할아버지가 어디에 묻혀있는지 우린 우리대로 정보를 얻어 찾는 거지. 다음 둘째, 그러면서 동시에 유리코가 정말 죽은 게 맞는지 알아내는 거야."

"그자가 가만히 있을까?"

아이코가 어깨를 으쓱하며 되물었다. "당연히 가만히 안 있지." 그러면서 "하지만 도의라는 게 있어."

"도의?"

"그 사람이 유리코와 어떤 사이인지 모르지만, 그 사람도 모든 걸 걸고 뛰어든 게 틀림없어. 그런 사람을 기만한 건 한 번으로 충분해. 진실을 알려줄 도의적 책임은 지켜야 한다고. 만에 하나 북한이 거짓말을 하고 있다는 걸 밝혀낸다면 그건 그거대로 희망이고, 반대로 정말 죽었다면 언제 어떻게 죽어서 어디에 묻혔는지 정도 알려주는 게 우리가 할 일이라고. 밧줄에 묶여서 한국으로 추방당하기 싫으면 지금으로선 그게 최선이야. 그리고 마지막 셋째, 제발 내 이름 좀 크게 부르지 마. 멍청한 아저씨."

* * *

그 길로 세 시간을 내달려 다시 나가노현의 우에다 시市에 도착했을 땐, 오후 네 시 반이었다.

논밭을 왼쪽에 두고 국도를 벗어나자 이윽고 변두리 느낌이 날 만큼 세련미를 찾아볼 수 없는 동네가 모습을 드러냈다. 처음과 비슷한 분위기지만 처음과는 다른 기분으로 온 이곳.

동네 안으로 더 들어가자 작고 아담한 연립주택 서너 채를 지나 처음 카에데를 만난 슈퍼마켓 앞에 다다랐다. 그리고 거기서 멀지 않은 곳에 남색의 학교 교문이 보였다. 카에데와 실종된 유리코가 다녔다는 현립 ○○고등학교.

"여기에 있을게. 다녀와."

"아니. 아이코도 내려."

처음으로 큰 눈을 뜨고 아이코가 물었다.

"미쳤어?"

"오가는 사람들이 없잖아. 그리고 공주가 이렇게 작은 동네에 휘적거리며 걸을 거라고 상상이나 하겠어? 모자 꾹 눌러쓰고 마스크 올려."

주변은 정말 인적이 드물었다. 아이코는 조심스레 차 문을 열고 발을 내디뎠다.

자, 지금부터 시뮬레이션을 그려 보는 것이다. 처음부터.

두 사람은 학교 전체를 둘러싸고 있는 야트막한 철조망 담을 따라 걸었다. 왼편으로는 농수로가 흐르고 있었다. 차를 타고 나가면 멀지 않은 곳에 무지루시료힌無印良品, 실용성을 추구하는 일본의 생필품 매장과 패스트푸드점 등이 있긴 하지만 이곳은 여전히 촌과 시가 공존하는 느낌을 자아냈다. 빈 자갈 공터를 지나쳐 조금 더 걷자 논밭이 펼쳐졌다. 군데군데에는 한국에서 보기 힘든 송전탑들이 적당한 간격으로 지루하게 서 있고, 기역자로 꺾어진 길을 따라 걷자 이번엔 비닐하우스가 보였다. 농작물을 재배하는 만큼 사람이 등장할 법도 한데, 여전히 개미 한 마리도 보이지 않았다.

"저기야."

준기가 작게 말했다. 작은 차도를 건너 저만치엔 비슷하게 생긴 집들이 늘어서 있다. 카에데와 함께 온 곳이다. 그리고 반대 방향으로 좀 더 걸어가면 유리코의 집이 나온다.

"이쯤에서 유리코는 친구와 헤어졌다고 했어."

"혼자 어디에 갔는데?"

"카에데의 기억으론 유리코가 동생이 읽을 만화책을 빌리러 대여점에 가야 했대."

구불구불 펼쳐진 골목들은 눈대중으로 보건대 대부분의 폭은 5미터쯤 되는 공간이었다.

"그럼 적어도 여기까진 친구와 둘이었겠네. 조금 후에 혼자가 됐다고 해서 바로 범인이 불쑥 튀어나와서 납치하진 않았을 테고."

"응."

주변을 둘러본다. 주변엔 주민 센터의 기능을 하는 듯한 비교적 세련된 작은 건물과 목조주택, 작은 축사들뿐이었다. 카에데의 말에 따르면 삼십 년 전에는 전부 가정집이었다고 했다. 그리고 주택이 끝나는 지점엔 다시 논밭이 펼쳐진다. 길은 닦여 있지만 그 시절엔 워낙 좁았다고 하니 차가 들어올 수 없는 구조다. 차도 사람도 드물지만, 그렇다고 안심할 순 없다. 아이코의 말대로 범인이 바로 납치하기엔 어디서 이웃들과 마주칠지도 모르는 일이기 때문이다. 그 말은 범인이 숨을 곳이 하나도 없다는 얘기다. 뇌리에 떠오르는 데엔 한계가 있었다. 왜일까? 실제 겪은 일이 아니기 때문에? 보다 더 입체적이고 다각적으로 접근할 필요가 있었다.

"발상의 전환."

"응?"

"우리 너무 유리코의 입장에서만 생각하는 거 아닐까, 아저씨?"

"그랬나?"

"그러다 보니 마치 공포영화의 한 장면처럼 범인을 악마화하고 있잖아."

"악마는 맞아."

"하지만 유리코의 눈에는 악마가 아니었을 수도 있잖아."

"학교 선생님이라서?"

"응. 더 정확히 말하자면 친근한 상대라는 거야."

"친근한 상대."

"어린애들도 낯선 어른이 엄마 아빠와 잘 아는 사이라고 하면 덥석 따라가잖아. 그거랑 같은 이치인 것 같아. 갑자기 방과 후에 불쑥 튀어나온 선생님이지만 선생님이기 때문에 안심할 수 있는 거 아냐?"

아이코의 말은 족족 일리가 있었다. 당시에 유리코는 단말마의 비명을 지를 필요가 없었을 것이다. 상대가 친근한 사람이라서. 때문에 주목하는 눈도 없었을 테고, 그 덕에 범인은 순조롭게 아이코를 빼돌릴 수 있었을 것이다.

투둑투둑…

어느새 굵은 빗방울이 머리와 어깨를 두드렸다. 내리는 속도는 빨라졌다. 황급히 차로 돌아간 준기와 아이코.

"범인도 마음이 급했을 것 같아." 아이코가 말했다.

"그렇지. 어서 납북해야 하니까. 유리코가 스승이랍시고 자길 믿고 따라오는 데에도 한계가 있을 거니까."

"공범이 있어. 분명히."

"그것까지 알아내려면 머리가 터질 것 같아. 우린 시간이 없다고. 지금 내 목표가 삼천포로 빠지고 있는 거 알아? 제길 이상한 놈한테 걸려들어서… 우리 할아버지의 유골이 정말 어딘가에 있긴 한 건지. 놈이 거짓말…"

"아!"

아이코가 외마디 지르며 준기의 어깨를 세게 쳤다.

"내가 아까 한 말 기억나? 유리코는 당일에 납북된 게 아니라고."

"응. 그런데?"

"적어도 하루는 바로 여기에 마을에 있었어."

"하루나 이틀 사흘도 되겠지."

"아니. 딱 하루야." 아이코가 단호하게 말을 잘랐다.

"어째서 그렇게 확신하는데?"

"생각해봐. 여긴 작은 마을이야. 해가 저물도록 아이가 돌아오지 않으면 난리가 난다고. 동네 사람들도 한 가족 같아서 자기 일처럼 발 벗고 나섰겠지. 물론 경찰도 즉각 출동했을 테고. 아무리 무능한 경찰이라 하더라도 이 작은 마을에서 단 하루만 이 잡듯 쑤시면 다 찾아낼 수 있었을걸. 그러니 범인의 입장에서 이틀은 너무 길어. 그러니 주어진 시간은 단 하루야. 아니, 그마저도 24시간을 다 채우지 않았을 거야."

"그 말은…?"

"유리코를 유인하여 곁에 묶어둔 다음에 날이 밝는 대로… 아니지, 동이 터오기도 전에 새벽에 배에 싣고 떠났을 거야. 남들 눈을 피해서. 다른 납북자들처럼."

"하지만 여기서 해안가는 멀…"

아이코가 싱긋 웃었다.

"바로 그거야."

"그렇다면… 여기 근처에 시게무라의…"

"공범이 살아. 그 공범이 해안가로 운반하는 조력자지."

마을 주민 중에 공범이 있었다? 대체 누가? 분명 당시 경찰 수사에선 모두가 혐의가 없다고 나오지 않았나?

"시게무라 같은 사람."

"시게무라 같은 사람…?"

"사람들의 의심에서 완전히 자유로우며, 도리어 신뢰를 줄 수 있는 사람. 이 좁은 마을에서 그런 위치에 있는 사람이 누가 있을까? 아무래도 성인 남자는 좀 불안하지."

"그럼…"

사람들의 의심에서 완전히 자유로우며,

도리어 신뢰를 줄 수 있는 사람…

"여자." 아이코가 나지막이 말했다.

투두둑, 투둑…! 그때 차츰 굵어지던 빗방울이 어느새 앞을 분간하기 어려울 만큼 거세게 쏟아졌다. 폭포처럼 쏟아지는 와이퍼가 대항하듯 분주히 쓸어내고, 그 바람에 창밖은 분간하기 힘들었다. 모든 게 난마처럼 얽히기 시작한 가운데 준기의 뇌리를 무언가 섬광처럼 스쳐 지나갔다.

호랑이?

불현듯 며느리와 시어머니가 산다는 그 집에서 본 액자가 떠올랐다. 호랑이가 산에서 내려오는 그림의 자수. 하지만 잘 생각해 보면 보통 집 안에서는 호랑이가 먹이를 구한 뒤에 산으로 올라가는 그림을 걸어두지, 결코 먹잇감을 찾기 위해 산에서 내려오는 그림을 걸어두진 않는다. 산에서 내려오는 호랑이는 허기와 살기를 잔뜩 품고 있는 **맹수**기 때문이다. 그리고 시어머니는 호랑이 자수 옆에 걸린 상장을 두고 이렇게 말했다.

"우리 애가 받은 거랍니다. 밥 못 먹는 사람들을 위해 한때 무료 식사를 주말마다 대접했죠. 떠돌아다니는 아이들을 위해서요."

애써 떠올려 본다. 상장 밑의 날짜를…

1986!

차츰 의심은 꼬리에 꼬리를 물었다. 어째서 그날, 두 여인은 준기의 신분을 묻지 않았을까? 어째서 유리코가 죽었을 거라는 가정조차 하지 않았을까? 두 여자는 뭔가를 이미 알고 있기라도 한 것처럼. 아…! 왜 미처 몰랐을까? 매실 잔을 천천히 흔들 때, 며느리의 입가에 번진 희미한 미소를.

"저런… 아직도 못 찾았군요… 가여운 유리코."

* * *

투두두둑…

오후가 되자 생각지도 않은 비가 차츰 쏟아졌다. 요즘 기상예보도 믿을 게 못 된다니깐- 사토미는 장바구니를 끌어안고 걸음을 재촉해보지만 더는 젊은 날의 체력이 아니다. 조금 뛰기라도 하면 큰 가슴이 출렁이면서 멍울진 것처럼 통증이 느껴졌다. 게다가 한쪽 무릎은 자세 탓인지 이따금 쿡쿡 쑤시기까지. 결정적으로 얼마 전, 발을 헛디뎌 병원을 방문했을 때 하마터면 고관절에 금이 갈 뻔했다는 의사의 말을 들었다. 고관절의 경우 한 번 부러지면 죽고 살 확률이 반반인 터라 아무리 급해도 빗길을 뛸 수 없는 노릇이었다.

그렇게 때아닌 비에 넓게 펼쳐진 논밭을 보며 드는 생각은 역시 나이를 속일 수 없다-는 것이다. 아주 오래전에 연고도 없던 이 마을로 오면서 느꼈던 감정과는 사뭇 다르다. 이젠 이곳이 고향같다.

그때였다.

"어이. 사토미, 비가 오는데 어딜 다녀와?"

갑작스레 울리는 경적에 뒤를 돌아보았다. 작은 화물차를 끈 이웃 노인이었다. 마을에서는 그를 '박사 노인'이라고 불렀다. 그가 박사라서가 아니라 아들 때문에 붙여진 별명이다. 전쟁 때 공습으로 한쪽 다리를 절던 그에게 인생 제일의 목표는 아들을 출세시키는 것이었다. 하여 오래 전 아들이 도쿄대학에 입학시험을 보러 갈 때도 만반의 준비를 하고 짐을 꾸려 따라갔던 영락없는 극성 아버지. 그런데 지금은 어떠한가? 그 극성맞은 보살핌을 받은 아들은 무려 분자생물학을 전공한 박사가 되어 미국에서 산다고 했다. 순전히 아들 스스로 쟁취한 관운이건만 어쩐 영문인지 다들 그를 '박사 노인'이라고 불렀다. 간혹 그를 시기하는 또래 노인들은 한 번 해외로 보낸 자식은 더는 품 안의 자식이 아니라고 샘채기를 내보곤 하지만 그럴 때마다 귀신같이 알고 시골 고향집을 찾는 효자이기도 했다. 그래서 '박사 노인'의 어깨는 늘 하늘 높은 줄 모르고 치솟아 있었다. 다들 그를 부러워했다. 이제 남은 노년의 낙은 하나뿐인 손자가 미국의 아이비리그에 떡 하니 붙는 것이라는데, 아이비리그가 뭔지 알 턱이 없는 사람들이지만 한 가지 확실한 것은 그가 이 마을에서 꽤나 고개 쳐들고 사는 노인이란 것이다.

사실 어지간한 용기가 아닌 다음에야 이사 가고도 남았을 것이다. 아들을 따라 도쿄에 따라갔을 당시에 그는 도쿄 한복판에서 유리코를 목격했다고 경찰에 알렸다. 사건 발생 당시에 마을 성인 남성들이 유력 용의자였던 것을 감안한다면, 그가 진술한 얼토당토않는 이야기는 일부러 의심을 벗으려는 헛소리쯤으로 치부되기도 했다. 아직도 그를 의심하는 주민들이 몇몇 있었다. 물론 사토미와 그의 시어머니인 세츠코만큼은 그를 정 많고 말도 많은 노인으로 여기지만.

"비 오는 데 어딜 가냐고? 어서 타! 내가 데려다줄게!"

눈도 침침한데다 얼마 전에 술을 마시고 운전을 하는 바람에 논두렁으로 앞바퀴가 빠질 뻔했다는 이야기를 들은 적이 있는지라 사토미가 잠시 망설였다. 논에는 퐁, 퐁, 퐁 하고 원을 그리며 떨어지는 빗방울이

제법 늘었다.

“타라니까!”

박사 노인의 악의 없는 역정에 결국 조수석에 몸을 싣고 말았다.

“뭔 비가 이리 내리는지.”

박사 노인은 앞을 잘 내다보기 위해 핸들 쪽을 향해 거북목을 잔뜩 내밀었다.

“어디 다녀오시나 보죠?”

“요양병원에. 마누라 보러.”

“아하. 좀 괜찮으세요?”

“괜찮았으면 진작 집으로 데려왔지. 날 못 알아보는 건 여전해.”

“세월이 무상하네요. 제가 처음 여기에 왔을 땐 정말 정정하셨는데.”

목덜미에 물기를 닦으며 사토미가 말했다.

“말이라고. 그게 벌써 삼십 년도 넘었네. 사토미 그거 기억나? 날 처음 봤을 때 내가 취해 있었잖아. 비틀거리다가 넘어지니까 무섭다고 그냥 가버렸지.”

“별걸 다 기억하시네요. 전 가물가물해요.”

“젊은 사람이 벌써부터 그럼 어떡해.”

“젊긴요. 저도 이제 오십이 넘었는걸요.”

“뭐야?? 난 서른 후반쯤 된 줄 알았는데?”

“농담이 지나치세요. 하지만 듣긴 좋네요.”

“하하하!”

말이 나와서 말인데 여전히 젊음을 유지할 수 있는 건 역시 아이가 없기 때문 아니겠냐며, 추켜세웠다. 생각 없이 내뱉은 소리도 전혀 악의가 없다는 것을 잘 알고 있는 사토미로선 새삼스러울 게 없지만, 사정을 전혀 알지 못하는 제3자가 본다면 충분히 무례한 발언이었다.

어느덧 집 근처 골목에 다다를 무렵, 시어머니인 세츠코가 우산을 들고 대문을 막 나오던 중이었다.

"어이쿠. 호랑이 시어머니가 나왔군."

박사 노인이 사토미의 의중을 읽었다는 듯이 농담조로 말하자 그녀는 가만히 미소를 지었다. 남편을 일찍 잃은 (앞날이 창창한) 며느리를 재가시키기는커녕, 두고두고 곁에 붙잡아 두는 독한 시어머니- 이것이 세츠코에 대한 마을 사람들의 평판이었다.

"조심히 가세요."

차가 사라질 때까지 골목을 내다보던 두 고부는 차례로 집안으로 들어섰다. 화가 난 듯한 세츠코가 먼저 성큼 들어가는 바람에 사토미의 어깨는 차를 타고 온 것이 무색하리만큼 흠뻑 젖어버렸다.

집 안으로 들어온 다음에도 두 사람 사이에 침묵이 흘렀다. 사토미가 옷을 갈아입기 위해 방에 들어간 사이 세츠코는 사토미가 마루에 내려놓은 장바구니부터 뒤적거렸다. 파, 계란, 명란, 코코아가루, 우유, 생선, 건전지, 믹싱볼 등. 하나하나 꺼내는 그녀의 손길에 신경질이 묻어났다.

잠시 후에 사토미가 젖은 옷을 세탁 바구니에 넣고 나왔을 땐 거실에 TV가 켜져 있었다. 뉴스에서는 연일 아이코 공주 납치사건 탓에 늘 즐겨보던 드라마도 결방이었다. 쏴아아- 하고 밖의 빗소리 탓인지 세츠코가 볼륨을 높이며 말했다.

"정말 못난 놈이네. 여자를 납치하다니."

무릎까지 오는 파자마 차림에 위에는 얇은 카디건을 두른 사토미가 식탁 앞에 앉았다. 고장이 나버린 라디오를 어떻게든 써보려는 듯이 몇 번을 조작하더니, 이번엔 코코아 가루와 붓을 꺼내 왔다. 뭔가에 열중할 때면 그녀의 가느다란 눈썹 밑으로 안광이 번득였다. 사토미가 별다른 반응이 없는데도 시어머니인 세츠코는 혼잣말을 했다. 사건 발생한 다음 날부터 현에서 나온 공무원들이 공문을 붙이고 갔다. '수상한 남자'가 혼자 다니거나 '이상한 이야기'를 하거나 '발음이 어색'하다면 주의 깊게 관찰하라는 내용.

"얼른 붙잡혀야 할 텐데."

TV에 열중하던 세츠코는 문득 사토미가 무반응으로 일관하고 있다는 것을 깨달았다. 그리고 그녀를 돌아봤을 때, 사토미는 식탁 의자에 다리를 꼬고 앉았다. 입에는 세츠코의 폐 질환을 전혀 고려하지 않은 듯이 담배가 물려 있었고, 한 손으론 막 성냥을 긋고 있던 참이었다.

"정래 동무." 성냥을 흔들어 끄며 사토미가 말했다. "내 말했지 않소?"

"……"

"그 간나 새끼가 맞다이까?"

세츠코는 사토미가 턱으로 가리키는 대로 TV화면을 보았다가 다시 식탁 위로 시선을 옮겼다. 거기엔 셀로판테이프와 흰 종이에 거뭇한 지문들 여러 개가 채취되어 있었다. 코코아가루는 종종 흑연가루가 없을 때 이용하는 훌륭한 대체품이다. 한쪽에는 준기가 고쳐보겠다고 만지작거렸던 소니 라디오가 안테나를 길게 뺀 체 덩그러니 있었다. 조국으로 복귀하기 전에 하마터면 큰일이 날 뻔했다. 이래서 매사에 안일해선 안 된다.

제8장
문수용

진실이 정치적 덕목으로 간주된 적이 없었으며,
거짓말은 정치적 거래에서 정당화가 가능한 도구로 늘 거래되어 왔다.

한나 아렌트 「정치에서의 거짓말」 中에서

사건 발생 10일차. 서울 목동의 어느 카페.

안티구아 원두 향이 은은한 카페 안은 일요일 오전답게 한산했다. 맨 구석 진 자리, 스크리브너를 이용해 칼럼을 쓴 지도 삼십 분쯤 흘렀을까? 영호의 앞에 그림자가 드리웠다.

"아! 고 교수님!"

영호는 얼른 맥북을 한쪽으로 치우며 일어나 악수를 권했다.

"늦어서 미안합니다. 한영호 소장님."

그가 최근에 '탈북민 가족 찾기 연구소'를 설립한 사실을 인지한 고 교수는 일부러 '소장'이라고 부르면서 매너를 드러냈다.

"오시느라 헤매진 않으셨고요?"

"헤매진 않았습니다. 다만 길이 막혀서 말이죠. 일찍 나선다고 나섰는데…"

"올림픽대로는 안 막히는 날이 없어요. 자, 앉으시죠."

업무적으로 만난 것까지 제외하면, 일대일로 만난 건 이번이 처음이었다. 환갑을 막 치른 고 교수보다 띠동갑 이상 젊은 영호였지만 실제로는 그보다 더 생기 있고 어려 보였다.

사실 한가로이 노닥거리기 위해 만난 사이가 아니었으므로 영호는 같은 것으로 주문한 뒤에 바로 이야기를 시작했다. 주변 테이블이 공석인 것은 긴밀한 이야기를 주고받기에 안성맞춤이었다.

"제자분에게서 연락은 왔습니까?" 영호가 살짝 언성을 낮추고 물었다.

"아직 안 왔습니다. 하루하루가 타들어 가는 심정이지만 인내하며 기다릴 수밖에요."

"그렇군요. 그나저나 유리코 건은 저도 유감입니다."

"소장님께서 애쓰신 것 잘 압니다. 그게 어디 인력으로 되는 일인가요? 그건 그렇고 이거…"

그러면서 고 교수는 서류가방에서 클리어 파일을 꺼내들었다. 안에 담긴 서류가 어찌나 두툼한지 파일이 잔뜩 벌어져 있었다.

"그게 뭡니까 교수님?"

"준기가 2020년에 조부의 일을 문제 삼아 국가를 상대로 소송을 건 적이 있습니다. 당시에 한일 양국에선 각국의 기업이 자발적으로 기부금을 내고 그 기부금으로 강제 동원 피해자들에게 위로금을 주자는 취지의 법안을 가결시켰죠."

"그건… 피해자들이 진정으로 원하는 게 아닐 텐데요? 가해자가 명확하지 않잖습니까?"

"맞습니다. 그러면서 위로금을 받은 피해자와 그 유족들은 다신 일본에게 소송을 제기하지 못하도록 권한을 소멸시킨다는 전제조건도 깔려 있어서 문제였죠. 준기는 그런 위로금이라면 받지 않겠다고 버틴 거고요."

“아…”

“일본도 문제지만 정부의 미적지근한 대응 태도에 불만이 많았습니다. 그 사이 피해자들은 유명을 달리하고, 유족들도 생업이 따로 있다 보니 긴 싸움에 지쳐갔고요. 준기는 그걸 두려워한 거지요. 양국이 차일피일 사과를 미루는 동안 시간은 흐르고 모든 게 묻혀 버릴 테니까요.”

고 교수는 서류를 착착 테이블에 치더니 영호 쪽으로 넌지시 밀었다.

“저한테 무슨 부탁이라도?”

“받아 주십시오. 곧 유엔에 연설하러 가신다고 들었습니다. 여기에 피해 유족들의 탄원서가 담겨 있습니다. 미수금, 신체적 외상, 실종 등등에 관한 내용들이죠.”

“반드시 제출하겠습니다.”

“거기다 한 가지 더 부탁을 드리고 싶습니다.”

“말씀하십시오.”

“돈도 돈이지만 사실 그게 전부가 아니잖습니까? 피해자들이 진정 원하는 것은 사과입니다. 일본은 계속해서 1965년에 맺은 청구권 협정을 들먹이면서 최종적으로 해결됐다는 말만 되풀이하고 있어요. 한 마디로 우린 너희에게 자금과 기술을 주고, 너희 경제는 그만큼 성장하지 않았냐- 그러니 서로 윈윈이다- 이거죠. 물론 겉으론 그렇다는 거고, 실은 한 번 피해자에게 배상하기 시작하면 나머지 피해자들까지 줄줄이 들고 일어서서 천문학적인 액수로 배상을 청구할까 봐 지레 겁먹고 저러는 겁니다. 게다가 인권을 말살한 행위에 대해선 어떤 언급도 하지 않고요. 돈도 못 준다- 사과도 못 한다- 이거죠. 이번에 가셔서 꼭 언급해 주십시오. 우리 한국의 강제 동원 피해자들은 일본 정치수장의 진실된 사과를 원한다고.”

"정치 수장이라 하면…"

"총리가 되겠죠."

영호는 천천히 고개를 끄덕였다.

"안 그래도 정부에서 절 보내는 이유를 잘 압니다. 저야 영광이지만 그들의 입장에서 본다면 그저 총알받이인 셈이죠. 한일문제에 관한 연설을 하필 이번 사건이 터졌을 때 절 내보낸다는 건 다 그만한 계산을 끝냈기 때문 아니겠습니까?"

"소장님 쪽 상황도 유감이네요?"

잠시 짧은 웃음이 두 사람 사이에 스쳤다. 영호는 찻잔에 입을 대다 말고 검지를 들어 보이며,

"아참!"

다시 맥북을 열더니 화면에 가득 사진 한 장을 띄워 보였다. 고 교수가 콧등에 걸친 안경 너머로 눈을 치켜떴다.

"이게 뭡니까?"

"보십시오. 교수님."

하며, 맥북의 방향을 틀어 보였다. 화면 속 사진은 야트막한 산과 허름한 막사를 뒤로 하고 찍은 어느 단체 사진이었다.

"이거 혹시?"

"네. 강제 동원 피해자들의 단체 사진입니다. 제가 직접 구입한 사진이에요."

고 교수가 안경을 올려 쓰고 좀 더 가까이 다가가 앉았다. 오래되었는지 심한 변색과 얼룩으로 찬찬히 뜯어보지 않으면 안 됐다.

"원본은 저한테 따로 있고, 이건 그 스캔본입니다. 사실 강제 동원 역사관에서 구입하려고 했는데…"

"아, 거기서 구입도 가능합니까?"

"물론이죠. 거기에 있는 사진들은 모두 생환자들이 간직한 것을 기증한 게 대부분이거든요. 그런데 역사관에도 좀처럼 찾아보기 힘든 사진이 있습니다."

"어떤 사진이죠?"

"생환자가 단 한 명도 없는 사진."

두 사람의 시선이 가만히 닿는 가운데 침묵이 흘렀다. **생환자가 단 한 명도 없는 사진.**

"바로 이 사진입니다. 자, 사진의 맨 윗부분을 보십시오. 하얀색으로 글씨가 쓰여 있죠."

夕張炭礦 勞務隊 紀念

"석장탄광…"

"유바리 탄광 노무대 기념사진입니다. 제자인 문준기 씨의 조부가 끌려간 곳이죠."

고 교수는 놀란 얼굴로 맥북을 좀 더 앞으로 끌어당겼다. 일본식 제모를 쓰고 사 열로 찍은 단체 사진. 워낙 오래된 데다 수십 명 남짓이 찍다 보니 분간하기 어려웠지만 확실한 것은 옷차림이 군복부터 하얀 민복까지 다양하다는 사실이었다.

"아니, 소장님. 여기 유바리 탄광은 당시 사고로 노무자 모두가 매몰되어 죽은 곳 아닙니까? 그 말은 즉, 생환자가 단 한 사람도 없다는 얘긴데요?"

놀라운 눈으로 사진을 번갈아 보며 고 교수가 다시 물었다.

"그런데 이 사진은 어떻게 구하셨습니까? 우리나라에 생존자라도 있었다는 겁니까?"

“이 사진은 강제 동원 역사관에서 구입한 게 아닙니다. 제가 일본 골동품 사이트에서 떠돌던 것을 구입한 거죠.”

영호가 사진을 가리켰다. 모두가 땅바닥에 앉아있는 가운데 맨 중앙에 의자에 앉은 세 사람. 허리춤엔 각기 칼과 총을 차고 있었다. 분명 일본인 관리자일 것이리라.

“맨 왼쪽이 의사, 맨 오른쪽은 직급은 확인되지 않은 여자인데 간부의 아내쯤으로 보입니다. 자, 이들 사이에 앉은 가운데 인물을 주목하십시오.”

인중에 짙은 콧수염, 뿔테안경을 썼지만 또렷한 눈매, 작은 체구지만 강단 있어 보이는 아우라가 풍기는 중년 남성이었다.

“누구죠?”

“바로 이곳의 실질 관리자입니다. 탄광 소유주죠. 이 자도 사고 당시에 죽었습니다. 그럼 이 사진은 어떻게 세상 밖으로 나왔느냐? 유족의 손에서 나온 겁니다. 당시 간부 사택은 갱도에서 떨어진 곳에 위치했거든요. 오랜 시간이 흘렀으니 이 사진도 정처 없이 떠돈 겁니다. 이사 다니면서 여기저기 분실되기도 하고, 인터넷 옥션에, 다시 골동품 시장에…”

“그런데 이 사진이 중요한 이유가 있습니까? 사진을 아무리 확대해도 누가 누군지 알아보기 힘들겠는데요?”

영호가 의욕적인 얼굴로 상체를 숙였다.

“잘 보십시오, 교수님. 제가 오늘 뵙자고 한 이유는 지금부터입니다.”

방향키를 누르자, 다음 사진이 화면을 가득 메웠다. 방금 전 사진의 뒷장이었다. 역시 얼룩덜룩한 사이로 오랜 흑연 자국이 남았다.

“옛날에는 이렇게 사진 뒷면에 메모를 하곤 했죠. 그 유족들도 그랬나 봅니다. 자, 여기에 그 갱도 관리자와 그 가족의 이름, 나이가 적혀 있어요."

잠시 후, 고 교수의 작은 눈이 크게 벌어졌다.

* * *

'종단 간 암호화'를 기반으로 한 커뮤니케이션 앱인 텔레그램은 장벽 높은 보안을 자랑하는 앱 중 하나였다. 메시지를 주고받는 당사자가 아니라면 누구도 추적이 불가능하기 때문에 어떠한 극악범죄에도 사법 공조는 불가능했다. 서버가 해외에 있는데다 예상대로 본사 측에서 완강하게 나왔기 때문이다. 하지만 예외는 있었다. 이번 사건이 국제적으로 규탄 받아 마땅한 사안인 만큼 내부 회의를 거쳐 검토해보겠다는 답신이 돌아온 것이다. 납치 사건 발생한 지 딱 열흘 만이었다.

"그래서 협조하겠다고 하던가요?"

다나카가 벌겋게 달아오른 얼굴로 물었다. 평소보다 격앙된 목소리였다. 히데오가 두 검지를 작게 엇갈려 X자를 만들어 보였다. 동시에 김빠지는 소리가 곳곳에서 터져 나왔다. 다들 사상 초유의 난관 앞에 웃음을 잃은 지는 오래. 연이은 밤샘 근무에 졸린 눈들.

"이번 사건은 아주 흥미롭단 말씀이야."

"경부님은 이게 재밌단 말씀이에요?"

다소 '불경'스러운 발언을 내뱉고도 다나카 스스로 흠칫 놀랐지만 정작 히데오는 이 상황에 흠뻑 빠져 있는 듯했다.

"단순히 공주 납치가 아니야. 이 일에는 어떤 찝찝한 이해관계가 얽혀 있다고."

"찝찝한 이해관계요?"

"그래. 흥신소 놈 말이야."

"그런데 그 집 아들은 알리바이가 확실하잖아요. 흥신소 사장 역시 혐의점도 없고요."

여전히 영문을 모르는 듯한 얼굴로 다음 말을 기다리는 경관들을 보며 히데오는 자리에서 일어났다. 모두가 그의 표정을 읽을 수 있었다. 한심하군, 이 세금도둑들-

그는 한쪽 구석에 구비된 접이식 화이트보드를 끌어당겼다. 그리고 맨 좌측에 아키라, 맨 우측에 문준기를 표시했다.

흥신소 놈<--------??-------->문준기(with 아이코)

"자, 처음부터 천천히 되짚어 보자고. 문준기가 아이코 공주를 납치한 사건에서 시작하지. 그리고 다들 알다시피 그 배경은 금방 드러났어. 여기까진 단순해. 물론 이 단순해 빠진 사건을 우리 잘난 도쿄 경찰은 전혀 풀지 못했지만 말이야. 어이, 하루코! 이쪽 똑바로 봐. 무슨 생각하는 거야?"

계속된 밤샘 근무로 꾸벅이던 신입 여 경관을 향해 히데오가 윽박질렀다. "연금 받을 때까지 붙어 있고 싶으면 잘 보라고. 물론 나중에 남자 잘 만나서 시집가면 다행이지만."

평소 같으면 이렇게 낄낄거리는 히데오를 두고 서로 혐오스러운 눈짓을 주고받거나 용기 있는 자라면 드러내놓고 반기를 들고도 남겠지만 상황이 달랐다. 지금으로선 기댈만한 언덕이라곤 괴물 수사관 히데오 밖에 없기 때문이다. 수사가 진척을 보이기는커녕 지지부진한 지금 상황에선 조만간 대대적으로 물갈이가 예고될 것이기 때문이다. 하지만 세상 이치가 그렇다. 물은 위에서 흐르지만, 물갈이는 아래서부터다. 때문에 연금 받을 때까지 붙어 있고 싶으면 집중하라는 그의 말이 하나의 채찍질로 다가왔다.

"그래서 수사는 처음부터 문준기와 그 가족사에 포커스를 맞췄지. 우리에게 지배당하던 시절 끌려왔던 조선인들의 사정에 대해서도 조사를 했고 말이야. 따분하게스리. 그런데 말이지."

히데오가 맨 좌측에 아키라 부근에 매직펜을 강하게 꽂아 눌렀다. 그리고 둥글게 원을 그렸다.

"갑자기 예기치 못한 캐릭터가 하나 튀어나왔어. 후지와라 아키라. 찝찝한 게 한둘이 아닌 놈이야. 조사해보니 그는 업종이 업종이니만큼 대포폰을 간혹 쓴다더군. 그런데 하필 그가 대포폰을 사용한 날짜가 바로 사건 발생한지 나흘째 되던 날 오후란 말이지. 더 구린 건 뭐냐? 착신자도 마찬가지로 등록되지 않은 대포폰 이용자라는 거. 물론 그 착신자가 누구인지는 지금으로선 알 수 없지. 이래서 빌어먹을 별정통신사는 사정 봐주지 말고 싸그리 박살을 내버려야 한다고. 두 번째, 아는 사람은 알겠지만 아키라는 꼴에 전직 경관이었어. 오래전에 '그레타 박 사건'을 들추고 혼자 쇼하다가 잘린 놈이지. 물론 자기는 윗선에 미움을 받은 비련의 주인공 코스프레를 하겠지만. 어쨌든. 그런데 그런 놈이 신오쿠보를 뻔질나게 드나든다는 사실. 알지? 대표적인 한인 타운이잖아."

경관들의 이목이 히데오에게 온전히 집중이 되었다.

"흥신소 해먹는 놈이 놀러 다니는 것도 아니고 한인 타운을 뻔질나게 드나든다는 것부터가 수상해. 그래서 뒤를 밟아봤지. 그런데 웬걸? 이 놈이 수사 못해서 죽은 귀신이 붙었는지, '유리코 실종 사건'을 다시 들춰내고 있다는 걸 확인했어. 아! 여기서 체크!"

히데오는 한쪽 면에 추가로 휘갈겨 썼다.

그레타박 = 시게무라 문학 교사

"아는 사람은 알겠지만, 놈은 유리코를 납치한 유력 용의자인 시게무라와 그즈음에 벌어진 위조 여권 사건의 그레타 박이란 놈을 동일 인물로 보고 있었거든. 범인이 북한사람이다 이거야. 그러다 잘렸어. 당연한 거 아냐? 신입 주제에 개소리나 늘어놓으니 말이야. 때문에 그놈은 신오쿠보에 가서 탈북에 성공했다는 한국 노인을 만나서 노인이 북한에서 유리코를 봤다는 사실을 알아냈던 거야. 도대체 왜!"

히데오가 한쪽 발을 아이처럼 구르며 짜증을 냈다.

"왜! 그놈은 유리코 실종 사건에 집착하는 거냐고? 왜! 무슨 욕심이 있어서 우리 경시청이 해내야 할 문준기 사건에도 껄떡대냐고 왜!"

헝클어진 앞머리를 손으로 대충 쓱쓱 넘기며 히데오가 평정심을 되찾았다. 이미 답을 알고 있는 얼굴이었다.

"바로 이번 납치 사건을 빌미로 제 한을 풀겠다는 속셈인 거지."

"한을 풀다뇨? 그게 무슨 말입니까, 경부님?"

다나카의 질문에 히데오는 지우개로 보드를 닦으며 음흉한 미소를 지었다.

"그야 곧 밝혀질 거야. 그놈은 수사 밖의 내용이니까 이쯤에서 하자고. 번외편에 시간을 잡아먹을 순 없지. 이제 본론 들어가자고. 오늘 오전에 의문의 전화 한 통이 걸려 왔다. 받은 사람?"

모두 꿀 먹은 벙어리가 되어서 눈치만 보자,

"당연히 없겠지. 내가 받았으니까. 발신자는 나가노현에 사는 어느 노인이었어. 늙어서 아침잠이 없으니까 꼭두새벽부터 전화를 하더군. 늙어서 하나부터 열까지 다 혼자 해결하며 살 줄 알았더라면 일찌감치 결혼이라도 했을 걸 그랬다며 신세 한탄을 하던 그 노인네는 빨래를 널기 위해 옥상에 올라갔다가 수상한 차 한 대를 발견했다고 제보했어. 불법으로 개조한 듯이 보이는 차량이 며칠 간격으로 두 번이나 방문했다는 거야. 한 번은 남자 혼자서 차에서 내렸고, 두 번째에는 동행한 여자까지 내려서 한참 쏘다니더니 한 시간 후에 돌아왔다는 증언이야. 참고로 말하자면, 옛날에 실종된 유리코의 고향도 나가노현이야."

그 순간 짝! 하고 다나카가 감탄 어린 손뼉을 쳤다. 얼굴은 벌겋게 상기되어 있었다.

"그리고 노인은 마지막에 이런 말을 했어. 어쩌면 동행한 그 여자는."

침묵이 감싼 실내를 햇살이 사선으로 비췄다. 공중을 부유하는 티끌 같은 먼지가 보일 만큼 눈부신 오후였다.

"자랑스런 쇼와의 핏줄로 느껴졌다고."

* * *

(텔레그램 메시지)

문준기입니다.

유리코는 현재 살아 있는 것으로 확인됐습니다. 북중 접경지역에 소재한 브로커를 통해 확인한 내용입니다. 그의 네트워크가 북한 내 사회안전성에까지 퍼져있다고 하니 확실합니다. 다만 거주지나 사는 형태 등 자세한 내용은 모릅니다. 만약 거래를 원하신다면 이 또한 힘써 보겠습니다. 단, 제 조부가 묻힌 장소를 좀 더 확실히 하셔야 할 겁니다. 보는 대로 답신 바랍니다.

준기는 상대의 의심을 늦출 심산으로 그렇게 메시지를 보내고 어제 일을 떠올렸다. 나가노현을 재방문했을 때, 다시 찾은 고부의 집은 텅 비어 있었다. 아무리 두드려도 안에선 기척이 없었다. 단 며칠 사이였을 뿐인데, 담장 너머로 보이는 내부의 공기는 사뭇 달랐다. 봄바람과 찬 바람이 갈마드는 가운데 함부로 새들이 오다가다 쉬어가고, 길고양이가 다니는 바람에 나뒹굴던 그릇이 덜그럭거려 가슴을 철렁이게 만들었다. 참 기묘했다. 마치 오래전부터 버려졌던 폐가의 얼굴을 하고 있었다. 어떤 낌새를 알아차렸는지 두 여인은 종적을 감춘 게 분명했다.

"유리코를 납북한 공범은 분명 두 여인이야. 고부지간."

"아니."

아이코가 단호하게 말했다.

"고부지간이 아닐 수도 있어."

"그렇다고 모녀 사이는 아니라고 했어."

"왜 처음부터 남남일 거란 생각은 안 해? 피 한 방울 안 섞인, 혼인 관계로도 엮이지 않은 완전 남남. 하지만 사상적으로는 동지일 수도 있겠네."

"아… 그렇군. 모녀지간이라고 하기엔 서로 안 닮았고, 그렇다고 단둘이 살자니 누가 의심할 수 있으니 적당히 과부가 된 며느리를 데리고 사는 시어머니라는 설정이 자연스러웠을 수도 있겠어."

준기는 천천히 그녀들을 만났을 당시를 돌이켜 떠올렸다. 두 사람 모두 과부라고 하기엔 각자의 배우자나 그밖에 가족들의 사진은 단 한 장도 보이지 않았다. 그래, 마치 꾸며진 하나의 세트장에 연출진의 실수로 사진액자라는 '소품'이 빠진 듯한 분위기.

시간이 흐르면서 매 순간 느낀다. 아이코는 생각보다 영리한 아이란 걸.

"똑똑한데, 아이코."

"아저씨가 안 똑똑한 거야."

윙-

바로 그때, 답장이 도착했다.

(텔레그램 메시지)

사쿠라가 만발할 때
술 한 잔 들고
사쿠라가 질 때
함께 죽노라

* * *

"아이코."

"……"

"아이코?"

준기가 그녀의 눈앞에 손을 살짝 흔들었다.

"무슨 생각을 그렇게 해?"

"아무것도 아냐."

"도대체 그 노래 가사는 뭘까? 무슨 뜻이 담겨 있는 거지? 알아 혹시?"

"아니…"

"수수께끼도 아니고. 제길."

"……"

"지금 상황에서 너에게 이런 질문해도 될지 모르겠는데… 어떻게 했으면 좋겠어? 앞으로?"

"글쎄…"

"공연한 걸 물었군."

아이코의 시선은 줄곧 정면에 고정되어 있었다. 말수도 확 줄었고 미소도 걷힌 얼굴이었다. 스스로 인정해야 했다. 역사적 오류를 바로잡는다는 거창한 계획에 자발적으로 동참하긴 했어도 어쩌면 이 선택이 나중에 후회로 돌아올지도 모른다고. 자신도 모르게 내재되어 있는 모순과 이기를 마주할 용기가 도무지 나지 않았다. 할 수만 있다면 공주라는 신분만 아니라면 얼마나 좋을까. 아이코는 다시 하이쿠俳句, 일본 고유의 운문학를 속으로 되새겼다.

사쿠라가 만발할 때
술 한 잔 들고
사쿠라가 질 때
함께 죽노라

* * *

사건 발생 11일차.

금명간에 총리 관저한국 대통령실의 기능을 함에서 기자회견이 열릴 것이라는 소식이 삽시간에 퍼졌다. 연초 예산 확정안을 내놓던 게 엊그제인데 다시 한번 회견을 연다는 것은 예상했던 바와 같이 칠천 명이 넘는 경관들을 대상으로 사다리 게임처럼 소름 끼치는 인사 파티가 벌어질 것이라는 관측이 나왔다. 시간이 없었다.

히데오는 출근하자마자 다나카를 대동한 채 묵직한 열쇠 꾸러미를 들고 지하 3층에 위치한 장기 미제 서고로 향했다. 어느 철제캐비닛이 정확히 다섯 번 만에 열리면서 한쪽 문이 쿵 하고 묵직한 소리를 내며 주저앉았다. 내부는 오래도록 쓰이지 않은 탓에 군데군데 녹슨 데다 눅눅한 종이 냄새가 확 풍겼다. 빼곡하게 꽂혀 있는 파일들 중에서 하나를 꺼내 펼쳤다. [나가노현 유리코 실종 사건 1986.07.09.]. 그리고 다른 하나는 [그레타 박 위조 사건 1991.05.03.].

두 파일을 옆구리에 끼고 비상계단을 오르는 두 사람.

"갑자기 그건 어쩌시려고요?"

"얼마나 재밌는 사건이면 흥신소 놈이 매달리는지 궁금해서 그런다, 왜. 그나저나 한국 쪽은 어떻게 됐어, 다나카?"

"어젯밤에 이메일로 답장이 왔습니다."

"뭐래? 확실히 맞아?"

"네. 부산에 살고 있다고 하더라고요. 그리고 한국 쪽에선 심부름센터라고 부르더라고요."

"음…"

히데오는 짧은 신음을 내뱉었다.

"그건 자네랑 나만 아는 일이야. 어디 가서 떠벌리면 안 돼."

"부산 심부름센터 말입니까? 알겠습니다. 입에 지퍼 채우겠습니다."

"좋아. 이제 남은 건 하나야. 홍신소 그놈. 다시 불러들여."

"다시요? 불러서 뭘 어쩌시게요? 벌써 두 번째에요. 혐의도 없는데 이러다 강압수사 소리라도 나오면 어떡해요?"

"가장 중요한 걸 안 물어봤지 뭐야. 불러. 내가 책임져."

가장 중요한 것.

서류를 한 장 한 장 위로 넘길 때마다 세월이 빚어낸 먼지와 쿰쿰한 냄새가 동시에 풍겼다. 히데오는 시야를 방해하는 좀벌레 한 마리를 손끝으로 눌러 죽였다.

두 시간 뒤. 경시청 조사실.

"아! 오셨군요."

먼저 와서 기다리고 있는 아키라에게 눈길도 주지 않고 히데오가 테이블 맞은편에 냉큼 가 앉았다.

"번거롭게 또 오시라고 해서 이거 참 죄송하게 됐습니다." 그리고 마치 제 3자의 일일뿐더러 자신은 전혀 몰랐던 일인 것처럼 능청을 떨었다.

"얼마든지 협조하죠."

"마음을 고쳐 드셨나 봅니다?"

"저희 부자의 혐의를 완벽하게 벗기 위해서라면, 그리고 아이코 공주를 위해서라면 몇 번이고 조사받을 의향이 있습니다."

다나카는 그 상황이 저번과 별 차이 없는 반복인 것 같아 히데오의 속내가 자못 궁금했다.

"아하, 그렇군요. 그런데 그러실 필요 없습니다. 오늘 지금 이 순간이 마지막 조사가 될 테니까요."

"……"

레이저처럼 쏘아보는 아키라를 한 번 더 갖고 놀고 싶은지 히데오가 조롱조로 덧붙였다.

"아무래도 이번 조사에선 거짓말탐지기를 사용해야 할 것 같습니다만?"

거짓말탐지기는 혈압, 맥박, 호흡, 그리고 심장박동까지 면밀하게 측정한다. 세상에서 가장 완벽한 도구는 아니지만 완벽에 가까운 수사 수단.

"… 좋습니다. 이참에 의심을 완전히 털고 싶으니까요."

"부성애가 대단하시군요."

"제 자식이어서가 아니라 덩치만 컸지 마음은 누구보다 여린 녀석입니다. 아무리 철이 없기로서니 중대 범죄를 저지른 범죄자와 동급 취급받는 건 도저히 못 봐주겠어서요."

"그렇군요… 아, 저기 오는군요. 덩치만 컸지 마음은 누구보다 여린."

뒤에서 문이 열리자 아키라가 힐끔 돌아보았다. 그리고 얼굴에서 서서히 미소가 사라졌다. 제발 좀 버리라고 성화였던 꼬질꼬질한 스니커즈에 평소와 다름없는 박스 티에 청바지를 입은 아들 신이치가 구부정한 어깨를 한 채 주섬주섬 이쪽으로 들어오고 있었다. 허튼짓을 하다가 걸렸을 때의 표정이 아니다. 마치 시키는 대로 문제없이 해왔는데 뜻밖의 복병을 만났을 때의 그것이었다.

"내 아들까지 불렀습니까?" 히데오를 노려보며 아키라가 물었다.

"추가 조사가 필요해서요."

"그런 말은 없었잖습니까?"

“지금 하고 있잖아요.”

히데오는 빙글빙글 웃으며 말했다.

“내가 거짓말 탐지 조사를 받으면 다 되는 일 아닙니까?”

“에? 이번 거짓말 탐지기는 아키라 씨가 아닌 신이치 군이 받게 될 건데요?”

히데오의 말이 끝나기 무섭게 아키라는 조사실 밖으로 반강제로 이동하고, 자리에 앉은 신이치는 장비가 준비되는 대로 손가락과 복부, 팔 등에 센서를 부착하는 등 준비는 속전속결로 이루어졌다.

“시작하죠.”

몇 가지 기본적인 질문으로 생리 반응데이터를 세팅한 후, 히데오가 입석한 상태에서 조사관이 준비된 질문지를 보며 말했다.

“자, 첫 번째 질문입니다. 당신은 문준기를 만난 적이 있습니까?”

“아니오.”

한 박자 늦은 대답.

“당신은 문준기를 도운 사실이 있습니까?”

“아니오.”

“당신은…”

그때 히데오가 끼어들더니 지문 어딘가를 가리켰다. 질문의 순서를 바꾸는 듯 조사관이 목소리를 가다듬고 물었다.

“당신은 문준기의 범행 계획을 사전에 알고 있었습니까?”

“아니오.”

“당신은 사건 당일 시부야의 루크스 랍스터 매장을 방문한 사실이 있습니까?”

“네.”

"당신은 사건 당일 가쿠슈인에 있었습니까?"

"아니오."

"당신은 문준기와 현재 접선하고 있습니까?"

"…아니오."

신이치는 모든 질문에 일정 간격을 두고 대답했고, 그래프 파형 역시 큰 변화를 보이지 않았다. 엄청난 국가적 사건이고, 경찰이 자신들 부자를 주목하고 있다는 사실을 안 다음부터 철두철미한 준비를 해왔으리라. 질문마다 신이치는 간결하고 명쾌하게 대답했다. 어떤 때는 미소를 짓는 여유까지 보였다.

"당신은 문준기의 범행을 도운 대가를 받은 적이 있습니까?"

"… 아니오."

역시 TRUE.

'아니 FALSE.'

히데오는 드문 경우지만 이런 용의자들에 대해서 잘 안다. 유사 과학을 유튜브로 배운 삼류들 중에서는 종종 써먹는 방법이기도 했고, 그것이 간혹 통할 때가 있었다. 지금처럼. 조사관의 질문을 머릿속에서 재가공하여 자신에게 묻는 것이다. 가령, "8곱하기 8은 64입니까?"라는 질문을 자기 자신에게 "8곱하기 8은 15입니까?"로 꾸며 받아들인 다음, "아니오."라고 하는 식으로 결과 값을 자유자재로 바꾸는 것이다. 진실을 거짓으로, 또는 거짓을 진실로. 신이치가 대답하기까지 걸리는 속도가 정확히 3, 4초인 것을 감안하면 나름 애쓰고 있다는 방증인 셈. 딴엔 거짓말 탐지기를 가지고 놀고 있다고 여기고 있을 것이다.

천하의 도쿄 경찰을 상대로 우위를 선점하고 있다는 황홀감에 빠졌는지 신이치는 눈동자를 굴려 조사실 내부를 둘러보았다. 곳곳에 설치된 카메라와 마이크도 더는 두렵지 않다는 듯 입가엔 미소까지 머금었다. 조사실 밖에서 이 모습을 보고 있을 아버지는 무슨 생각을 할까? 자랑스러운 아들이라고 여기지 않을까?

용케 모든 질문을 통과하고 끝이 보이기 시작했다. 마지막 질문 차례가 왔다.

"자 마지막 질문."

신이치가 어깨를 으쓱해 보였다. 어떤 공격을 해와도 거뜬히 상대해 주겠다는 자신감의 표현이었다. 그때, 돌연 히데오가 조사관과 자리를 바꿔 앉았다.

"아주 정직한 청년이군. 가정교육을 잘 받았어."

"……"

"후지와라 신이치."

"네."

"가장 중요한 질문이야."

"하세요."

"당신은…"

히데오는 다음 질문을 하기까지 뜸을 들이며 담배 연기를 내뿜었다. 그 공백을 이용해 상대를 초조하게 하려는 속셈이란 것을 다나카는 금방 알아보았다.

"아버지의 비밀을 알고 있습니까?"

"……"

지문에 없던 질문이었다. 모습을 지켜보던 경관들도 팔짱을 풀고 서로 눈빛을 교환했다. 아주 찰나의 순간 신이치의 눈동자도 살짝 벌어졌다. 탐지기 화면이 오르락내리락 변화를 보이기 시작했다. 어떤 공상도 자기최면도 '가족' 앞에선 통하지 않는다. 저 질문이 어째서 가장 중요한 질문인지 다나카는 도통 갈피를 잡지 못했다.

"뭐 좋습니다. 수고하셨습니다."

더 있다간 들킬 우려가 있던 찰나에 문득 히데오가 흐름을 끊어 놓았다. 그리고 타이밍 적절하게도 경관 하나가 문을 열고 다급하게 들어왔다.

"경부님 나가노에서 경부보님의 전화입니다."

"전화 이리 줘."

히데오가 신이치에게 나가도 좋다는 의미로 턱짓을 하자 경관들의 안내에 따라 두 부자가 유유히 조사실을 빠져나갔다. 이대로 그들을 내보내도 좋을지 다나카가 머리를 긁적이며 물었지만 히데오가 귀찮다는 듯이 손사래를 치며 통화를 이어갔다.

- 말해.

- 경부님. 나가노 우에다 시에 나와 있습니다. 저번에 말씀하신 어느 노인의 전화 제보를 토대로 수상한 차가 주차되었다는 부근에 대해 수색에 나섰는데, 특이점이 발견되었습니다.

- 그래, 그게 뭐지?

- 빈집을 포함해 총 세 군데의 가정집이 수상했습니다. 한 집은 두 노인이 모두 외출해 있었던 걸로 밝혀졌고, 다른 한 집은 오래도록 비어 있었는데 등기 상 기재된 집주인은 실제로 도쿄 아카사카에 거주하고 있는 걸로 밝혀졌습니다. 통화해보니 사실이었고요. 그런데, 마지막 세 번째 집이 상당히 수상해서 말이죠. 별도 수사에 들어가야 할 것 같은데요.

- 뭐가 어떻게 수상하다는 건데?

- 이 집 또한 빈 집입니다. 이웃 주민의 말에 따르면 시어머니와 과부가 된

며느리, 이렇게 단둘이 살았다고 하는데요. 며칠 전부터 두 사람 모두 집을 비웠다고 합니다. 그런데 마루 밑에서 AK-47 소총 세 자루가 발견되었습니다.

- AK… 47??

- 네. 그 외에도 베이비 브라우닝 한 자루가 추가로 발견되었고요.

- 시어머니와 며느리가 살았다고 했나? 여자 둘이 사는 집에 무슨 총이 나왔다는 거지? 그래서 행방은?

- 알 수 없습니다. 오리무중입니다.

AK-47은 애초에 소련에서 개발된 소총이다. 베이비 브라우닝 또한 유효 사격 거리가 30~40미터밖에 되지 않는 무성 권총. 즉, 가까운 거리에서 큰 소리를 내지 않고도 상대방을 위협 또는 사살하는 것이 가능하다는 것이다. 그렇게 되면 사람이 죽어도 주변에 목격자를 찾기 힘든 상황이 된다. 무엇보다 그 총들이 대체로 체코나 북한에서 쓰인다는 걸 히데오는 아주 잘 알고 있었다.

이어서 며칠 전, 텔레그램 본사로부터 협조를 거부당했던 수사본부는 메시지를 추적하는 대신 아예 대포폰 회선을 정지하는 임무에 착수했다. 먼저 유심을 타인의 명의로 대여, 유통시킨 조직을 대대적으로 수색하였다. 물론 유심을 대여한 것만으로는 불법이 아니나 사안이 사안이니만큼 불법(그리고 불경)의 소지가 다분한 현 상황에서 구속은 불가피했다.

히데오는 냉소를 흘렸다. 두 손으로 머리칼을 쓸어 넘기자 엠자 탈모가 드러났다.

“다나카.”

“네. 경부님.”

“숙직실에서 새우잠 자는 것도 오늘로 끝이야.”

* * *

[재위에 올라 레이와 시대를 연지 얼마 되지 않은 지금 이러한 불미스러운 일이 생긴 것에 대해 깊이 유감을 표하는 바입니다. 국민들의 안녕과 행복을 위한 본보기로서의 상징이 되어야 할 왕실 가정에 닥친 이번 일은 참담 그 자체라 할 수 있습니다. 현재 많은 사람들이 보내온 걱정과 응원, 그리고 도쿄 경찰의 노고 덕에도 불구하고 아직까지 공주를 찾기 힘든 상황입니다. 정치적으로 타개해야 할 문제점이 있다면 얼마든지 대화의 의지가 있다는 것을 알리고자 합니다. 또한 저와 왕후는 하나뿐인 자식인 공주를…]

그쯤에서 준기가 라디오 채널을 바꾸자, 아이코는 창밖으로 시선을 옮겼다. 준기가 모든 걸 걸고, 아니 모든 걸 내던질 각오로 일본에 왔음을 그녀도 잘 알고 있었다. 하지만 머릿속에는 단 몇 줄의 하이쿠가 이제까지의 모든 것을 뒤엎었다. 실로 놀라운 것은 어느새 이 차에서 당장에라도 뛰어내리고 싶다는 충동에 사로잡힌 자신을 깨닫자 가슴이 철렁했다. 세상 모든 동맹이 그렇듯이 두 사람 사이에도 유효기간은 분명 존재할 것이다. 그러나 지금은 아니다. 지금이어선 안 된다. 무엇보다 '그곳'이어서도 안 됐다.

"아이코?"

"응?"

"왜 그래, 아까부터?"

준기가 보기에 아이코는 뭔가 말 못할 내적 갈등을 겪고 있는 게 분명했다. 그자에게서 텔레그램을 받은 후부터 줄곧 그랬다. 열흘 남짓 함께 있으면서 생긴 무시 못 할 직감이었다.

"있지, 아저씨."

"응."

"나는 여기서 그만둘래."

* * *

서울, ○○대학교 인문대학 본관.

두 대의 엘리베이터 중 한 대가 수리 중이고 남은 한 대는 여전히 고층에 머물러 있자, 고 교수는 다급한 마음에 허둥지둥 비상구로 향했다. 그리고 아이폰을 꺼내 어딘가로 전화를 걸며 계단을 뛰어 내려갔다.

결번.

또 결번.

잠시 발을 헛디뎌 삐끗할 뻔한 고 교수가 층계참에 멈춰서 여러 번 통화를 시도하지만 모두 마찬가지였다. 이를 어쩐다, 마른 입술 사이로 단내가 풍길 만큼 한숨을 내쉬었다. 봄날에 때아닌 땀방울이 이마에 비 쏟아지듯 흘렀다. 게이트 앱에 접속하여 최신뉴스를 살펴보지만 아직까지 동태는 '잡히지 않았다.'였다. 고 교수는 어딘가로 다시 전화를 걸었다.

- 여보세요? 한 소장님?

- 네, 고 교수님.

- 찾았습니다! 찾았어요!

- 찾았다뇨??

고 교수는 반대쪽으로 전화를 바꿔 든 다음에 숨을 몰아쉬었다. 전화 너머 속 한영호도 이쪽만큼이나 흥분된 어조였다.

- 한 소장님이 보여주신 그 사진 속 탄광 소유주 말입니다. 신원을 조사한 결과 종전 후 처형된 전범이었습니다!

- 전범이라고요??

전범은 크게 세 가지로 분류된다. A급, B급, C급. 그중 A급은 침략전쟁의 선두에 서서 직접 모의를 하고 계획을 실행에 옮긴 자, B급은 그 하수인으로서 침략을 몸소 실천하며 살인과 학대, 강간, 약탈을 벌인 자, C급은 인도에 위배되는 살인과 학살을 한 자. 그중에서 탄광 소유주는,

- B급 전범, 노다 군키치입니다.

- 노다 군키치…

그러자 검색이라도 하는 듯 전화 너머로 영호가 키보드를 두드리는 소리가 들렸다.

- 검색해도 나오진 않네요.

- 그럴 겁니다. 저도 이번에 조사하면서 알게 됐으니까요. 그런데 말이 B급이지, 어마어마한 살상을 저지른 자더군요.

- 어마어마한 살상이요?

- 우선 그의 개인사를 말하자면 왕실 일원들과도 교류가 있을 만큼 막역한 사이였다고 합니다. 한 마디로 상류층이었던 거죠. 그는 1930년대에 중국으로 출병한 장교이기도 했습니다. 외아들로 태어난 그가 부모의 뜻을 어겨가면서까지 중국으로 출병한 데에는 황군의 의무를 저버릴 수 없다는 고집 때문이었을 겁니다.

- 잠깐만요, 교수님! 30년대에 중국으로 출병한 일이라면…

- 남경대학살, 들어 보셨죠?

- 아…!

전화 너머로 거칠게 숨을 들이마시는 소리가 들렸다. 그만큼 적잖이 충격을 받은 모양이었다.

– 아실는지 모르겠는데 지금도 유명한 이야기가 있잖습니까? 일본군 장교 두 명이 서로 누가 더 많은 중국인의 목을 베느냐로 경쟁했다는… 그런데, 밝혀지지 않은 바에 의하면 그 둘에 가려져서 그렇지, 그들 못지않게 살육을 자행했던 또 다른 장교가 있었습니다.

– 설마요.

– 네. 노다 군키치, 바로 그자입니다. 하지만 이 사건이 불거져 전 세계의 지탄을 받게 되자, 그는 급히 일본으로 귀국합니다. 그리고 선대가 이룩한 부를 이용하여 탄광의 소유주로서 살게 되고요. 그곳이 바로 유바리 탄광입니다.

– 문준기 씨의 조부가 끌려갔다는 그곳이군요.

두 사람 사이에 잠시 무거운 공기가 흘렀다. 어제 카페에서 만나 맥북을 통해 확인했던 사진 속의 노다 군키치를 떠올렸다. 홀쭉한 두 뺨과 대조적으로 튀어나온 광대, 그리고 매서운 눈매까지. 마치 공격성이 다분한 **어떤 개**를 연상케 하는 그 얼굴.

– 그런데, 고 교수님. 그가 탄광을 운영 중에 사고로 매몰되어 죽었는데, 어떻게 전범이 되어 처형을 당한 거죠?

– 물론 다른 이들처럼 실제로 재판장 피고석에 앉아 판결받는 그런 일반적인 절차를 거친 건 아닙니다, 이미 죽었으니까요. 거기다 시체도 못 찾았고. 다만…

– 다만?

– 그처럼 이미 죽은 자에 한해서는 명목상이지만 군사재판에 회부되어 처형 판결을 내렸습니다. 즉, 법적으로 사회적으로 처형당한 셈이죠.

– 그럼 노다 군키치가 처형당한 후에 그 유족들이 사진을 귀하게 여기지 않

은 탓에 분실된 걸까요?

– 그럴 가능성도 배제 할 수 없죠. 아무리 일본이 우익의 나라라지만 전범의 후손인 것이 마냥 자랑스러울 리는 없었을 테니까요.

– 그렇겠죠.

– 때문에 유족은 결단을 내립니다.

– 어떤 결단 말입니까?

– 노다 군키치의 부인의 이름은 노다 마사코. 그녀는 결혼 전 성씨로 자식들의 성을 바꾸고 오래 살아온 터전을 떠나는 길을 선택하죠. 재판 이후에 가산도 모두 도둑 맞은 후였고요.

– 혹시… 고 교수님, 전화하신 이유가 단순히 전범인 것을 밝혀냈음을 알리려는 건 아니실 테고요. 혹시 그 후손이… 이 사건에 연루되어 있기라도 한 겁니까?

– 맞습니다. 사실 어제 사진 뒷면에 적힌 이름을 보고 놀라웠습니다. 노다 군키치의 일족 중에 이번 사건에 연루된 일본인이 있었습니다. 성씨를 바꿔보니 알겠더군요.

– 세상에… 그럼 문준기 씨는 이 사실을 아직 모를 거 아닙니까?

– 모릅니다. 지금 전화통화도 되지 않고 있고요.

– 도대체… 도대체 그의 이름이 뭡니까?

– 그는…

* * *

한낱 이슬처럼 부질없는 인간사이나 그 안엔 수백, 수천, 수만 번의 배신이 난무하다.

할아버지와 큰할아버지가 딱 그랬다. 이렇듯 나라가 남북으로 나뉘기 전에 이미 문씨 집안에서는 보이지 않는 선이 그어졌다.

"갔다 올 테니까. 뭐든 간에 기다려."

꼬질꼬질한 땟국물이 흐르는 어린 딸의 손을 잡고, 한 손으로는 부른 배를 잡은 할머니를 돌아보며 할아버지가 마지막으로 건넨 말이었다. 얼마 후에 훈장이던 증조부가 머리를 싸매고 자리에 누웠고, 증조모는 충격에 눈을 감으셨다.

거기 가면 살아서는 못 온다고, 어디 하나 병신이 되어서 오기라도 하면 다행이라고, 주변에서 말들이 많았고 할머니도 들어 알고 있었지만 알은 체 하지 않았다. 할아버지도 애써 그렇게 말했다. *"갔다 올 테니까. 뭐든 간에 기다려."*

할머니는 배에 올라탄 수많은 조선인 중에 단 한 사람, 할아버지가 하나의 까만 점으로 보일 때까지 그 자리를 떠나지 않았다. 한 달 후에야 편지가 도착했다. 할머니는 한글을 띄엄띄엄 알았고, 대신 읽어주기엔 어린 딸도 아직 글을 알지 못했다. 하지만 대략 알 수 있는 건 그 후로 두 통의 편지가 더 왔는데, 그때마다 만둣국이 드시고 싶다는 이야기 외에 유달리 눈에 띄는 단어가 있었다. 그것은 바로,

타코베야たこべや, 광산 노동자의 열악한 합숙소

'타코베야에서 몇 대 맞았어. 개새끼들.'

'타코베야에 가둬놓고 먹을 것을 주지 않아. 배고파.'

'이틀 동안 홍 씨가 안 보이더니 나중에 보니까 타코베야에서 죽어서 실려 나갔어.'

'오늘은 거기에 가지 않아서 다행이야.'

타코베야. 일명 문어방이라 불리던 그곳이 숙박시설, 당시 말해 감금 시설이라는 것도 훗날 배 속에 있던 아버지가 대학을 졸업할 즈음인 70년대에 알게 되었다. 할머니가 항상 열어두던 대문을 닫기 시작한 것도, *'얼빠진 일본 여자한테 장가가서 잘 먹고 잘 살고 있을 것.'*이라는 판타지를 만든 것도 모두 그때였다. 아마도 그것을 무덤과 동의어로 받아들였던 것 같다.

하루아침에 가장이 된 할머니는 안 해 본 게 없었다. 할아버지가 일하면서 뜯기고, 뜯기고 몇 푼 쥔 돈을 할머니 말마따나 *'조강지처를 못 믿어서'* 큰할아버지 앞으로 보낸 것에 대해 불만을 표한 적이 없었다. 그때만 해도 호주제가 건재했고, 시어른이 안 계신 이상 집안의 어른은 그분이라고 믿었기 때문이다. 다만, 할머니가 바란 것은 딱 하나. 할아버지의 생사 여부, 그리고 어지간하면 험한 꼴 당하기 전에 어서 홋카이도에서 할아버지를 빼내 오는 것. 큰할아버지에게 그럴 힘이 어디 있었겠느냐마는 집안에서 유일하게 대학에서 법학과를 나왔고, 바다 건너 구경을 해봤고, 영어와 일본어를 할 줄 아는 그가 식구들에겐 유일한 구명줄이고 든든한 우방이었던 것이다. 하지만 강제 동원에서 빼내올 수 있는 능력의 유무와 상관없이 큰할아버지는 관심을 두지 않았다. 대학 교수로서의 명성이 중요했지, 강점기 피해자의 형으로 사는 삶은 그가 원했던 게 아니었다. 그래서일까? 국회의원에 출마하고, 이승만 정권의 찬양 연사로 활동한 그에 대항하기 위해 아버지는 정치에 관심을 두지 않으면서도 반 보수 성향을 띠곤 했다. 물론 반대를 위한 반대는 억지다. 하지만 아버지를 이해한다. 사람이 절망하는 이유는 주위에 사람이 없어서가 아니라, 언제나 내 편일 것 같던 이가 등을 돌리기 때문이니까.

나중에 요양원에 입소한 할머니는 그렇게 술회했다. 하늘이 무너지는 것 같았다- 고. 그땐 그 말이 얼른 와닿지 않았다. 아 절망스러웠겠구나- 혼자 살아가려니 앞이 막막했겠구나- 정작 마음에 울림은 없었다. 그러나 지금,

"나는 여기서 그만둘래."

준기는 반사적으로 급브레이크를 밟았다. 그 바람에 아이코의 상체로 앞으로 갑작스레 쏠렸지만, 표정엔 변함이 없었다.

"그만두다니?" 어안이 벙벙한 준기는 사이드미러를 힐끗 보고 차를 갓길에 세웠다. 그리고 몇 초 후엔 아예 시동을 꺼버렸다.

"미안, 아저씨. 내가 다른 건 다 도울 수 있는데… 이건… 힘들 것 같아."

"그게 무슨 소리야? 모르고 시작한 게 아니잖아?"

준기는 짜증이 치밀어 두 손으로 머리를 아무렇게나 헝클었다.

"미안."

"미안하단 소리를 듣고 싶은 게 아니야. 도대체 이유가 뭐야?"

"……"

"잘 있다가 갑자기 못 하겠다고 하는 이유가 있을 거 아냐? 아무리 생각해도 일본을 배신하는 것 같아서 그래?"

"……"

"혹시 그 사람이 보낸 메시지에서 힌트라도 얻은 거야?"

"……"

"이유를 말해야 나도 납득이 갈 거 아냐?"

"설령 내가 위험에 빠진다 해도 소용없어."

"내가 널 위험하게 만든다는 거야?"

"……"

"제길…!"

"미안해."

쾅! 하고 이제까지 보여 온 세기보다 더 큰 세기로 핸들을 내리쳤다. 더는 이 차를 이용할 필요가 없다는 듯이, 망가져도 상관없다는 듯이 여러 번 내리쳤다. 그럼에도 아이코는 미동을 보이지 않았다. 준기는 오히려 그 초연함에 겁이 났다.

"나… 아저씨의 할아버지가 어디에 묻혀 있는지… 거기가 어디든 함께 가려고 했어. 설령 후… 후쿠시마라 할지라도. 하지만…"

준기는 코웃음을 쳤다.

"웃기지 마. 이유도 없이 갑자기 변심해서 그만두겠다면서 후쿠시마에 간다고? 그 위험한 데를? 목숨을 내놔야 하는 데를? 너희 나라가 지배했던 한국의 희생자를 위해서? 연기가 대단하군."

"……"

"도대체 언제부터 연기를 했던 거지? 설마 나도 그 덫에 걸려든 거야? 아니지, 날 도우려고 했던 마음은 있긴 있었어?"

"그래."

"믿기 어려운데?"

"미쳤어? 아저씨?"

될 대로 되라 식으로 준기가 차창을 활짝 내리자 아이코가 그의 팔뚝을 세게 쳤다.

"뭐가 무서운데? 너도 날 돕기를 멈춘 마당에서 이제 나도 끝났는데, 더는 숨어다닐 필요가 없잖아?"

"닫아. 닫으라고!"

준기는 한숨을 내쉬며 이번엔 의자 헤드에 뒤통수를 신경질적으로 부딪혔다. 한참 뒤에 입을 열었다.

"내려."

"뭐?"

"내리라고. 나도 더는 억지로 강요하진 않겠어."

"……"

"내려서 돌아가도 좋아. 내가 벌인 일이니까 내가 감수하지 뭐. 일본인을 믿는 게 아니었는데. 너도 역시 일본인의 핏줄이 흐르고 있다는 걸 깜빡했네."

그러자 아이코의 싸늘한 시선이 준기의 옆얼굴에 한참 머물렀다.

"일본인이라면 무조건 색안경부터 끼고 보는 아저씨는 과연 정의로운 사람일까?"

"비로소 본색을 드러내는 건가."

"따지고 보면 아저씨도 정의로운 사람이 아니잖아. 그냥 피해 유족인 거지. 무슨 뜻인지 알아? 아저씨가 반대로 일본인이었다면, 다른 일본인들과 다를 게 없다는 뜻이야."

"너…"

"지금도 봐. 일본인에 대한 편향된 시각, 아저씬 못 버렸어. 그러면서 정의구현을 하는 척, 못된 일본인만 응징한다고 믿는 척. 어쩌면 아저씨 자신도 나름의 자아 정체가 확립이 안 된 것 같은데? 아저씬 전범국가로서의 일본을 규탄하는 게 아니라, 그냥 일본과 일본 사람 자체가 싫은 거야. 복수하고 싶고, 밟고 싶은 마음뿐이잖아. 내 말이 틀려?"

아이코의 말에 가슴이 찔렸다. '그렇지 않아.'라고 준기의 입안에서 맴돌 뿐 어쩐지 말문이 막혔다. 그러면서 '그게 뭐 어때서?' 라는 물음이 동시에 떠올랐다. 어째서 피해자는 가해자를 마냥 미워하면 안 되나? 적어도 그럴 자격은 충분하지 않나? 더구나 사과도 하지 않았으면서 훈계라니.

냉전의 시간은 길었다. 창밖에는 벚꽃이 흩날렸다. 벚나무도 그 종류가 수백 가지라는데, 지금 날리는 잎은 어떤 나무의 것일까, 하는 부질없는 잡념이 들었다.

또 한참의 시간이 흘렀다. 이번엔 아이코가 먼저 입을 열었다.

"어렸을 때 이지메를 당했어."

거기에 대한 준기의 대답은 별도로 없었고, 아이코가 계속해서 말했다.

"이유는 모르겠어. 묻고 싶었는데 물을 수가 없더라고."

"……"

"용기를 잃었나 봐. 사람이 하도 당하면, 말 붙일 힘마저 잃는다는 걸 깨달았어. 당당하게 말 못했어. 왜 날 괴롭히느냐고, 너희들이 원하는 게 뭐냐고, 당장 나에게 사과하라고. 사회적 위치나 신분을 초월해서 일방적으로만 당하다 보니까 막연한 두려움이 생기더라고. 움츠러들고, 작아지고, 한없이 약해지고…"

"……"

"요즘 그런 생각을 해. 그때 누군가 단 한 명이라도 내 편이 되어줬더라면 달라지지 않았을까, 하는."

"……"

"처음 라인에서 우리가 대화했을 때, 사정을 듣고 결심했어. 이 사람을 내가 돕고 싶다- 혼자 싸우게 두고 싶지 않다- 그게 내 나라든 아니든, 작고 약한 피해자 곁에서 무슨 힘이라도 보태고 싶었어. 단지 그게 전부야. 아저씨의 할아버지가 우리나라에 끌려와서 강제노역에 시달리고, 학대당하고 그러다 결국 죽었다는 이야기를 듣고 얼마나 무서웠을지 가늠도 안 되더라. 고민 안 했냐고? 왜 안 했겠어? 심지어 난 왕족인걸. 당연히 우리 일본을 사랑해. 아저씨한텐 나쁜 나라겠지만 나에게 더없이 소중한 나라니까. 하지만 아무리 내 나라라고 해서 마이너스가 분명한데 갑자기 플러스가 되진 않잖아. 그런데 내가 아저씨를 돕는다면… 그래서 우리 일본이 과거의 죗값을 조금이라도 씻을 수 있다면… 피해자들의 마음이 조금이라도 위로받게 되는 거고, 또 우리 일본은…"

여전히 시선을 아래로 떨어뜨린 채로 말했다.

"플러스는 아니어도… 0에 도달 할 수 있진 않을까?"

창밖에서 비쳐오는 붉은 석양에 아이코의 두 뺨이 흠뻑 물들었다. 그래서 눈가가 촉촉하게 젖어 있다고 여기는 것도 어쩌면 그 탓인지도 모른다. 그때, 문득 벙그레-하고 소리 없이 펄럭이는 풍성한 벚꽃을 보며 왜인지 눈물이 났다.

"네 말이 맞아." 준기가 말했다. "일본? 솔직히 말하면 넌덜머리 나게 싫어. 한일 축구 경기 보면 당장에라도 화면 속으로 뛰어들어서 다리를 걸고 싶을 만큼 이기고 싶어. 그런데 모순적이게도 일본을 좋아하는 마음도 있어. 어려서 울트라맨을 보며 자랐어. 짱구는 내 오랜 친구였고, 슬램덩크를 보면서 농구선수를 꿈꿨어. 대학 다닐 땐, 일본 드라마 〈세상의 중심에서 사랑을 외치다〉에 빠져 살았어. 거기에 나오는 아야세 하루카 같은 예쁜 일본 여자랑 사귀는 상상도 했었지. 사실 일본으로 취업 온 것도 일본어를 배운 것도 그 영향도 무시 못 해. 물론 막상 와 봤더니 아야세 하루카는 없더라."

피식하고 아이코가 웃었다.

"인터넷에서 봤는데, 어떤 아줌마는 '겨울연가'를 보고 한국에 갔다가 실망했대. 욘사마도 한국엔 한 명 뿐이었나 봐."

준기도 웃으며 대답했다.

"쌤쌤이네."

"응. 똑같아."

"처음에 네가 내 일을 돕겠다고 했을 때 놀랐어. 너무 놀라서 자다가도 몇 번이고 일어나서 대화창을 확인했지. 정말일까? 왕실의 공주인데, 하나뿐인 왕의 자식인데 날 돕는다는 걸 믿어야 할까? 혹시 공주를 사칭한 사람은 아닐까? 하지만 와서 느꼈어. 충분히 마음이 약해질 수 있는 순간순간에도 넌 끝까지 나와 함께 해줬지. 그것만으로도 충분해."

"……"

"아이코 네 마음은 충분히 알았어. 결과는 비록 내가 원했던 그림은 아니지만 네 처음의 의도마저 왜곡하진 않을게."

철컥하고 조수석의 문이 오픈되는 소리가 났다.

"잘 가. 잠시나마 내 편이 되어줘서 고마웠어."

아이코가 고개를 떨어뜨렸다. 긴 시간 한숨을 여러 번 쉬던 아이코가 딸깍, 하고 안전벨트를 풀자 이번엔 준기가 눈을 감고 머리를 뒤로 기댔다. 뭉툭한 소리와 함께 차 문이 열렸다. 조금 새어 들어오던 석양빛이 차츰 조수석에 넓게 퍼져갔다.

끝이다. 임무는 이렇게 끝이 났다.

어이없게 끝났지만 본래 인생사가 어이가 없다. 어이없게 태어나다가 어이없게 죽는다. 새삼스러울 것 없다. 거창한 계획을 꾸미면서 이런 결말을 예상치 못했던 것도 아니다.

"우에노로 가!"

아이코가 큰 소리로 말했다. 번쩍 눈을 뜬 준기. 아주 잠깐이지만 그 사이에 아이코의 카디건엔 시원한 바깥 공기가 실려 있었다.

"뭐?"

"빨리 운전하라고! 우에노 공원으로!"

서둘러 안전벨트를 단단히 채운 아이코가 싫지 않게 눈을 흘겼다.

"내 마음이 변하기 전에."

***

준기는 손목시계를 확인했다. 오후 일곱 시 반.

"아이코. 여긴 입장료를 내야 들어갈 수 있는 거 알지?"

잠시 뒤, 우에노 공원 근처에 다다르자 속도를 줄였다. 한눈에 봐도 녹지조성이 잘 되어 있어 가족 나들이를 나오기에 안성맞춤이었다. 폐장 시간이 가까워지자 입구는 비교적 한산했다. 그러나 숨어다니는 입장에서 보자면 여전히 사람들의 눈은 감시카메라 수나 마찬가지.

"혹시… 우리 할아버지가 어디에 묻혀 있는지 아는 거야?"

"너무 잘 알지."

경계와 반가움이 뒤섞인 눈빛으로 준기가 몸을 뒤로 당겼다.

"그걸 왜 이제 말해? 아니, 무엇보다 좋아해야 하는 거 아니야?"

"아저씨한텐 미안한데, 마냥 좋아할 수 없었어."

"…?"

"아니, 여기서 서는 게 아니야. 더 가. 우리의 도착지는 공원이 아니야."

아이코가 알려준 대로 입구에서 좌회전하여 쭉 직진하여 달리기를 십오 분쯤 흘렀을까? 익숙한 풍경이 스쳤다. 오타쿠의 성지 아키하바라. 첫날 신이치 녀석에게 끌려다니면서 비위를 맞춰주느라 수많은 피규어 매장을 들쑤시던 바로 그곳이었다. 그리고 다시 우회전. 잠깐 사이인데도 벌써 사방엔 땅거미가 짙게 내렸다. 어느 건물 사잇길에 차를 세웠다. 바깥 풍경은 특별할 것이 없었다. 커다란 광고가 나붙은 고층 건물들과 그 사이로 우거진 키 큰 나무들. 육차선 도로엔 오가는 차가 드물었다.

"건너자."

아이코가 먼저 차 문을 열자 소스라치게 놀란 준기가 그녀의 팔을 낚아채며 물었다.

"잠깐!"

"……"

"들키려고 작정했어? 우리 일이 완전히 끝난 게 아니라고."

"아니. 끝났어."

아이코의 눈빛은 뭐라 형언할 수 없을 만큼 오묘했다. 드디어 목적지에 도착했다는 환희 속에 어떤 서글픔이 묻어나 있었다. 도대체 아이코는 어떤 고뇌를 극복해야 했던 걸까? 팔을 붙잡은 준기의 손길을 천천히 뿌리친 아이코는 저벅저벅 앞서갔다. 뒤도 돌아보지 않고, 옆도 살피지 않고 앞만 보며. 준기는 홀리듯 그 뒤를 따르며 생각했다. 어쩌면 아이코는 이곳에 대해서 아주 잘 알지도 모른다. 그리고 그녀는 얼마든지 마음이 변해 영원히 함구할 수도 있었다. 그러나 그러지 않았다. 그녀가 말한 드라마 〈그래도, 살아간다〉를 보지 않았지만, 어쩌면 가해자의 동생이 아이코와 같은 마음이지 않을까, 하는 생각이 스쳤다.

"서둘러."

아이코를 따라 도로를 건너자 양쪽의 해치상 너머로 커다란 돌기둥으로 지은 듯한 입구가 보였다. 건축양식을 알아볼 안목은 없지만 심상찮은 문화유적지쯤 될 것이리라. 그리고 두 사람이 동시에 걸음을 탁, 하고 멈췄다. 그리고 침통한 얼굴로 고개를 숙이고 있는 아이코와 달리 준기의 심장은 터질 것처럼 고동치기 시작했다.

"여기는…"

"나라를 위해 목숨 바친 영혼들은 벚꽃으로 환생한대."

일본 우익들의 더없이 소중한 성역.

야스쿠니 신사靖國神社.

"말도 안돼…"

야스쿠니에 할아버지의 유골이 있다는 사실은 차라리 할아버지가 살아 돌아온다는 상상에 맞먹을 정도의 충격으로 다가왔다. 시나리오에 없던, 아니 기존의 시나리오를 폐기 처분해야 될지도 모를 충격.

사쿠라가 만발할 때
술 한 잔 들고
사쿠라가 질 때
함께 죽노라

벚꽃, 군국주의, 신사 그리고 카미카제神風, 제2차 세계대전 당시 일본의 자살 특공대를 떠올렸다. 일본인들에게 벚꽃은 단순한 꽃 그 이상의 의미다. 아이코의 말대로 그것은 충의와 정조의 또 다른 이름이기도 하다.

해가 완전히 저물자 빠른 속도로 시야가 캄캄해졌다. 밤하늘의 구름은 달빛을 가린채 죽은 듯이 흘러가고 있었다. 야스쿠니 신사 앞에 이렇게 서 있다는 자체가 새삼 공포로 다가왔다. 등골이 단숨에 얼어붙었다. 온몸을 휘감는 이 절망을 어떻게 해야 할지 몰랐다.

"확실해? 여기 야스쿠니가 확실한 거야, 아이코?"

"여기밖에 없어. 한국인이 가장 싫어하는 곳."

"그러니까 내 말은… 여기에 왜? 대체 왜… 우리 할아버지가 있다는 건데? 여긴 야스쿠니잖아? 일본인들이… 참전했던 너희 일본인들이 죽어서 오는 곳이잖아? 그런데 어째서 조선인이던 우리 할아버지가 여기에 있다는 거야? 말이 안 되잖아!"

준기가 날카롭게 따졌다.

"아키타에 갔을 때, 기억나? 와타나베라는 노인을 만났잖아, 아저씨."

"그래 기억나."

"그때 그 노인이 그랬잖아. 당시 탄광을 소유한 거부도 깔려 죽었다고."

그래, 그랬었지. 준기는 노인의 말을 떠올렸다.

"그 사람도 깔려 죽었거든. 관리자 말이야. 그래서 더욱 난리가 났지. 사흘 밤낮을 파내고 군부대에서 동원까지 올 정도였으니까. 근데 결국 죽었대. 그 집안이 대대로 명문가였어. 돈도 많고. 아마 그 집안 후손들이 지금도 한 자리씩 하고 있을걸?"

"그런데 그게 어쨌다고?"

"2000년 혹은 2001년에 나라에서 거기에 손댄 적이 있다고 말했지. 난 말이지…"

아이코가 천천히 앞서 걸으며 계속 말했다.

"어쩐지 그 노인이 무언가를 숨기고 있다는 느낌을 받았어."

"숨기고 있었다고? 뭘?"

"장담컨대 그 노인은 진작 알고 있었어. 당시 유골을 발굴해서 모두 야스쿠니로 옮겨갔다는 걸. 모를 리가 없지. 다만 말하지 않았을 뿐이지."

"내게 말 하지 않을 이유가 없잖아."

"왜 없어?"

아이코가 뒤돌아보며 되물었다. 달빛에 비친 아이코 얼굴은 싸늘함이 돌았다. 기분 탓인지 얼핏 보면 냉소마저 머금고 있는 것처럼 보였다.

"아저씬 한국인이잖아. 한국인이 야스쿠니 신사라고 하면 얼마나 치를 떠는지 누구보다 잘 알고 있는데, 그걸 곧이곧대로 말해 주겠어? 심지어 자기 할아버지가 야스쿠니에 있다는 걸 알면 가만히 있었을까? 어쩌면 노인은 생명의 위협을 느꼈는지도 몰라. 더 이상 돌도 씹어 먹을 수 있는 혈기 넘치는 군인이 아니라 눈길에 조금이라도 미끄러지기라도 하면 생명이 위험한 노인이야. 그런 자기 앞에 옛날에 부려먹던 조선인의 손자가 나타났는데, 안 무서웠다는 게 더 말이 안 되잖아."

"그럼 아이코, 넌 진작 알고 있었다는 거야? 그런데 내게 왜 말 안 했어?"

"혹시나 했어. 설마 했다고."

아이코는 곧 참담한 얼굴로 신사 주변을 둘러보았다. 일본 국민으로서, 아니 왕실의 후예로서 응당 숭고한 마음가짐으로 참배해야 할 신성한 곳에 '침범'하고야 말았다는 죄책감에 어쩔 줄 몰라 하는 것 같았다. 그렇다. 아이코는 여전히 갈등에 시달리고 있다. 다만 그 갈등을 극복하려 애쓰는 것이다.

"그래서 그랬군."

"뭐가?"

"이제 와 말하는 거지만 하이쿠를 메시지로 받은 순간부터 네가 달리 느껴졌어. 혼자 궤도를 이탈하는 선수처럼."

"이탈하고 싶은 마음이야 왜 없었겠어? 하지만…"

아이코가 준기의 손목을 덥석 잡았다.

"난 달라. 아저씨가 알고 있는 편견을 갖고 있는 그런 사람이 아니라고. 들어가. 들어가서 확인해. 할아버지가 저기서 기다리고 있잖아."

시커먼 철제 펜스 너머를 가리키며 아이코가 말했다. 수령이 오래된 벚나무들이 솨아아- 하고 엄포라도 놓듯 몸을 흔들어대고, 저만치 밤안개 너머로 (아이코의 말에 따르면) 일본 육군의 창설자라는 아무개의 커다란 동상이 허리춤에 칼을 찬 채로 이쪽을 내려다보고 있었다. 덤빌 테면 덤비라는 듯이.

* * *

처음 봤던 돌기둥과 비슷한 것을 하나 더 거치고, 국화 문양이 새겨진 신문이라 불리는 입구를 지나자 아까와 같던 돌기둥이 또다시 나타났다. 그로부터 더 안쪽으로 쭉 걸어야 신사 경내에 진입할 수 있었다. 양쪽으로 우거진 벚나무가 끝나는 정면 저만치에는 평소에 TV뉴스를 통해 간혹 보던 익숙한 기와를 얹은 건물이 모습을 드러냈다. 뾰족하고 음습한 분위기를 풍기는 그것.

"배전이야. 참배하는 곳."

"뉴스에서 봤어."

"이 뒤가 바로 본전."

"본전이라 하면… 평소에 티켓을 끊으면 들어갈 수 있는 곳을 말하는 건가?"

"아니. 거긴 아무나 못 들어가. 아저씨가 말하는 티켓 끊고 들어갈 수 있는 곳은 따로 있어. 유수칸이라고, 기념관 같은 데야. 그런 데 들어가고 싶은 건 아니지 설마?"

"당연하지."

"그럼 날 따라와."

"저기 말이야. 아이코."

"응?"

"너는 이곳에 자주 와 봤어?"

"아니. 우리 할아버지와 아빠는 참배하지 않아. 전범이 있는 곳이어서. 당연히 나도 그랬고. 하지만 왜 알려주길 망설였냐고 묻고 싶겠지?"

"말해주면 고맙고."

"내 나라의 역사 깊은 신사를 한국인에게 거리낌없이 개방하는 것에 대해 비통해서 망설였던 게 아니야. 잘못된 게 있으면 바로 잡아야지. 다만…"

"다만?"

"이로 말미암아 혹시라도 부모님이 비난받게 될 구실이 될까 봐 그랬던 거야. 하지만 두 분 모두 날 이해해 주실 거라고 믿어."

아이코는 TV화면에서 자주 볼 수 있었던 건물인 배전까지는 일반인에게 공개된 곳이라고 소개했다. 하지만 그 뒤, 본전부터는 철저하게 총리급 이상이 아닌 다음에야 뭇사람들에겐 출입이 엄금된 공간이라고 덧붙였는데, 이제 그곳을 직접 들어가야 한다. 할아버지의 유골을 두 눈으로 확인할 수 있다는 것과는 또 다른 울화와 전율이 흐릿하게 일었다.

구우- 구우- 어디선가 새가 우는 소리가 간헐적으로 들려오고, 야트막한 계단을 오르자 바로 본전本殿이 펼쳐졌다. 어디에도 인적은 없었다. 폐장 이후에 내린 어둠과 적막이 자유를 가져오기보다 숨을 턱턱 막히게 했다. 어쩌다 발을 헛디뎌 휘청거릴 때면 괜히 가슴이 철렁 내려앉았다. 본전의 복도는 길고도 깜깜했기에 한 손에는 아이폰으로 조명을 비추고, 다른 한 손으론 벽을 짚으며 앞으로 이동해야만 했다.

"특이하게 생겼네."

아이코가 어딘가를 가리키며 조명을 비추었다. 거기엔 여러 개의 서랍으로 짜놓은 듯한 나무 붙박이 시설이 있었는데, 고목 특유의 향이 스멀스멀 풍겼다. 모두 몇 칸인 일일이 헤아릴 수 없을 만큼 빼곡했다. 집요하리만큼 딱 떨어지는 크기, 행과 열. 천천히 손을 가져다 대보았다. 긴 건조 기간을 거쳤을 법한 원목은 옹이 하나 없이 차갑고 견고했다. 마주 보는 방향에도 마찬가지의 서랍시설이 있고, 그 옆에 입구로 보이는 뻥 뚫린 공간을 지나자 또 다른 공간이 나타났다.

"어떤 용도의 수납이지?"

"글쎄. 나도 거기까진 모르겠어."

"대충 한 벽면만 해도 칠팔백 칸이야. 너무 많아. 이러다간 밤을 새도 못 찾겠어. 하나하나 열어볼 수도 없고."

"어쩌면 조선인들은 일본인들과 섞어 놓지 않았을지도 몰라."

이동하는 공간마다 동일한 서랍 시설이 나타났다. 추측건대 다른 공간도 이와 다르지 않을 것 같았다.

"여기 좀 봐!"

잠시 후에 아이코가 낮게 소리쳤다. 서랍시설의 아래쪽 부분을 조명으로 비추어 보니 그것은 어떤 생몰연대를 알리는 표식이었다.

"조선인들이 죽은 시기가 40년대 후반이라니까, 저쪽으로 좀 더 살

펴보자."

아이코가 의욕적으로 나섰지만 해가 뜨기 전에 할아버지를 단박에 찾아낸다는 건 여간 어려운 일이 아니었다. 거기다 동원된 장소를 표시하지도 않았거니와 국적 구분도 되어 있지 않아 막연했다. 어쩌면 불가능하지 않을까? 엄청난 양에 압도당하자 의욕마저 나지 않았다.

더걱!

그때였다. 어디선가 들려오는 둔탁한 소리에 준기와 아이코가 동시에 걸음을 멈췄다. 수 초 동안 꼼짝도 하지 않고 선 두 사람이 천천히 시선을 교환했다. 어둠 속에서 반짝 빛나는 두 눈동자가 잔뜩 흔들리는 가운데 더는 소리가 나지 않았다. 잘못 들은 걸까? 아니면 서로에게서 난 소리인 걸까? 왠지 어떤 그림자가 홱홱 스쳐 가는 걸 본 것 같은데 기분 탓이겠지, 아이코가 먼저 열은 한숨과 함께 움직였다. 준기도 따라나섰다.

"아저씨…!"

아이코가 그의 팔을 지그시 흔들었다.

"조선 사람 이름 같아. 봐봐."

할아버지는 아니었지만, 표기된 한자 이름으로 봐선 조선인이 분명했다. 준기가 떨리는 손길로 그 위에 조명을 비추었다. 한 자 한 자 천천히 읽어 내려가고 있을 때였다.

서걱서걱…

이질적인 소리에 아이코가 소스라치게 놀라 외마디 비명을 질렀다.

서걱서걱…

'이 소리는…!'

펜촉이 종이 위를 신경질적으로 긁는 소리였다.

"헤어져 죽더라도… 꽃의… 도성 야아…스쿠니이… 신사, 봄의 가지에… 피어 만나자-”

‘동기의 벚꽃이다!’ 아이코는 그 노랫말을 알았다. 소리가 나는 쪽을 향해 한참 눈을 부릅뜨자 창으로 들어오는 달빛에 어떤 실루엣이 천천히 제 모습을 드러냈다. 거기엔 건장한 체격의 한 남자가 메모하는 자세로 우뚝 서 있었다. 공포 그 자체였다. ‘서걱서걱’ 이 소리가 비단 글씨를 휘갈기는 소리만은 아니었음을 안 건 남자가 조금씩 앞으로 전진해오고 있을 때였다. 그것은 하얀 버선발이 마룻바닥을 스치면서 내는 마찰음이기도 했다. 공납을 하고 오래도록 남은 참배객인 걸까? 혹은 신관? 언제부터 거기 서 있었던 걸까? 그 미지의 정체가 태연하게 이쪽으로 다가오는 동안 겨드랑이에선 후텁지근한 땀이, 등에선 차가운 땀이 동시에 흘렀다. 참 이상한 것은 어쩐지 그가 울먹이고 있다는 느낌이었다. 자신의 노래에 감화된 걸까? 숨을 내쉬고 들이쉴 때마다 젖어 있었다. 어렴풋이 확인하건대 넓은 소매, 허리에 동여맨 듯한 가쿠오비角帶, 일본 남성의 기모노에 매는 허리띠 차림이었다.

남자가 천천히 다가오며 말했다.

“당장 이곳에서 나가.”

“싫다면?”

준기가 받아쳤다.

“인간은 언어를 사용할 줄 아는 영장인데, 왜 말귀를 못 알아먹지?”

남자는 거칠게 가라진 목소리로 말하며 허리춤에서 망치를 꺼내 능숙한 손놀림으로 한 바퀴 돌려 잡았다. 위압적인 분위기가 조성됐다. 놀란 나머지 아이코가 짧은 비명을 질렀고, 어둠 속 공기는 점점 팽팽해졌다.

“그쪽이 누군지는 몰라도 난 내 할 일을 해야겠어.”

"할 일… 할 일…" 남자가 곱씹듯 되받아쳤다.

"내 할아버지는 여기 계실 분이 아니니까. 그러니까 그쪽이야말로 비키시지?"

"신으로 모셔지는 것에 불만을 품다니."

"모시는 게 아니라 가두는 거겠지."

준기가 아이코를 살짝 옆으로 밀었다. 만에 하나라도 잘못되면 먼저 도망치라는 뜻일까? 어떤 합의도 되지 않은 상태인 만큼 아이코가 불안 섞인 눈길로 준기의 옆얼굴에서 눈을 떼지 못했다. 그러면서 거리를 두기 위해 느린 걸음으로 옆으로 이동했다.

상대를 넘지 않고서는 이곳을 빠져나갈 수 없다고 판단했는지 준기 역시 두 팔을 걷어붙였다. 싸우는 법도, 싸워야 할 이유도 모른다. 하지만 반드시 싸워야 한다면 피해선 안 된다.

발 빠르게 피하는 준기에게 반복해서 주먹을 날리는 남자. 우람한 체구임에도 날렵하고 가뿐하게 뛰는 그 품새가 예사롭지 않다는 생각이 불현듯 스쳤다. 결코 평범한 사람이 아니다! 살짝 손끝이 스쳤을 뿐인데도 거기에 실린 힘은 상당했다. 준기는 몇 걸음 뒷걸음질 치고 나서야 겨우 중심을 잡고 설 수 있었다.

"크흐음..!"

기합 소리. 남자는 마치 스모선수를 흉내 내듯 상체를 낮추고 좌우로 흔들자 풍채가 훨씬 기괴하게 느껴졌다. 어둠 속에서 단내를 풍기며 비지땀을 흘리는 두 사람. 한쪽은 공격, 다른 한쪽은 방어의 태세로 필사적으로 맞서고 있었다. 일본과 한국의 대결이 아니다. 찾으려는 자와 뺏기지 않으려는 자의 대결도 아니다. 이는 의(義)와 불의(不義)의 대결인 것이다. 물론 적어도 어린 시절에 어머니로부터 남을 해치면 안 된다는 정도의 기본적인 주의를 듣고 자란 사람이라면 응당 '대결'이란 표현조차 가당치도 않다는 것쯤은 알 것이다. 하지만 늘 그렇듯이 인간은 그래서 재밌다. 가르침을 받으며 자랐음에도 가르침대로 살지 않는다.

휙!

휙!

그가 주먹을 휘두를 때마다 넓은 소매가 펄럭였다. 유도? 권투? 스모? 격투기? 무엇이든 상대는 상당한 유단자의 소유자다. 동작은 크지만, 전혀 에너지 소모가 되지 않는 듯 남자는 여유로운 듯 고개를 까딱였다.

"훔치는 건 나쁜 짓이야. 나가."

맹목적으로 지켜야 한다는 사명감 외에는 무엇도 찾아볼 수 없는 목소리였다. 왜곡된 역사와 야비한 정치가 빚어낸 가여운 짐승 같다는 생각이 스쳤다.

"훔친 건 너희잖아."

"신성한 신사엔 훔친 거라곤 단 하나도 없다."

"하나 있지."

"그게 뭘까?"

"정의."

그의 숨이 멎는 듯한 기척이 대번에 느껴졌다. 그러다 이내 분노로 변했는지 콧바람 소리가 뚜렷하게 들렸다.

"정의… 정의라… 여기 야스쿠니에 웬 쥐새끼가 찾아와 깊이 잠든 혼령들을 깨우게 내버려 둘 순 없지. 그것이 내가 생각하는 정의다."

남자는 아까와 같이 좌우로 몸을 흔들며 동태를 가늠하더니 버선발로 바닥을 쓸며 순식간에 코앞으로 진격했다. 아까보다 빠른 속도였고,

아까보다 더 큰 분노가 느껴졌다. 주먹이 날아오는 속도보다 한 수 앞선 준기가 몸을 숙였다. 하지만 귓불을 스친 손날은 정신이 번쩍 들 만큼 매웠다. 쉴 새 없이 몰아붙이는 공격에 반격의 틈은 보이지 않았다. 남자는 확실히 화가 나 있었다. 준기가 일방적으로 밀리는 상황에서 육박전은 계속됐다. 간신히 빠져나온 준기가 그의 뒤에서 주먹을 날렸다. 그러다 코앞에서 주먹이 멈추자, 본능적으로 움찔하는 남자. 준기는 주먹을 편 다음 있는 힘을 다해 뺨을 후려쳤다. 찰싹! 그가 고개를 돌릴 만하면 이번엔 반대쪽 뺨을 후려쳤다. 찰싹! 약이 오를 대로 오른 그가 반동에 저항하기 위해 몸을 한 바퀴 돌리더니 준기를 벽에 밀쳤다.

쿵!

충격에 넘어지는 준기. 얼른 일어날 틈도 없이 남자의 주먹이 날아들었다. 어떻게든 피하려는 준기와 그 빈틈 온 곳에 내리꽂는 매서운 주먹. 살벌한 소맷자락. 광기 어린 공격을 멈춘 남자가 허리를 펴고 숨을 토해냈다. 우위를 선점한 자 답게 어깨를 털었다.

"나가."

"당신… 대체 누구야?"

준기가 벽을 짚고 일어나며 물었다. 좀 더 갖고 놀다 포박할 셈인지 준기가 일어날 때까지 기다리다가 맨주먹으로 급소를 쳤다. 훅! 하고 명치를 얻어맞은 준기의 입에서 들이마시는 소리가 들렸다. 그 상태로 힘을 잃고 주저앉으려는 준기의 턱을 무릎으로 퍽! 하고 갈겨 올리는 남자. 순간 벽을 짚으며 뒷걸음질 치던 아이코의 손이 덜덜 떨렸다.

"어이."

그가 아이코를 불러 세웠다. 그리고 마치 '안심해도 좋아.'라는 듯이 손을 건성으로 흔들었다. 하지만 그것은 결코 아군이 보내오는 사인이 아니라는 것 쯤은 쉽게 파악할 수 있었다. 곧 그가 허리춤에 찬 망치를 꺼내 들더니 머리 위로 번쩍 쳐들었기 때문이다.

"그만해!"

아이코가 울부짖듯 소리쳤다.

"그만 하세요. 제발. 제발 우릴 보내주세요."

"왕실을 농락한 한국인을 그냥 보내면 안 됩니다."

"농락당한 적 없어요. 그러니까 제발…"

"농락당한 적이 없다니!"

남자의 목소리가 날카롭게 허공을 찢었다.

"이 꼴을 보고도?! 하루아침에 일본의 왕실이 웃음거리가 되었는데 농락당한 적이 없다니, 왜 그렇게 철딱서니가 없습니까?! 나라를 위해 몸 바친 영령들 앞에서 공주로서 어떻게 그렇게 무책임할 수가 있냐는 말입니다!"

꾸짖듯 호통치는 그에게서 아이코는 그동안 자신에게 쏟아졌던 세간의 눈초리를 읽어낼 수 있었다.

"여왕이 뭘 할 수 있는데."

"그래봤자 딸이야. 다음 왕손은 무조건 아들이어야 하지."

"히사히토가 차기 왕이 되겠군."

"공주는 마음이 여려서 큰일이야."

아이코가 천천히 그에게 다가가며 말했다.

"나… 당신… 누군지 알아요. 유리코의 남동생이잖아요…?!"

＊＊＊

순간 남자의 팔이 천천히 내려갔다. 쓰러져 있던 준기도 놀란 눈으로 그를 올려다보았다.

"미, 미안해요. 그냥 사실대로 말할게요. 유리코는 죽었다고 하지만… 살아 있다고 난, 아니 우린 믿어요. 납북됐다가 다시 들어온 사람들의 말을 들어보면 그렇고… 또 그래서 유리코가…"

"살아 있을 거다…?"

아이코가 고개를 세게 끄덕였다.

"북한 정권을 완전히 신뢰할 순 없어요. 그러니 유리코가 죽었다는 것도 곧이곧대로 믿어선 안 된다고요. 납북됐던 일본인들을 보세요. 죽은 줄 알았는데 살아 돌아왔잖아요? 그러니까…"

"참으로 희망적이군… 유리코는 죽었을 거야. 틀림없이 죽었어! 그 북한 놈 때문에! 도대체 한국이란 나라는 이다지도 거추장스러운 거냐?!"

퍽!

어느새 뒤까지 다가온 준기가 그의 목을 조르듯 뒤에서 감싸 넘어뜨린 다음 순식간에 명치를 찍어 눌렀다. 윽, 하는 짧은 비명과 함께 그가 서둘러 옆으로 몸을 세워 새우처럼 웅크리자 이때다 하고 그의 한쪽 팔을 뒤로 꺾어 버렸다. 그 과정에서 우지끈! 하는 소리에 아이코가 눈을 질끈 감았다. 남자가 다른 한 손으로 망치를 움켜쥐려 버둥거리자 이번엔 무릎으로 그 손목을 찍어 눌렀다. 순식간에 그의 두 손에서 힘이 빠져나감을 감지했다.

그때였다.

본전 밖에서 순간 번.쩍. 섬광탄 같은 것이 터진 것처럼 주변이 환하게 비췄다. 창문의 나무 격자 사이로 빛이 드리우면서 그사이에 남자의 넙대대한 얼굴이 드러났다.

"난… 이미 알고 있었어…"

그리고 그는 창밖을 힐끔 보더니 체력이 바닥난 듯 둔탁한 호흡을 내쉬며 나지막이 말했다.

"유리코가 이 세상 사람이 아니라는 걸…"

"아니야… 그걸 어떻게…"

"크흡…! 그래도 솔직하게 말해줘서 고맙군. 자, 나도 솔직해져 볼까?"

준기의 손이 느슨해진 사이 그가 쿨럭이며 몸을 뒤집었다. 맥이 풀렸는지 천장을 보고 대 자로 누운 채로 말했다.

"지금부터 내 말 잘 들어. 이제껏 알고 있는 모든 이야기는 뒤집힐 거야."

제9장 기다리는 마음

별 하나하나가 누군가에게는 태양일 수 있다.

칼 세이건 『코스모스』 中에서

"엄마!!!"

나는 부리나케 뛰어가 엄마의 두 발을 안아 올리며 울부짖었다.

"죽지 말아요, 엄마!! 내가 잘못했어요!!"

하지만 뭘 잘못했는가, 하는 질문을 던져온다면 딱히 할 말은 없었다. 우리 집에 그러한 불행이 찾아든 데는 딱히 누가 잘못해서가 아니었으니까. 하지만 무엇에든 빌어야 했고, 무엇이든 빌어야 했다. 무거운 가방보다 몇십 배 되는 엄마의 무게가 날 짓눌렀다. 하지만 그보다 날 힘들게 했던 것은 로프에 목이 감긴 채 초점 없이 날 내려다보던 엄마의 무심한 눈빛이었다. 엄마까지 날 버리게 할 순 없어, 나는 결사적으로 까치발을 들며 죽을 힘을 다해 버텼다. 대강 사십 분쯤 지났던 것 같다. 뒤이어 퇴근하던 아버지가 현장을 보더니 혼비백산하여 뛰어 들어와 엄마를 내려놓았다. 그때 처음으로 세 식구가 부둥켜안고 울었다.

앞으로 그런 멍청한 짓은 하지 않겠노라고, 미안하다고 말했지만 그뿐이었다. 누나가 사라진 후로 그런 일은 비일비재했다. 대입을 준비하던 내 방에 과일을 가져다준다던 엄마가 한참이 지나도 오지 않아 내려가 보면 과도로 손목을 그은 채 쓰러져 있기도 했고, 빨래를 다 널은 다음에도 옥상 난간 앞을 한참 서성이다가 소스라치게 놀란 아버지가 붙잡아 내려오기도 했다. 그럴 때마다 나는 엄마의 옆을 지키며 울먹이면서 *"내가 더 잘할게."*라는 말만 반복할 수밖에 없었는데, 누나가 그렇게 된 데에 대한 약간의 도의적인 죄책감을 느꼈기 때문이다. 내가 볼 만화책을 빌리러 가던 길에 사라졌으니까.

어릴 때부터 과묵하고 혼자 놀기 좋아했던 나는 교우관계가 좋지 못했다. 더 솔직히 말하자면 맞고 다녔다. 그럴 때마다 누나가 내 보디가드를 자처했다. 나를 괴롭힌 무리 앞에 나서서 일부러 과장된 목소리로 무서운 동네 형 흉내를 내는가 하면 당장이라도 때려눕힐 것처럼 팔을 걷어붙이고 주먹을 휘두르기도 했다. 물론 단 한 번도 몸싸움으로 번진 적은 없었다. 다들 누나가 재미없어서 상대를 안 해 준 것이다. 누가 보면 터울이 꽤 나는 줄 알겠지만, 누나는 고작 나보다 한 살 위였다. 한 살 위였지만 태양처럼 높기만 하던 누나였다. 발랄한 성격으로 언제나 저녁 식탁을 밝게 만드는 능력을 가진 누나는 공부도 잘해서 어른들의 기대를 한 몸에 받았다. 그러던 어느 날, 그 태양이 사라졌다.

누나의 귀가가 평소보다 다소 늦어지자 내가 보인 첫 반응은 친구와 노느라 소년점프를 빌려온다는 약속을 잊은 건 아닌가, 하는 걱정이었다. 동네에는 대여점이 하나밖에 없었는데 신간이 들어올 때면 언제나 그 집 아들인 츠토무 차지였다. 만화방 집 아들이라는 위세는 대단했다. 언제나 발 빠르게 가도 비어있는 신간이 있다면 백이면 백 츠토무가 빼돌린 것이다. 하지만 따질 수도 없었다. 녀석은 누나보다도 한 살이 많은 데다 덩치도 컸으니까. 그러던 중 소년점프 7월호가 들어오는 날을 기점으로 마침 녀석이 방과 후 활동을 하느라 늦게 들어오는 기간이어서 절호의 기회였다. 그때 누나가 냉큼 가서 빌려오기로 나와 약속한 만큼 나는 간절했다. 7월호 한정 특집으로 실려 있을 맨 뒷장의 독자 엽서가 탐났기 때문이다. 주인아저씨 몰래 칼로 바짝 그으면 뗄 수 있었으니까. 엄마가 *"오늘 유리코가 늦는다고 했었니?"*하고 물었을 때, *"친구랑 수다 떠는 데 정신 팔려서 늦나 보지."* 라고 빈정거렸던 것을 나는 오십 평생 두고두고 후회해야 했다.

저녁 먹을 시간이 다 되어도 나타나지 않자 엄마가 대문 밖을 서성였다. 그로부터 한 시간 뒤에 아버지가 함께 누나를 찾았고, 또 그로부터 삼십 분 후에 내가 거실로 내려갔을 땐, 집 안엔 아무도 없었다. 째깍 째깍 째깍… 언제부턴가 벽시계의 초침 소리가 크게 귓가에 맴돌았다. 그리고 언제부턴가 우리 집에 경찰의 전화가 울리기 시작했다. 늦은 밤 열 시가 되어서야 관할서 생활안전과 경찰 한 사람이 왔다. 까치집을 이룬 머리에 반쯤 감은 눈, 니코틴에 절은 냄새까지. 우리 가족은 마음이 급한데, 다소 상황을 안일하게 여기는 듯한 느낌의 '생활안전과' 경찰은 시큰둥했고, 무뚝뚝했으며, 무정해 보이기까지 했다. 엄마가 울먹이며 사정을 말하다 보니 소통이 원활하지 못했고, 아버지가 대신 침착하게 응대했다.

우리 애가 올 시간이 지났다.
늦는다는 얘기는 없었다.
마지막까지 있었던 친구는 카에데이며,
그 친구도 유리코가 만화책만 빌리고 집에 간다고 들었다.
그러나 만화책방엔 유리코가 오지 않았다고 했다.
가정불화는커녕 학교생활에 문제도 없는 아이이니,
가출은 말도 안 되는 추측이다.

그러니 당장 실종 처리를 하고 찾아달라.

경찰이 수첩에 느릿한 손길로 받아 적는 동안 어느새 대문 앞에는 이웃 주민들이 구름처럼 모여들었다. 그 와중에도 이웃들의 시선과 수군거림에 부끄러움을 느꼈던 나는 인간 말종이다. 쓰레기다. 아무리 생각해도 사라져야 할 건 누나가 아니라 나였다.

"네가 우리 유리코랑 제일 친하다지? 이름이 카에데라고 했니? 우리 유리코 어디 갔니?"

"선생님, 우리 유리코 좀 찾아주세요."

"우리 유리코는 모범적인 아이예요, 어디로 한눈파는 아이가 아니라고요."

"혹시 키는 이만하고 단발머리에 눈이 큰 아이 못 봤나요?"

그 후로 부모님은 이 사람 저 사람 붙잡고 매달리듯 요청했다. 그렇게 며칠이 지나고, 달이 지나고, 해가 바뀌도록 태양은 뜨지 않았다. 참 이상한 것은 그럼에도 세상은 돌아간다는 것이다. TV에서는 재밌는 예능 프로그램이 방영됐고, 아침 길거리에는 출근하느라 분주한 사람들과 등굣길의 학생들이 무리를 이루었다. 누나는 돌아오지 않는데, 몇 년 후에는 고등학교 졸업식에 참석해달라는 안내문이 날아왔다. 태양이 사라졌는데 꽃은 피고 지고, 아침이 오고 밤이 왔다. 그러므로 세상 모든 것은 우리에게 '가짜'고, '무의미'했다.

누나를 찾기 위해 안 해 본 일이 없었다. 언제고 다시 돌아올지 모른다는 희망에 십여 년 넘게 이사도 가지 않고 터를 지켰다. 대입을 포기하고 경관임용시험을 본 건 순전히 누나를 되찾기 위한 힘을 기르기 위해서였다. 그리고 누나를 납치한 용의자로 나는 문학 교사 시게무라를 의심했다. 누나가 가장 잘 따르던 **남.자.**선생. 누나가 사라지기 며칠 전부터 문학작품에 대한 토론을 빙자하여 둘만의 시간을 요구하던 사람. 현학적인 말로 십 대 소녀 제자를 꾀어내다니 그 얼마나 교활한가. 그 인간이 내 누나를 데려가서 뭔 짓을 했을지 말도 안 되는 상상들이 머릿속을 헤집어 놓았다. 미칠 것만 같았다. 최악 중의 최악이었다.

세상이 누나를 잊어도 나는 잊어선 안 됐다. 머릿속에 그린 마인드맵은 더는 뻗어나갈 수 없는 한계에 다다랐고, 거기엔 누나가 실종 직전까지 늘 손에서 놓지 않던 소설책 『설국』이 있었다. 그리하여 생전 책이라고는 만화책밖에 몰랐던 나는 누나를 찾기 위해, 누나를 알기 위해, 누나에게 가까워지기 위해 밤새워 연구하고 추리하기 시작했다. 그 결과, 아주 단순하면서도 교묘한 사실을 알아냈는데 그것은 바로 『설국』의 **배경지**이다. 눈이 많이 오는 눈의 고장… 홋카이도의 삿포로라고 누구나 생각할 것이다. 그러나 내 생각은 달랐다. 소설이 쓰여질 당시에는 도쿄에서 홋카이도까지 가기 위해선 배를 타야 했던 시절이다. 하지만 주인공 시마무라는 기차를 타고 갔다. 그럼 도쿄가 있는 혼슈本州, 일본 본토에서 핵심적인 섬에서 물을 건너지 않고도 기차로만 갈 수 있는 가까운 설국은 어디일까?

그것은 바로 니가타현!

해안가다!

누나가 삼십 대 잘생긴 문학 교사의 현학적인 말속임에 속았다면, 분명 그가 그린 유토피아에 빠졌을 환상 또한 컸다. 그러나 해안가라니… 해안가에서 뭘 할 수 있을까? 수사의 맥이 거기서 끊긴 채 도통 나아갈 기미를 보이지 못할 때, 1991년 5월 '그레타 박 사건'이 터졌다.

* * *

'그레타 박 사건'이 처음 알려지게 된 건 미쓰비시 은행 신주쿠 본점에 근무 중인 어느 신입 행원의 신고 덕분이었다. 내국인이 아닌 듯한 이질적인 이름에 지점 자본금에 맞먹는 거액이 몇 시간 사이로 한 계좌에 입출금된 기록을 이상히 여긴 것이다. 상부에까지 보고가 올라갔고, 그 결과 단기간에 '그레타 박'이라는 이름으로 개설된 신용카드만 아홉 개나 된다는 사실 또한 추가로 밝혀졌다. 문제는 다음부터였다. 얼핏 한국 국적의 '큰 손'인 것 같지만 실체는 끝내 드러나지 않았다. 세상에 존재하지 않는 인물 즉, 명의도용이었다. 도용된 카드는 도쿄 전역을 자유롭게 누볐다. 이는 마카오의 공상은행을 비롯하여 국내 금융기관의 취약한 보안을 대대적으로 까발리는 망신살이 뻗치는 사건이었다. 그래서인지 언론에 새어 나갈까 봐 쉬쉬하며 은밀한 수사를 해야만 했다.

그런데 한 가지 이상한 것은 카드의 사용처다. 디즈니랜드, 긴자 의류매장, 하라주쿠 키티월드 팬시점, 레스토랑, 국립 근대미술관 등. 그중에서 눈여겨봐야 할 것은 디즈니랜드와 팬시점. 다들 아이가 있는 기혼남이라고 추측했지만 내 생각은 달랐다. 오히려 사용처를 통해 수사에 혼선을 주기 위함일 수도 있으니까.

어쨌든 당시에 경시청에는 나 말고도 '그레타 박'의 정체에 대해서 의심을 품는 경찰들이 더러 있었고, 각자 나름의 추측을 내놓았는데 워낙 미지의 인물이라 그런지 내놓는 의견마다 그럴싸했다. 그러던 중, 카에데 누나에게서 안부 전화가 걸려 왔다.

– 그런데 있잖아. 지금 생각해보면 참 이상해.

– 뭐가?

- 우리 고등학교 때, 시게무라 선생님 말이야. 그분이 평소에 사격 실력이 좋았거든.

- 취미가 대단했나보군.

- 대단하다기엔 아는 사람도 없었어. 뭐랄까… 오히려 우리의 입단속을 했달까?

- 입단속?

- 응. 놀이동산에서 사격게임으로 인형을 따줬는데, 백발백중이었어. 그런데 이 사실을 아무에게도 말하지 말랬어.

- 인형을 따줬단 사실?

- 아니. 사격 실력에 대해서.

그러고 보니, 그 누구도 그 선생의 사생활에 대해 아는 사람이 없었다. 훗날 경찰 직분을 이용하여 알아본 결과, 그는 조총련계에 몸담은 적이 있으며, 교원 임용 기록을 들춰보면 그의 부모가 한국 성씨를 갖고 있었다는 사실을 알아냈다.

그리고 그 즈음에 '그레타 박'이 베를린행 비행기에 탑승했을 당시 입국 카드에 '시게무라'라고 실수로 적었다가 구겨서 버린 정황이 포착됐었는데, 그 당일 시게무라 또한 증발해 버린 것. 그제야 모든 퍼즐이 조각조각 맞춰지는 듯했다. 그렇다. **조총련 소속의 시게무라=그레타 박=북한간첩**이었던 것이다. 북한 간첩이었기에 누나가 사라졌을 가능성이 큰 니가타현도 아귀가 맞아떨어졌다. 당시 북한에서 일본인을 납북할 때, 해안가를 이용했으니 말이다.

그러자 아버지는 아예 사업을 때려치우고, 납북자 송환 피해자 협회를 꾸려 누나를 찾는 데 투신했다. 지하철역, 버스 정류장, 신주쿠 한복판, 긴자거리 등 번화가에서 행인들에게 누나의 얼굴이 인쇄된 전단지를 나누어 주며 납북사건에 대해 널리 알렸고, 그 결과 1991년 관방장관 회담까지 열렸다.

"유리코. 우리가 아플 땐 네 동생이 우릴 돌봐줘서 괜찮은데 네가 아프면, 누가 널 돌봐주니? 아빠와 엄마는 그게 가장 큰 걱정이구나. 하지만 언젠간… 역시 쓸데없는 걱정이었어, 하고 말할 날이 오겠지? 모쪼록 다시 보는 그날까지… 건강, 또 건강!"

거기서 엄마는 우리 가족을 대표해서 편지를 낭독했다. 이미 눈물이 동이 난 엄마는 도리어 담담한 어조로 말했다. 눈가를 훔친 건 그 자리에 있는 엄마를 제외한 모든 사람들이었다. 하지만 그것도 잠시뿐이었다. 더는 누구도 귀담아듣지 않았다. 눈여겨보지도 않았다. 그리고 우리를 동정하며 힘내라는 말을 보내오던 세상 사람들이 하나둘씩 변한 건 차츰 시간이 흐른 다음이었다. 납북 피해자인 누나는 언제부턴가 '간첩'으로 둔갑되어 있었다. 퇴근 후 돌아가면 집 외관 벽에 낙서가 하나 둘 발견되기도 했다.

간첩 유리코
창녀 유리코
선생이랑 붙어먹은 유리코
사기꾼 집구석

매스컴도 더는 우리 가족을 찾지 않았다. 세상엔 우리 집의 문제보다 더 시급한 일들이 많았으니까. 버블경제, 옴진리교의 말썽, 마츠다 세이코의 음반 발매, 나루히토 왕세자의 결혼 등등.

"어머 내 정신 좀 봐!"

요양병원에 방문한 어느 날, 엄마가 손뼉을 치며 말했다.

"유리코가 올 시간인데, 간식을 안 만들어놨네. 너라도 말 좀 해주지

그랬니."

엄마는 어디서 구했는지 소꿉놀이 바구니를 이불 위에 잔뜩 늘어놓더니 매만지기 시작했다. 그러면서 난처한 눈으로 놀잇감을 둘러보더니 작은 동전 지갑에서 완구용 지폐를 꺼냈다.

*"안 되겠네. 가서 계란이라도 좀 사오렴. 재료가 마땅치 않으니 다마고야키*たまごやき, 일본식 계란말이*라도 해야겠다. 네 누나가 그거 제일 좋아하잖니."*

오랜 시간이 흘렀어도 엄마의 시간은 늘 한곳에 머물러 있었다. 누나가 좋아하는 새우 반찬을 도시락에 담던 1986년 7월 9일 수요일 아침에.

콧노래를 부르던 엄마가 물었다. 네 아버진 어디 갔냐고. 아! 그때 퍼뜩 깨달았다. 엄마를 찾아온 건 아버지의 사망 사실을 알리기 위함이었다는 것을. 세상의 외면이라는 물결 속에서 아버지는 혁대로 자신의 목을 감았다는 사실을. 죽기 전에 마지막으로 *[유리코, 미안하다. 널 이렇게 잃어버릴 줄 알았으면 그날 아침에 널 혼내는 게 아니었는데.]* 라고 쓰인 유서가 내 주머니에 있다는 사실을. 그러나 내가 차마 말하지 못했기 때문에 엄마는 몇 년 후 눈을 감을 때까지 아버지와 누나를 애타게 찾았다.

나는 완벽하게 혼자가 되었다. 그런 부모님을 원망하지는 않았다. 자식을 잃은 부모의 인내심이란 후, 하고 불면 날아가 버릴 민들레 홀씨처럼 부질없는 법이니까. 두 분은 미치지 않고서는 살아갈 수 없는 세상을 더는 버티지 못했을 뿐이다.

그 집을 정리하고 떠난 것도 그즈음이었다. 다신 누나가 돌아오진 않을 거야, 다신 태양이 뜨지 않을 거야, 하고 여겼기 때문에. 아니 무엇보다 죽을 것 같아서. 당장 내가 죽을 것 같아서 그 집에 계속 머무를 수 없었다. 이따금 누나의 절친한 친구였던 카에데 누나가 안부 연락을 보내왔지만, 그마저도 내 쪽에서 일부러 받지 않았다. 나도 모르게 아쉬운 소리를 하게 될까 봐 그런 것도 있고, 무엇보다 누나 생각이 더 간절해질 것 같은 두려움 때문이었다.

이 세상에 태양은 다시 뜨지 않아.

어둠뿐이야.

나는 혼자고, 외롭게 살다 죽게 될 거야.

나는 불행한 놈이니까.

이게 내 운명이니까.

그렇게 저 밑바닥에는 누나에 대한 미련이 침전된 채로 내 인생도 혼탁하게 흘렀다.

세상 사람들에게 묻고 싶다. 기적이 왜 기적인 줄 아냐고. 불가능을 가능케 만들기 때문이다. 그것은 어둡고 차디찬 시베리아 동토에 따스한 봄기운이 감도는 것과 비등하다. 그렇다. 다시 내게도 조금씩 햇살이 들기 시작한 것이다.

아내가 생겼다. 가진 것도 없고, 그다지 유쾌하지도 않은 내게 아내가 생겼다. 오래된 석고처럼 영 굳어 있는 줄만 알았던 내 입가가 조금씩 씰룩였다. 몇 년 후엔 메말라 버린 눈가에 어떤 것이 흘렀다. 날 닮은 아이가 태어났다. 내게도 삶의 동력이 가동되기 시작한 것이다. 아! 신이시여! 감사합니다! 이 행복을 절대 앗아가지 마세요! 자살을 시도하던 엄마의 발을 들어 올리던 그때처럼 나는 간절했다. 무엇에든 빌었고, 무엇이든 빌었다.

사람이란 게 참 간사한 동물이다. 그다지 부유하진 않더라도 그럭저럭 여유가 생기고, 핏줄이 생기고, 안정적인 삶을 살게 되자 다시 스멀스멀 미련이 고개를 쳐들었다. 바로 누나, 유리코.

'누나를 찾아야 해…!'

살아있든 죽었든, 어떻게든 결론을 내야 했다. 그러면서 한편으로는 제발 누나가 기억상실증이라도 걸려서 어디서 가정을 꾸리며 평범한 아줌마로 살아 있기를, 조금 더 욕심을 내자면 행복하게 살아있기를, 미친 듯이 빌고 또 빌었다. 잘살고 있는 누나의 집을 방문하는 나를 상상했다. 수소문하여 어느 낯선 지방의 맨션을 찾아가 똑똑, 하고 문을 두드리면 익숙한 얼굴의 중년여성이 환한 미소를 지으며 내게 묻는 것이다. *"누구세요? 어떻게 찾아오셨죠?"* 하고. 그럼 나는 *"누나!"*하고 와락 껴안고 펑펑 우는 것이다. 옆에는 자녀들로 보이는 아이들이 고개를 갸웃하며 나를 주시하고, 그간의 사정을 알 턱이 없는 누나는 차츰 기억이 돌아와 부모님을 모셔놓은 불단 앞에 나와 함께 절을 하게 될 것이다. 손을 맞잡고 그렇게 평생 헤어지지 않고 사는 것이다.

가족이 생긴 나는 다시 불끈 힘이 솟았다. 누나를 찾기 위해 다시 백방으로 뛸 것이다. 북한이란 나라는 어떤 나라인가? 한국전쟁 후에 이념과 사상으로 갈라진 (남한과는 전혀 다른) 북녘 땅이다. 북한에 대해 잘 아는 사람은 일본 내에 조총련계 밖에 없다. 그러나 그들은 의외로 북한 내 사정에 무지하거나 또는 폐쇄성이 짙어 나에게 동조하지 않을 가능성이 컸다. 그것은 아버지께서 생전에 몸소 보여주셨으니 알 만하다.(그들은 내 아버지를 돕지 않았다.) 하지만 그들이 아니고서야 답이 없었다. 나에게 한국 쪽 인맥이 있는 것도 아닌 터라 앞이 막막했다. 평소처럼 조총련 커뮤니티를 방문하던 어느 날이었다. 거기서 나는 어떤 글에서 희망을 발견하였다.

제목 : 우리 외삼촌께서 운영하시는 민박을 소개합니다!

저에게는 전쟁 때 헤어진 외삼촌 한 분이 계십니다. 어머니의 유일한 피붙이시죠. 어머니도 돌아가시고 외롭던 찰나에 한국에서 뜻밖의 소식이 날아왔습니다. 바로 저희 외삼촌이 탈북에 성공했다는 겁니다. 저는 바로 한국행 비행기 티켓을 끊고 외삼촌을 만나러 갔지요. 서울에서 만난 외삼촌은 혼자 오신 터라 외로워하셨고, 저는 한 치의 망설임도 없이 외삼촌에게 함께 일본에서 살자고 했지요. 올해 일흔이시지만 아주 정정하십니다. 눈도 밝고, 허리도 꼿꼿하시고요. 제가 멀지 않은 곳에 민박을 두 군데 운영하는데, 한곳을 외삼촌께 맡겼습니다. 하루 종일 소일거리도 없이 가만히 계시는 게 곤욕이라고 하셔서 말이지요. 동무 여러분! 저희 외삼촌을 기쁜 마음으로 환영해 주세요! 조만간 있을 주말 만찬에도 외삼촌을 초대할 생각입니다. 아참! 외삼촌이 운영하시는 민박도 이참에 홍보할 테니 모쪼록 많은 이용 바랍니다!

주소 : 신오쿠보 2-31-10 (역에서 도보 3분 거리)

사고회로가 갑자기 풀가동되기 시작했다. 혹시 저 노인이라면 북한 사정을 좀 알지 않을까? 하지만 꽤 오래전에 작성된 글이라 지금도 그 민박이, 그 노인이 있을지는 의문이었다.

며칠 후에 택시를 타고 부리나케 달려간 곳은 옆 건물에 비해 허름한 어느 민박집이었다. 간판은 바뀌어 있었다. 기척을 내자 한 노인이 얼굴을 내밀었다. 팔십 세쯤 되어 보이는 노인이 기침을 쿨럭이며 흐리멍덩한 눈으로 내다보았다. 나는 유리코의 가족이라고 소개하면 노인이 부담을 느낀 나머지 말을 삼갈 것 같은 우려에 일부러 신분을 달리 말하고 물었다. 그는 무료하던 참에 옛날이야기를 하게 되어 잘 됐다는 듯이 이야기를 주절주절 늘어놓았다. 탈북에 한 번 실패하여 감옥에 갔던 일, 다시 마음잡고 그곳에서 가정을 꾸리며 살다가 김일성 장군의 동상을 새벽마다 나와 닦는 장면을 상부에 목격당한 덕에 '입당'하게 된 영광까지 누리게 된 일, 그러다가 결국 말년에 어떤 정치적 모함으로 탈북을 다시 감행하게 된 일까지. 원하는 대답을 듣기 위해 끈기 있게 그 고리타분 대서사시가 끝나기를 버텼고, 마침내 나는 듣고야 말았다.

"아하, 유리코 그 여자! 695부대에서 일본어 선생이었지. 내가 한때 거기서 훈련을 받은 적이 있거든. 제대하고선 못 봤네만."

그리고 695부대가 뭘 하는 곳이냐는 물음에 노인은 이렇게 말했다.

"간첩 만드는 데지."

* * *

1987년에 있었던 KAL기 폭파 사건에도 연관된 부대, 90년대 대한민국 대선판도 흔들 만큼 영향력 있었던 대남공작 부대에 누나가 있었다? 그리고 누나는 살아 있다. 아니 살아 있었다. 적어도 노인이 목격한 1997년까지는. 그리고 별다른 문제가 없다면 지금까지도 살아 있을 것이다.

나는 그 후로 북한에 대해 미친 듯이 파고들었다. 북한 관련 유튜브는 모두 섭렵했고, 탈북자들의 인터뷰는 엉성한 자막으로나마 파악하려고 애썼다. 그 결과, 납북된 일본인들은 적어도 어딘가에 '쓰임새'가 있기 때문에 경제적으로 고된 생활은 하지 않는다는 것과 주로 평양에 거주하고 있다는 사실을 깨우쳤다. 평양에 거주한다는 것은 북한 사람들 내에서도 하나의 특혜로 여겨질 만한 일이라니 그나마 다행인 걸까? 서글픔이 밀려왔다. 소중한 가족을 잃어 본 사람은 알 것이다. 확실한 근거가 없어도 마음속에 소망을 재가공하고 판타지로 실현해 내고 만다. 일본 어느 지방에 기억상실증으로나마 살고 있었으면 좋겠는 나의 누나는 이제 평양에 거주하는 상류층으로 내 마음 속에 새롭게 꾸며졌다. 거기에서 누나의 영특함이 빛을 발해서 엘리트 남자와 결혼도 하고 호화스러운 삶을 살지 않을까, 하는… 간절함이 우스운 망상으로 이어진다는 건 비참한 일이지만 그것만이 유일한 희망이었기에 멈출 수 없었다.

아무도 봐주지 않는 나 홀로 수사에 박차를 가했다. 하지만 마음처럼 쉽지 않았다. 그래서 결심했다. 다시 고향 나가노로 돌아가 누나가 사라지던 지점부터 시작해서 더듬어보자고.

하지만 생각처럼 쉽지 않았다. 마주쳐야 할 난관이 이만저만이 아니었다. 먼저, 이웃 사람들은 대부분 노인이 되어 죽고 없거나 이사를 가고 몇 남지 않았다. 그마저도 적극적으로 협조해 주는 사람은 없었다. 아! 딱 한 집이 있었다. 어느 고부가 사는 집이었다.

내 유년 시절을 돌아보면 그 집에는 새초롬하니 곱게 생긴 젊은 과부가 마찬가지로 젊은 시어머니를 모시고 살았다. 두 사람 모두 이웃과 왕래는 없었기 때문에 그 집 사정은 잘 알지 못하지만 그래도 오가며 인사를 하면 곧잘 받아주고 환하게 웃어주는 사람들이었다.

그런데 지금 와서 돌이켜보건대 **참 이상한 것은** 내가 친구들과 공터에서 공놀이를 저녁 늦도록 할 때면 은근히 그 젊은 과부가 내게 친근하게 굴곤 했다. 나이는 몇 살이니, 어디 학교에 다니니 따위의 시시콜콜한 질문이었는데 가까이서 자세히 본 그녀의 얼굴은 '새댁'이라고 하기엔 다소 어려 보였다. 그리고 어느 정도 대화가 오가는 끝엔 내게 이렇게 말했다.

"얘. 우리 집에 와서 맛있는 당고 먹고 가지 않을래?"

그저 신난 내가 친구들을 데리고 우르르 가서 먹을 때면 젊은 과부는 오라며 초대했던 처음과 달리 화가 난 듯이 식탁 모서리에 앉아 나를 노려보았다. 그리고 그 후에 또 나와 마주치면

"얘. 우리 집에 와서 맛있는 카스텔라 먹고 가렴."

함께 놀던 친구 둘이 그냥 집에 가버린다고 했지만 나는 카스텔라를 포기할 수 없었다. 고개를 끄덕이며 따라나서자 젊은 과부는 환한 미소로 내 손을 꼭 잡았다. 어찌나 따뜻하게 바라봐주던지 우리 엄마도 날 혼내지 말고 이렇게만 웃어주면 얼마나 좋을까, 하고 생각했던 적이 있다. 그런데 그때, 돌연 퇴근 중이던 아버지와 마주친 젊은 과부는 마치 고양이를 만난 쥐가 놀란 나머지 **입에 물던 먹이를 떨구듯** 내 손을 놓아버렸다. 그 후로 내가 몇 번의 초대에 응하지 않았던 탓인지 젊은 과부는 내가 인사를 할 때마다 받아주기는커녕 싸늘하게 지나치곤 했다. 하지만 천성이 착했던 걸까? 언제나 혼자 놀고 있는 아이들에게 다가가 늘 집에 와서 간식을 먹고 가라고 권하곤 했다. 나중에 듣기론 현에서 표창장도 받았다고 했다. 그런데 시간이 많이 흘러 찾아갔을 때, 세월만큼 늙어버린 두 여자가 나를 맞이했다. 다만, 나는 어쩐지 그때 **그 광경**을 보는 게 적절치 않았나 하는 생각이 들었다. 그도 그럴 것이 며느리가 시어머니에게 지시하는 듯한 말투를 사용하고, 반대로 시어머니는 자신의 며느리 앞에서 꾸중을 듣는 것처럼 서 있었던 것이다. 아무도 내 말을 믿지 않겠지만 대강 내 눈으로 목격한 것은 그러했다. 그리고 얼마 후에 그 고부는 자취를 감추었다.

* * *

세상에 뜻대로 되지 않는 게 또 있을 줄 몰랐다. 아니, 물론 많기야 하겠지만 이런 식으로 뒤통수를 칠 줄은 몰랐다. 내 핏줄을 이어받은 자식이 속을 썩이는 때처럼 골치 아픈 일도 없는 법이란 걸 차근차근 배워 간다.

"뭐라고? 꿈?"

녀석은 이제 내가 꾸짖듯이 추궁하면 더는 주눅 들지도 않는다. 시늉조차 하지도 않는다.

"그래, 꿈! 나도 내 꿈이 있다고."

"참 나 원. 이젠 하다 하다 별소리를 다 하네. 네 얼굴로 가당키나 할 것 같아?"

"그러는 아빠는? 저번보다 더 비쩍 말랐는데? 꼭 치와와 같아."

"다음 세상에 개로 태어나고 싶어 환장해서 그런다, 왜?"

"치."

"됐고. 저번에도 분명히 말했지만 안 된다면 안 돼. 아이돌은 개나 소나 되는 줄 알아? 너 같이 허파에 바람 든 계집애들이 한국에 가면 몇백 트럭은 될 거다. 그러니까 잔소리 말고 먹기나 해."

그럼에도 딸아이는 끝내 뜻을 꺾지 않았다. 오랜만에 만나서 그토록 먹고 싶다는 파스타 맛집에 데려왔건만 헛소리를 늘어놓길래 더는 들어줄 여유가 없었다. 용돈을 포함하여 일만 엔을 테이블에 밀어두고 자리에서 일어나려 할 때, 딸아이가 말했다.

"고모 찾으려고!"

"뭐라고?"

"북한에서는 한국 방송 몰래 보는 사람들 많대. BTS 이런 가수들 춤 따라 하는 애들도 많고. 한국 드라마, 한국 영화도 몰래 다 본대. 내가

유명한 아이돌이 된 다음에 TV에 나와서 고모 이야기를 하면, 고모도 볼 거 아냐? 아빠… 고모 찾는 거 포기 안 한 거 다 알아."

영원히 볕이 들지 않을 것 같던 내 인생에 행운처럼 다가와 준 아내. 그런 아내와 처음으로 살벌하게 싸운 건 바로 딸이 태어났을 때 이름을 어떻게 지을 것인가에 대한 충돌 때문이었다. 나는 누나 유리코의 이름을 그대로 갖다 붙이려고 했지만, 아내는 결사반대했다. 나의 개인적인 아픔을 장차 태어날 아이에게 짊어주는 짓 따윈 멈추라고. 물론 아내의, 아니 전처의 승리로 끝났다. 그런데 딸 스즈의 말에 나는 내 귀를 의심했다. 벌써 자신의 활동명까지 정했단다. **이노우에 유리코.**

"최대한 저가 항공으로 예매해."

단, 3년 안에 성공하지 못하면 당장 일본으로 들어오라고 주의를 줬지만 듣는 둥 마는 둥 한 스즈가 헤벌쭉 웃으며 내 품에 뛰어들었다.

"아빠 최고!!"

그리고 전처가 요구한 대로 스즈를 저녁 일곱 시까지 바래다주고 돌아오는 길이었다. 다시 서로 복귀하려는데 바지 뒷주머니에서 진동이 울렸다. 메시지를 확인한 순간, 심장이 쿵 하고 내려앉는 듯했다. 이제 끝이 왔다. 모든 게.

(텔레그램 메시지)

우리는 야스쿠니로 갑니다.

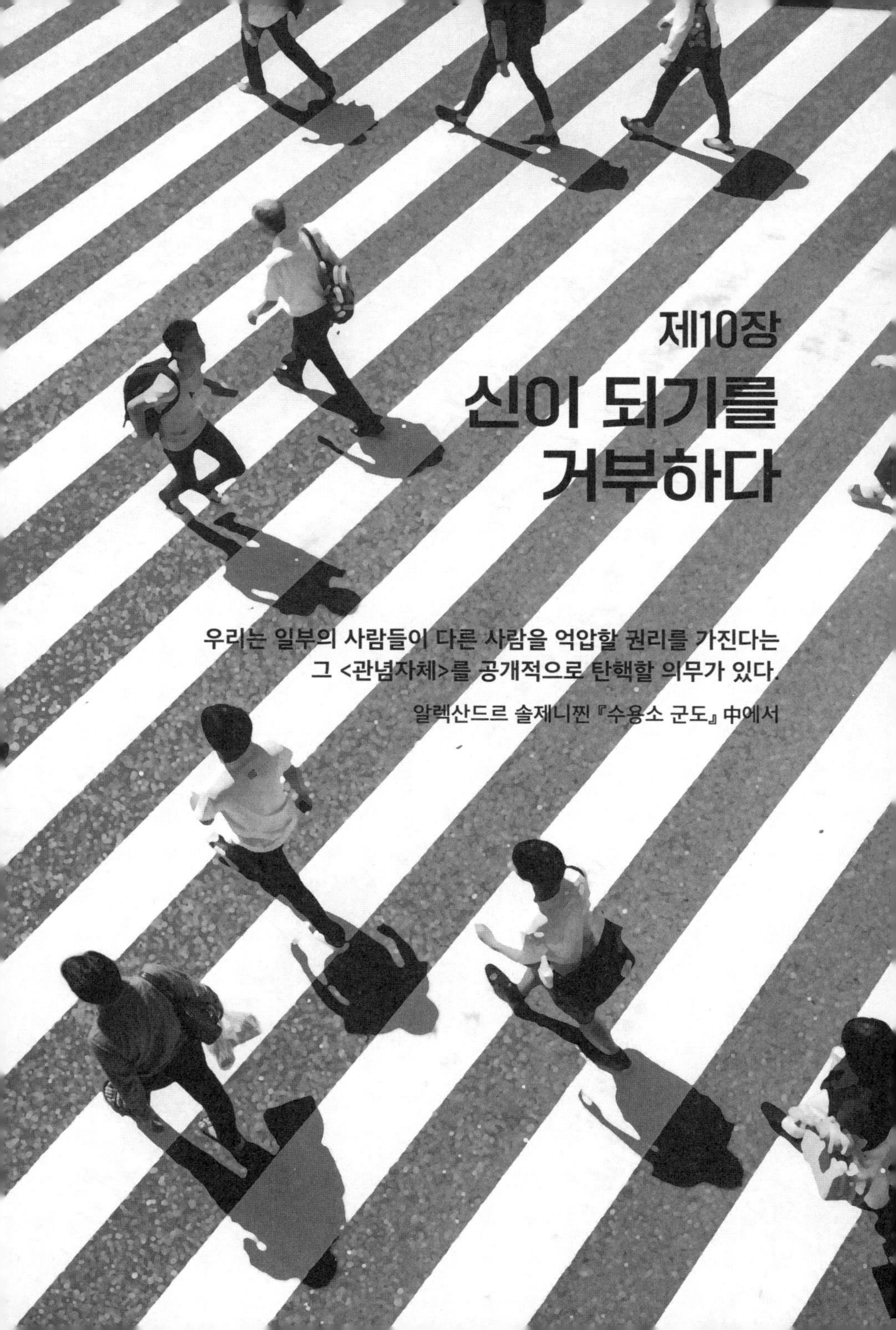

제10장

신이 되기를 거부하다

우리는 일부의 사람들이 다른 사람을 억압할 권리를 가진다는 그 <관념자체>를 공개적으로 탄핵할 의무가 있다.

알렉산드르 솔제니찐 『수용소 군도』 中에서

스즈와 헤어져 그 길로 야스쿠니에 도착한 시각은 오후 여덟 시 반.

히데오는 공포탄 대신 실탄을 채운 권총 한 자루와 마침 뒷좌석에 있는 치안용 조명봉을 들고 펜스를 가뿐하게 넘은 뒤에 신사 경내까지 마구 뛰었다. 유달리 긴 시간이었다. 마지막 도리이鳥居, 기둥문를 지나치자 신사의 모습이 드러났다. 예상이 맞다면 문준기는 배전은 건너뛰고 바로 본전으로 갔을 것이고, 거기서 명부를 찾기 위해 혈안이 되어있을 것이다. 그리고 마침 안에서 둔탁한 소리가 일정 간격을 두고 들렸다.

'잡았다!'

조명봉을 휘두르자 이쪽의 낌새를 감지했는지 안쪽의 사정이 금세 고요해졌다. 무슨 일일까? 뭐가 됐든 문준기가 원하는 대로 해줄 순 없었기에 히데오는 지체 없이 안으로 뛰어 들어갔다. 그리고 그를 반긴 건 쓰러져 누워 있는 흥신소 사장 아키라, 벽에 몸을 딱 붙이고 두려움에 떨고 있는 아이코 공주, 며칠 사이 유명인이 되어버린 문준기가 있었다. 권총을 두 손에 쥔 채로 히데오가 소리쳤다.

"경찰이다, 다들 움직이지 마!"

그리고 모서리에 떨어져 서 있는 아이코를 보며 뜻 모를 미소를 지어 보였다.

"용케 찾아온 걸 보면 공주께선 끝까지 한 편이 되기로 결심했나 보군요?"

"메시지를 보낸 사람이… 당신…?"

준기가 아연실색하며 히데오와 아키라를 번갈아 보았다. 그렇다면 전화는?

- 문준기?

- 누구지?

- 자네가 날 건너뛰고 내 아들을 만났다지?

히데오가 신이치의 아버지일 리는 없다. 맨 처음 걸려온 전화는 분명 아키라였으니까. 그렇다면… 비로소 뭔가 확실히 짚이는 얼굴로 준기가 짧은 신음을 뱉었다. 바로 전화를 한 자와 메시지를 보낸 자가 각기 다르다는 것!

그동안 착각해왔던 것이다. 준기는 한 사람이 아닌 아키라와 히데오, 두 사람의 연락을 받았던 것이다. 그러다 생각의 끝은 마침내 그의 정체로 향했다. 메시지를 보낸 게, 이 작은 키의 형사라면 그가 곧 유리코의 남동생이란 얘기가 된다. 그렇다면 유리코와 전혀 상관없는 아키라는 어째서 처음부터 두 사람의 뒤를 좇았던 걸까?

"꼼짝 마, 문준기. 곧 경찰이 올 거야."

"당신이 그럼… 유리코의 동생입니까?"

히데오는 준기를 힐끔 보더니 아키라에게 성큼성큼 다가갔다. 걸을 때마다 삐걱대는 마룻바닥 소리가 도발하듯 들렸다. 더 이상 위협이 되지 않는다고 판단했는지 총을 든 손도 천천히 내렸다.

"후지와라 아키라."

"아직도 조사가 덜 끝났나? 지긋지긋하군."

"원래 산다는 게 지긋지긋해."

"지긋지긋한 스토커 새끼."

"음음. 스토커는 너겠지. 참 신기하게도 말이야. 내가 그토록 누나를 찾기 위해 백방으로 뛰어다닐 때 거기엔 늘 너도 있었어. 나보다 한 걸음 먼저, 때론 한 걸음 늦게. 신오쿠보엔 나보다 먼저였더군. 아깝게스리. 생각을 해봤어. 네 놈이 내 누나의 사건에 왜 그토록 집요하게 매달렸나? 경찰로서의 사명? 민간인 납북에 대한 분노? 아니면 영웅이 되고 싶다는 욕망?"

"그래서? 결론을 내렸나?"

"물론이지. 그런데 전직 경찰이란 것 빼고는 아들이 자기 아버지에 대해서 아는 게 하나도 없다는 게 말이 되나?"

"무슨 개소리를 지껄이는 거냐?"

"혐한에 절어 있는 강경 극우, 열렬한 자민당의 추종자… 그 이상도 이하도 아니었으니 유리코 실종 사건이 꽤나 흥미로웠겠지. 그래서 말인데 아키라. 그동안 얼마나 불명예스러웠어?"

"뭐??"

"자랑스러운 전쟁영웅 할아버지의 존재를 부정하고, 할머니의 성씨를 억지로 따라 살아야 한다는 것 자체가 못 견디게 힘들진 않았어? 괜찮아. 나라도 쪽팔렸을 거야. 내 말이 맞지? 후지와라... 아니 노다 아키라."

"너… 이 치와와 새끼…"

"하… 더군다나 너의 하나뿐인 핏줄인 누나는 한국 남자와 결혼해서 부산에 정착해서 산다지? 세상에. 노다 가문의 입장으로 보자면 피를 토할 노릇이구먼."

으음, 하고 아키라가 불쾌한 소리를 내며 몸을 일으켰다. 준기가 그에 방어 태세를 갖추었다.

"흠… 그래도 그렇지. 한국 매제를 둔 사실이 아무리 수치스러워도 누나와 인연을 끊다니 너무한 거 아냐? 명절에 전화 한 통 정도는 하고 살라고. 부산에 산다니까 놀러 가도 좋겠네. 핏줄 좋다는 게 뭐야."

"그래서 넌? 저 한국 놈의 개가 되기로 결심했나? 집 나간 누나를 찾겠다고 신성한 신사를 이 지경으로 만들어? 반역자."

"여기서도 개 소리를 듣는군."

"그래. 넌 개새끼야. 네 놈이 날 찾아오며 몇 번이고 속을 뒤집어 놓을 때 알아봤어. 넌 문준기를 잡으려는 생각이 없어 보였거든. 내가 보기엔 머릿속에 오로지 누나밖에 없는 놈이야. 눈앞의 소의에 급급해서 대의를 망치는 놈. 넌 끝이야. 치와와 새끼야. 그동안 문준기하고 붙어먹으면서 언론과 왕실을 능멸해서 좋았나? 네 놈의 실체도 곧 밝혀질 거야. 범인을 잡을 수 있으면서 일부러 잡지 않고 시간만 끌던 너같이 음흉하고 약삭빠른 놈을 과연 일본 국민들이 보고만 있을까? 납치범을 비호한 도쿄 경찰!"

"그건 너도 마찬가지 아닌가? 처음부터 잡을 수 있었잖아. 통화까지 했으면서 왜 제보하지 않았지? 덕분에 우리 경찰들만 애먹었잖아."

"닥쳐! 지금쯤 아마…"

"내 실체가 폭로될 거다?"

"……"

"아들 신이치가 나서서?"

그러자 아키라의 말문이 턱 막혔다.

"그래도 네 아들놈은 아비랑은 다르더군."

히데오는 무릎에서 딱 소리가 내며 자리에서 일어났다. 그럼에도 자그마한 키였지만 밑을 내려다보며 팔짱을 끼는 여유를 부렸다.

"요즘 젊은 애들은 말이야. 더 이상 어른답지도, 충분히 상식적이지도 않은 부모를 존경하지 않는 세대라고. 우리 때랑은 달라, 이 양반아."

그사이 거친 콧김을 내뿜던 아키라의 눈에 저만치 망치가 보였다. 조금만 더 뻗으면 손끝에 닿을 듯했다.

"그래도 내가 전직 경찰인데 빈 몸으로 왔을까?"

그러면서 조금씩 팔을 움직이던 찰나에,

"이래서 짬밥이 중요한 거야."

히데오가 먼저 총구를 들이댔다.

"공포탄."

"아니 실탄."

하고 철컥하며 노리쇠를 당겼다.

이때다 하고 널브러져 있던 준기가 발로 망치를 밀어내자 짜증이 폭발한 아키라의 입에서 괴성이 쏟아졌다. 대부분 욕이었다. 난장판이 된 본전 안에 벚꽃이 흩날려 들어오고, 저만치 복도 끝에서 구둣발 소리가 차츰 들려왔다. 경찰들이었다.

* * *

사건 발생 12일차. 벚꽃 시즌이 끝난 다음 주 화요일.

매직미러로 차단된 진술실 안에는 이미 양국의 경찰이 입석한 가운데, 히데오가 안으로 들어왔다. 테이블 맞은편에는 손목에 수갑을 찬 준기가 초연한 자세로 앉아 있었다. 히데오가 모두 나가라는 눈짓을 했지만 쉬이 그럴 기미가 보이지 않았다. 간곡한 말투로 재차 부탁하자 그제야 둘만 남게 되었다. 한참 쏘아보던 히데오가 갑자기 호탕하게 웃더니 삐딱한 자세로 앉았다.

"이렇게 잡게 되다니 참 놀랍군."

"제가 할 말입니다. 메시지를 보낸 사람이 바로 당신, 경찰이었다니. 경시청 입장에선 공범으로 보였겠군요."

"왜? 본의 아니게 한배를 탄 것 같아 영광스럽기라도 한 거야?"

준기가 가볍게 웃었다.

"아뇨. 당신도 나만큼이나 간절했겠구나, 그런 생각이 들어서 하는 말입니다."

"배려심이 깊군." 빈정대며 말투였다.

"궁금한 게 있는데 물어도 됩니까?"

"얼마든지."

"언제부터 타깃 체인지를 계획했던 겁니까? 내가 한국인이란 걸 알았을 때부터?"

"네가 가족을 잃어버린 놈이란 걸 알게 됐을 때부터."

"……"

"가족을 잃어본 사람은 그 마음을 아주 잘 알거든. 처음엔 간절하다가, 나중엔 어딘가를 탓하고 싶어지다가, 다시 힘을 내다가, 결국엔 깊은 늪에 빠져 버리곤 하지. 거기에 한 번 빠지면 그땐 정말 끝이야. 그 늪에서 날 구한 건 바로 너고, 문준기."

"내가 늪에서 구해줬다고요?"

"그래. 마지막 희망이다 여겼지. 널 잘만 이용하면 누나를 찾을 수 있진 않더라도, 적어도 소식을 들을 줄 알았어. 그런데 거짓말을 했더군."

"어떤… 거짓말을 했다는 거죠?"

"누나가 북한에서 생존해 있다는 거짓말 말이야."

"그건… 이제 와서 숨길 것도 없으니 솔직하게 말하죠. 정확히는 1990년까지 살아 있는 것으로 확인됐습니다."

"음음."

히데오가 고개를 저으며 의자를 앞당겨 앉았다.

"1997년."

"1997년?"

"그래. 신오쿠보에 사는 한 탈북노인이 그러더군. 내 누나 유리코가 간첩 양성 부대에서 1997년도까지 일본어를 가르쳤다고 말이야. 네가 어떤 루트를 통해 얻어낸 정보인지 몰라도 내가 들은 것과는 아주 달랐지. 그래서 안 믿었어. 살아 있을 거란 얘기."

준기로서는 처음 듣는 이야기였다. 북한이란 얼마나 폐쇄적이고 또 미지의 국가인가? 자타공인 북한통인 한영호 기자의 정보조차 정확하지 않다면, 대체 어느 누구의 말을 믿어야 한단 말인가? 대관절 유리코는 살아 있나? 죽어 있나?

잠시 무거운 침묵이 흘렀다. 히데오가 담배를 꺼내 물었다. 실내였음에도 흡연에 대한 양해를 구하는 것조차 생략됐지만 준기도 개의치 않았다. 연기를 한 모금 내뿜더니 뭐가 떠올랐는지,

"아, 그쪽은 비흡연자라서 권하지 않는 거야."

다시 짧은 웃음이 두 사람 사이에 스쳤다. 뒷조사가 철저했군, 하며

준기도 포기한 듯 말했다.

"하나만 더 묻죠."

"시간 없어 죽겠는데 궁금한 것도 많군. 그래, 뭐야?"

"그럼에도 불구하고 저에게 그 텔레그램을 보낸 이유가 뭡니까?"

"보낸 게 한두 개야?"

"하이쿠 말입니다. 벚꽃에 대한 하이쿠. 야스쿠니를 암시하는 내용이었잖습니까?"

"아하, 그거."

"난 당신의 누나에 대해 정확한 정보를 전달하지 못했고, 그걸 당신도 알았다면서요? 그런데 당신은… 어째서 나에게 알려줬죠?"

히데오는 재떨이에 담배를 짓이기며 거기에 오래도록 시선이 머물렀다.

"불쌍해서 알려준 거야."

"불쌍해서…"

"그래, 불쌍해서. 안 됐잖아. 남의 나라까지 할아버지의 유골이라도 찾겠다고 오고."

"그러면서 야스쿠니에 찾아왔군요. 날 막기 위해서?"

"잡기 위해서. 몰랐어? 덫이야, 덫!"

하며 혼자 말하고 혼자 웃었지만, 준기는 그의 얼굴을 빤히 보았다. 어떤 느낌표가 떠오르는 표정으로.

"뭐랄까… 고뇌랄까… 이래 봬도 나도 애국 시민이라고. 신사가 망가지는 걸 원치 않았거든. 하지만 네 조부가 잠들어 있기엔 어울리지 않는 곳이란 건 동의해. 거기엔 신들이 묻혀 있는 곳이니까."

"그러게요. 신들이 묻혀 있는 곳에 왜 내 할아버지가 있을까요? 내 할아버지는 당신들의 신이 될 생각이 추호도 없었을 건데 말이죠. 내 할아버지는 어느 작은 마을 훈장의 둘째 아들로 태어났고, 처자식을 거느린 필부로서 살다가 평범하게 늙어 죽는 편을 소망했을 겁니다."

"그래, 그래. 한국인들이 십 년 전에도 소송을 건 적이 있었지. 물론 패했지만. 그래도 법적으로 정정당당하게 나왔어야지. 거기까진 생각 못 했나? 끓는 혈기에?"

"당신들은 정당했습니까?"

"뭘?"

"먼저 불법을 저질러놓고 할 말인가요?"

"야스쿠니 입장에선 합법이래잖아."

"유족의 동의 없는 일방적인 합사가 어떻게 합법이 되죠? 설령 그것이 합법이라 한들 그것은 당신들 나라의 합당한 법이지, 고국의 법은 아니지 않습니까? 세상 모든 합법이 합의와 동의어라고 보십니까?"

"그건 말이야…"

"소송 이야기도 잘하셨습니다. 그때 소송에서 진 한국인 유족들에게 일본 판사가 뭐라고 말했는지도 혹시 아시나요?"

"뭐라는데, 그 양반이?"

"무단 합사로 인한 고통은 이해하지만 참을 수 있는 정도의 고통이니 참아라."

"……"

히데오의 손에서 두 번째 담배가 길게 타들어 가고 있었다. 그리고 준기는 시선을 매직미러 너머로 옮기더니 다들 들으란 듯이 목청을 높였다.

"당신들이라면 참을 수 있겠습니까?"

두 사람 사이에 서먹한 공기가 흘렀다. 이윽고 일본 측 경찰 두 명이 들어와 그를 일으켰다.

"어이. 그거 알아?"

히데오가 자리에서 일어나 준기를 불러 세웠다. 그리고 뭐라 말하려다 말고 목에 걸고 있던 경찰증을 꺼내 주머니에 쑤셔 넣었다.

"야스쿠니엔 유골이 없어."

준기가 놀란 눈을 하고 몸을 아예 비틀었다. 강력한 질문이 담겨 있는 표정이었다.

"아아- 조사할 시간도 없었겠군. 하지만 사실이야. 거기엔 위패조차 없거든."

"그럼… 내게 거짓말을 한 겁니까?"

"아니. 대신에 합사된 영혼들의 이름이 새겨진 영새부란 것이 있어."

"영새…부…?"

"그 외에도 두 개의 명부가 더 있지. 복사본인 제신부, 카드식으로 만들어진 제신명표. 조부를 야스쿠니에서 빼내기 위해서는 그 명부에서 지워야 한다는 걸 의미하지. 모르고 갔나보군."

"그럼 진짜 내 할아버지의 유골은 어디에 있습니까?"

히데오가 어깨를 으쓱했다.

"나도 모르지. 아마도 화장해서 바다에 뿌리지 않았나 싶어."

"화장… 바다…?"

"그냥 추측이야. 열 낼 것 없어."

"그런데 어째서 내 할아버지가 야스쿠니에 있는 겁니까? 멋대로 바다에, 아니… 어디가 됐든 무책임하게 다뤘으면서 어째서 죽어서까지 이름조차도 야스쿠니에 가두는 겁니까? 왜?!"

"일본인으로 죽었으니까. 다케무라 수용. 맞나?"

"아뇨. 내 할아버지는 다케무라 수용이 아니라 문수용입니다! 조선인 문수용! 애당초 조선을 침범한 건 당신들의 잘못이고, 내 할아버지의 국적이 일본이란 것도 어불성설입니다. 그런데도 아직도 야스쿠니에서 이름을 지우지 않는 건 당신들의 과거의 죄를 인정하지 않겠다는 것 아닙니까?!"

"맞아."

히데오의 태연한 대답에 리어 준기는 할 말을 잃었다.

"내가 그렇다는 건 아니고. 당시에 그런 판결을 내린 판사는 적어도 그렇게 생각했나 보지. 그렇다고 날 도끼눈으로 보지 마. 내가 그런 판결을 내린 게 아니잖아. 그런 거 보면 일본이나 한국이나 참 판사들이 문제군. 쓸데없이 국민들만 난감하게 하니까."

히데오는 바지 주머니에 두 손을 넣으며 한숨을 쉬었다.

"오죽했으면 네가 공주까지 납치했겠어. 잘 가. 잘 가라고."

준기는 고개를 떨어뜨린 채 진술실을 나가려다 말고, 그대로 멈춰 섰다.

"누나 분의 일은… 유감입니다…"

히데오는 그 자리에 서서 준기가 사라지는 뒷모습을 한참 동안 지켜봤다.

긴 복도를 지나 또 다른 조사실이 유리 너머로 비쳤다. 그 안에는 조금 전과 마찬가지로 수사관이 앉아 있는데, 테이블 맞은편에는 목 보호대와 팔에 붕대를 감은 아키라가 시큰둥한 얼굴로 앉아 있었다. 죽 가자 이번엔 복도 중앙 의자에 앉아 있던 아이코가 얼른 일어나 이쪽을 보고 섰다. 더는 함께 다니던 차림이 아니었다. 차양이 넓은 숙녀용 모자를 쓰고 하얀색 벨트원피스에 굽 낮은 샌들을 신고 있었다. 이렇게 보니 그녀는 정말 왕실의 여자다웠다. 그리고 그 옆에는 더 단단해진 보안을 자랑하듯 경호원 여럿이 그녀를 겹겹이 에워쌌다.

준기는 주저하며 걸음을 옮겼다. 그리고 그 앞을 말없이 지나치려 하자 아이코가 다급하게 소리쳤다.

"죄송해요…!"

아이코가 잔잔한 미소를 띠며 말했다.

"말해달라고 했잖아, 아저씨."

"무슨…?"

"드라마 결말 말이야. 〈그래도, 살아간다〉."

"아…"

뒤늦게 떠올랐다. 한 남자가 자기의 여동생을 살해한 살인자의 여동생과 마주하는 이야기. 보는 것만으로도 서로가 지옥일 수밖에 없는 그 이야기. 그런데, 그게 왜?

"이게 결말이야."

"응…?"

"드라마가 그렇게 끝나. 가해자의 여동생이 그 남자에게 말하거든. 모르고 발을 밟아서 죄송합니다… 하고."

"……"

"가해자의 여동생이니까. 그래서 죄송합니다, 라고. 그냥…"

양쪽에서 경찰이 잡아끌자 뒤에서 연신 아이코가 되뇌이듯 작게 말했다.

죄송합니다.

죄송합니다.

죄

송

⋮

합니다.

아이코, 그녀와의 만남도 대화도 이 순간을 끝으로 영영 끝이라고 생각하자 슬퍼졌다. 하지만 돌아보지 않았다.

호송 차량이 기다리는 경시청 본관 밖으로 빠져나오자 번쩍거리는 카메라 플래시 세례가 쏟아졌다. 그리고 사냥감을 향해 달려들 듯 일부 극우 인사들이 계란을 던지며 험한 욕설을 뱉기도 했다. 워낙 고성이 뒤섞여 일일이 알아듣진 못했지만 대부분 한국인은 꺼져라- 일왕과 일본 국민 앞에 사죄하라- 등의 내용이었다. 준기를 점퍼로 가려주거나 그들을 제지하기보다는 마치 취재언론들과 극우단체에 시간을 주기라도 하듯 잠시 멈춰선 경시청 직원들. 기자들로부터 왜 그런 불경스러운 짓을 저질렀느냐, 자신의 극악범죄에 대해 죄책감은 없느냐 등등의 질문이 쏟아졌지만 준기는 고개를 든 채로 묵묵부답이었다. 한쪽에서는 해외 특파원들이 현장을 중계하기도 했다.

* * *

그 후, 원래대로라면 왕실과 궁내청의 결정에 따라 법적 처분을 받게 될 것이나 납치 피해자인 아이코가 자신도 공범이었음을 주장함에 따라 처벌이 불가하게 되었고, 얼마 후 한국 측에 인계되어 귀국하였다.

* * *

일 년 뒤, 한국의 역사학자들이 주축이 된 '조선인 강제노동 희생자 야스쿠니 합사 반대 운동' 모임은 일본 측의 시민단체와 협력하여 다시 소송을 걸었고, 그 결과 야스쿠니에 무단으로 합사 된 2만여 명이 넘는 조선인 희생자 가운데 현재 생존해 있는 두 명과 창씨개명이 미처 이루어지지 않은 채 동원된 단 세 명의 명부만 지워지는 데 그쳤다. 그리고 여전히 야스쿠니 신사에는 무단으로 합사된 조선인 희생자들 2만여 명이 **여전히 갇혀** 있다.

제11장

다시, 1991년

當局者迷(당국자미)
傍觀必審(방관필심)

바둑을 두는 사람은 길을 잃기 쉬우나
도리어 곁에서 보는 사람은 형세를 읽을 줄 안다.

『新唐書(신당서) 元行沖傳(원행충전)』 中에서

1991년 4월 9일.

시끄러운 엔진 소리가 귓가에서 요동치는 한편, 비행기 창밖은 하얀 구름이 고요하게 퍼져 있었다. 승무원이 지나면서 옷깃이 팔뚝에 살짝 스치자 미향은 재빨리 경계의 눈초리를 보냈다. 그렇게 잠시 승무원의 뒤통수를 쏘아 보던 미향은 도쿄 상공 4,000미터 아래 펼쳐진 바다로 다시 시선을 옮겼다. 몇 분 흐르자 저만치엔 단정한 구획의 광활한 농촌 마을이 펼쳐졌다.

"필요하신 것 있습니까?"

"됐습니다."

미향은 옆 칸에 앉은 고용희 동지를 대신하여 대답했다. 뭐가 됐든 고용희 동지가 번거로워선 안 된다. 그녀가 고마움의 표시인지 입가에 미소를 띠며 살짝 고개를 끄덕였다. 그 옆으론 정철과 정은이 고단한지 서로 어깨에 기대어 긴 잠에 빠져 있었다. 장군님과 고용희 동지 사이에서 난 큰 아들과 작은 아들이다. 각각 11살, 8살. 미향의 아들보다 훨씬 많은 나이지만 어쩐지 세상모르고 잠든 모습을 보니 두고 온 영남이가 떠올랐다. 영남이는 미향이 스무 시간의 진통 끝에 낳은 목숨과도 같은 아이였다. 게다가 삼대독자. 그 귀엽고 고운 젖먹이가 방긋거리는 얼굴을 보고 있자면 이 세상에서 못 할 게 없다.

반들반들하게 닦인 창에 비친 자신을 보며 미향은 얼마 전 자신에게 특별 지시가 떨어지던 날을 떠올리며 생각에 잠겼다.

"미향 동무는 고용희 동지를 특별히 보필토록 하라는 장군님의 지시가 계시었소."

"보필이요? 어디 갑니까?"

"일본으로 갑네다."

"거긴… 우리가 반드시 섬멸해야 할 악질 쪽바리들의 나라 아닙니까?"

"두 왕자분이 동경 여행을 그토록 하고 싶다고 장군님을 졸라대니 하는 수 없디요. 이는 장군님께서도 특별히 허락하신 일입네다. 그리고 이번 일만 잘 해낸다문…"

조직비서는 턱을 쓸며 미소를 띠었다.

"세대주(남편)는 물론이구, 얼마 전에 갓 태어난 동무의 아들놈두 앞날이 필 거요. 이름이?"

"영남이요. 유.영.남."

"기래. 식솔들이래 걱정 말고 자알 다녀옷시오. 아는 다녀와서 봐도 늦디 않소."

처음 장군님을 뵈었을 땐 작은 키에 통통한 그저 인민반장이나 하면 어울림 직한 용모였다. 그때까지만 해도 그의 주도면밀함을 알아채지 못했다. 우리 조선의 영화산업 부흥을 위해 남조선에서 신상옥 감독과 그 부인 최은희를 납치해왔다는 이야기를 듣고 비로소 깨달았다. 아!

그는 못 하는 게 없구나. 얼마 전에 그들 부부가 미국으로 도망쳐 이곳에서의 생활을 낱낱이 까발리는 책을 출간했을 때도 장군님은 노여워하지 않았다. 그들을 진짜 식솔로 여기지 않았기 때문이다. 그런데 미향 자신은 어떤가? 자신은 과연 장군님의 진짜 식솔일까?

고용희 동지는 내릴 준비를 하며 선글라스를 착용했다. 하얗고 날렵한 턱선이 돋보이는 미모였다. 잘 생각해 보면 그녀만큼 미향의 가족을 챙겨주는 사람도 없었다. 장군님께 일본 여행에 비서로 붙여달라는 청을 넣은 것도 바로 그녀였으니까. 악단에서 째포(북한에서 재일교포 출신을 비하하는 말)라고 놀림을 받을 때, 미향만이 그녀의 편이 되어주었던 것이 훗날 비서로 일본 여행에 동행할 수 있는 '은혜'로 이어진 셈이다.

이번 여행이 그들 삼모자에겐 단순 관광에 지나지 않을지 몰라도 미향에겐 달랐다. 남편의 출세, 그리고 하나뿐인 아들 영남이의 아름다운 미래가 보장된다. 또 혹시 아는가? 고용희 동지의 장남인 정철이 훗날 장군님의 뒤를 이어 공화국의 어버이가 된다면 이번 동행은 운명이나 마찬가지.

'운명…'

미향은 평양에서 자신만 기다리고 있을 남편과 아들의 얼굴을 떠올렸다. 더없이 소중한 가족들! 동경 여행을 떠나기 전 사상교육을 이레나 받아야 했다. 이번 여행이 끝나고 돌아가 다시 교육을 받는다면, 모두 합쳐 꼬박 한 달. 그간 영남이, 그 어린 것을 보지 못할 거라고 생각하자 벌써부터 고통스러웠다. 하지만 가정의 운명이 걸린 막중한 임무가 아닌가!

비행기는 천천히 몸을 낮춰 활주로를 미끄러지듯 내려갔다. 굉음과 진동이 온몸으로 전해졌다. 저 멀리 유니폼 차림에 안전모를 쓴 일본인

보안 요원들이 두 손을 활짝 저으며 무리 지어 이동하는 모습이 보였다. 그토록 귀 따갑게 교육받아온 **'악질 쪽바리들'**인 것이다. 만일 저들도 평양에 붙잡혀 간다면 강도 높은 사상교육을 받게 될 것이다.

드디어 자리에서 일어나 차례로 비행기에서 몸을 내렸다. 스르르 일어나는 고용희 동지의 늘씬한 키가 미향에게는 어떤 '벽'처럼 느껴져 현기를 자아냈다.

"오늘 요코하마에 갈까요?"

수하물을 챙기며 미향이 물었다.

"무리야."

고용희 동지는 두 왕자를 내려다보며 더없이 인자한 표정을 지어 보였다. 디즈니랜드부터 갈 거라고. 차남 정은이 신이 난 나머지 불끈 쥔 주먹을 휘두르며 기쁨을 표시하는 동안 장남 정철은 수줍게 웃을 따름이었다. '차기 후계자'라는 생각에 미향은 정철을 향해 미소를 지어 보였다. 저 아이가 과연 건장한 이복형 김정남을 제치고 후계자가 될 수 있을까?

"대신 여정을 풀고 긴자에 잠깐 들러서 쇼핑이나 할까 해."

"그것도 좋고요."

"함께 가자. 긴자. 너도 사고 싶은 게 많을 테니. 거기엔 없는 게 없거든."

고용희 동지는 공화국을 아예 벗어난 다음부터 줄곧 '너'라는 호칭을 거침없이 사용했다. '동지'라는 표현도 가급적 쓰지 않길 바라는 눈치였다. 조바심이 나면서도 한편으론 그녀의 그런 자유분방함이 한층 매력으로 다가왔다.

"좋아요. 그런데 오사카는요?"

"별로. 아는 사람 만날까 봐. 그건 그렇고 돌아가기 전에 미소라 히바리 기념관은 꼭 가볼 생각이야."

고용희 동지는 뭘 두려워하는 걸까? 오사카에서 왔다는 그녀의 원래 고향은 남조선의 제주도라고 했다. 부친이 가족들을 이끌고 일본으로 가 살게 되었고, 그 후엔 북송선을 타고 공화국에 들어온 역사를 가진 여자. 하지만 장군님의 여자가 된 이상 일본에서의 과거는 완전히 매장해야 하는 여자. 언젠가 특별공연을 위해 오사카를 찾았을 때, 어린 시절을 기억하는 누군가가 고용희 동지에게 알은 체를 하자 그녀는 서둘러 자리를 벗어났다고 토로했다. 그러면서 이렇게 털어놨다. 아마 그것은 미향에게만 털어놓은 그녀의 진심일 것이다.

"공연이 끝난 뒤에 날 찾아온 그 애는 내 외사촌 누이였어. 나도 단박에 알아봤지. 하지만 아는 체할 수 없었어. 이제 난 장군님의 식솔이니까."

'장군님의 식솔'

그래, 미향은 스스로 생각했다. 자신과 가정은 장군님의 식솔들 중에서도 특별하다고. 평양에서 머물 수 있는 것도, 남편이 군관학교를 졸업할 수 있는 것도, 삼시 세끼 배곯지 않고 다 챙겨 먹을 수 있는 것도 모두 장군님 덕분이다. 그런 장군님의 은혜를 저버리지 않는다면 대가는 분명 있다. 있.을. 것.이.다.

"미향아…!"

퍼뜩 정신이 들었다. 고용희 동지가 상당히 난처한 얼굴로 작게 미향을 불렀다. 크라운 호텔의 프론트 직원은 두 여자를 무심한 듯 다시 시선을 떨궜다.

“お名前は何ですか？” 오나마에와 난데스까? (성함이 무엇입니까?)

직원이 권태로운 얼굴로 다시 물었다.

“私は。” 와타시와… (저는)

아…! 고용희 동지는 일본에서 사용할 가명을 잊은 것이다. 대답이 궁한 나머지 괜히 가방과 지갑을 뒤적이며 안절부절못하는 그녀를 보자 덩달아 조급해졌다. 여기서 일이 틀어져선 안 된다! 그녀만 들릴 정도로 나지막이,

아.유.미.

“あゆみです。” 아유미 데스. (아유미입니다.)

고용희 동지가 안색을 순식간에 바꾸고 천연덕스럽게 대답했다. 동시에 옆에 서 있던 미향도 안도의 한숨을 내쉬었다.

“はい、どうぞ。” 하이 도죠. (네. 들어가세요.)

미향은 **정학봉 동지**에게 전해 받은 신용카드로 비용을 결제했다. 그 다음 체크인을 해도 좋다는 직원의 말과 함께 로비 중앙에 위치한 엘리베이터에 몸을 실었다. 양쪽에서 서서히 문이 닫혔다. 동시에 네 사람의 입에서 긴장에 절은 긴 한숨이 쏟아졌다.

“오마니 큰일 날 뻔 했시요!”

둘째 아들 정은이 고용희 동지에게 곱게 눈을 흘기며 탓했다. 그리고 이번엔 미향에게 시선을 옮기더니 경이로운 표정으로 한껏 추켜세웠다.

“미향 동무가 제일이다! 그렇지 오마니?”

고용희 동지도 그래, 그 말이 맞다며 고개를 끄덕였다. 다른 누구도 아닌 믿음직스러운 미향을 이번 여행에 비서로 동행시킨 자신의 선택이 옳았음이 증명된 순간이었다. 그녀는 한층 따뜻한 음성으로 물었다.

어떤 무엇인지 모를 고마움을 갚고 싶은 마음이 묻어나는 말투였다.

"정말 미향이 너 없었으면 큰일 날 뻔 했지 뭐야."

"아니에요. 일본이 철두철미해서 그런걸요."

객실은 16층. 정철과 정은이 침대 위로 몸을 던지며 장난을 피우자 고용희 동지가 미향의 손목을 지그시 잡아끌었다.

"미향아."

"네에, 동지."

"둘이 있을 땐 언니라고 해."

"……"

"저기 말이야."

"네, 언니."

"장군님께서 미향이를 얼마나 믿는지 알지?"

"그럼요."

그녀는 미향의 어깨에 다정스레 손을 얹으며 덧붙였다.

"오는 동안 내내 평양에서 기다리고 있을 영남이 생각뿐이었지?"

"아… 그건…"

"괜찮아. 어미 마음이 다 그렇지. 너나 나나 자식을 위해 살아야지 어쩌겠니. 내 말 명심해, 미향아."

조금 더딘 반응이나마 미향이 고개를 끄덕이자 고용희 동지의 입가에 그제야 미소가 번졌다.

"짐 풀자."

고용희 동지는 두 아들을 향해 조용히 하라며 장난 어린 소리로 주의를 줬고, 그러거나 말거나 배가 고프다는 투정이 돌아왔다. 고용희 동지는 음식을 주문하기 위해 가이드 책자를 뒤지며 노래를 흥얼거렸다.

"그저 모르는 채 걸어왔네, 좁고도 긴 이 길을-"

미향도 아는 노래였다. 미소라 히바리의 〈흐르는 강물처럼〉.

"뒤돌아보니 저 멀리 고향이 보이네-"

뭘 먹겠느냐는 그녀의 물음에 미향이 흐릿하게 웃으며 고개를 저었다. 그리고 천천히 캐리어 가방에서 짐을 꺼내 정리하는데, 자신도 모르게 눈앞에 어떤 서글픔이 비쳤다. 고용희 동지가 어째서 손을 잡고 주의를 줬는지 잘 안다. 호텔 로비에 막 들어왔을 때, 초라한 차림을 한 중년 남성이 대뜸 미향을 붙잡고 늘어진 것이다.

"잠깐?! 혹시 너… 유리코 맞지?"

아연실색한 미향이 손목을 뿌리쳤다.

"아, 아니에요!"

"아니라고? 분명히 맞는데? 이상하다… 너 이름도 잊은 거야?"

"잘못… 보셨어요…!"

고용희 동지는 어떤 불안을 느낀 게 분명했다. 그래서 그런 말을 한 것이다. 하늘은 조국의 하늘, 딱 그뿐이다- 둘이 될 수 없다- 명심해라- 다른 하늘을 택한 순간 또 다른 하늘은 무너진다- **네 아들** 영남이가 있는 하늘이 무너지게 해선 안 되잖니-

미향은 쏟아지는 눈물을 참으려 멀리 시선을 던졌다. 저만치 호텔 창 너머 길게 뻗은 신작로는 노을빛으로 함뿍 물들어 있었다. 잊지 않았다. 어떻게 잊을 수 있나. 한시도 잊은 적이 없다.

'꽃부리 영(英), 사내 남(男). 영남(英男)… 히데오(英男)… 네 이름을 딴 조카가 태어났어…'

하지만 고개를 강하게 저으며 마음을 다잡지 않으면 안 됐다.

굳게 마음을 먹자.

붉게 타오르는 저 하늘은 연소되고 없다. 대신 어린 핏덩이 아들이 있는 평양의 하늘을 살렸으니 그것으로 됐다. 그러니 동경의 하늘이 알려 오는 그 어떤 부고에도 눈물을 보여선 안 된다.

다시 만날 그날까지.

“북한 김정은 1991년에 위조여권으로 모친과 도쿄 디즈니랜드에 온 적 있어”

2025-05-19 12:10

(도쿄=통일뉴스) 정민영 특파원 = 북한 김정은 위원장의 생모인 고용희가 1991년 ‘아유미’라는 가명으로 일본에 몰래 입국했던 사실이 있다고 일본 언론이 보도했다. 고용희는 1991년 4월 9일, 위조한 브라질 여권으로 장남 김정철과 차남 김정은을 데리고 입국하여 휴일을 보낸 것으로 밝혀졌다. 이 삼 모자는 당시 ‘그레타 박’이라는 명의의 위조 신용카드를 이용했는데, 결제은행은 마카오의 공상은행이었고 계좌를 통해 거액이 오간 사실을 확인하였다.

‘그레타 박’으로 밝혀진 정학봉은 일본 조총련 간부로 있을 당시 삼모자의 입국을 위해 신원보증을 도운 인물이다. 김정은 집권 후에는 요직을 차지하였으며, 2025년 현재 당 서열 23위로 당중앙위원회 농업부장이다.

한편, 김정은 형제가 디즈니랜드 등의 오락시설을 즐기는 동안 고용희와 형제의 곁을 그림자처럼 동행하던 한 여인이 있는데, 그녀에 대한 신상은 현재까지 알려진 바가 없다.

2025/05/19 12:10 송고

THE END